봄날은 간다

최창근 희곡집

봄날은 간다

지은이 최창근
펴낸곳 이매진   **펴낸이** 정철수
편집 기인선 최예원   **디자인** 오혜진   **마케팅** 김둘미
첫 번째 찍은 날 2011년 6월 27일
등록 2003년 5월 14일 제313-2003-0183호
주소 서울시 마포구 합정동 370-33 3층
전화 02-3141-1917   **팩스** 02-3141-0917
이메일 imaginepub@naver.com   **블로그** blog.naver.com/imaginepub
ISBN 978-89-93985-52-8 (03810)

ⓒ 최창근, 2011.

최창근 희곡집

봄날은 간다

-

최창근 지음

이매진

극작가로 데뷔한 지 십 년 만에 어렵게 첫 희곡집을 묶는다. 창작집을 내려고 그동안 발표한 작품들을 되돌아보니 선뜻 손이 가는 작품이 별로 없다. 새삼 이 외롭고 힘든 길을 먼저 걸어가신 선생님과 선배들의 지난한 여정에 그저 옷깃이 여며진다. 부끄럽고 민망하다. 극심한 부끄러움을 무릅쓰고 공연된 희곡 중에서 겨우 세 편을 추렸다.

첫 희곡인 〈봄날은 간다〉는 공연예술아카데미 재학 시절인 1998년 봄에 탄생했다. 공연은 그로부터 3년이 지난 2001년 봄에서야 성사되었고, 그래서인지 자전적인 성격이 짙은 이 작품에 대한 애정은 남다르다. 또한 이 희곡으로 인해 맺어진 귀한 인연들이 있다. 극작가로 살아가는 데 최초의 힘을 부여해주신 이강백 선생님과 이만희 선생님, 희곡이 공연되기까지 산파 역할을 담당해주신 이윤택 선생님, 젊은 희곡과 공연의 가치를 새로 '발견'해주신 김윤철 선생님께 특별히 감사드린다. 방송 드라마 작가 김수현 선생님과 가수 한영애 선생님, 영화감독 허진호, 류장하 두 분께도 고마움의 인사를 드리고 싶다. 또한 만인의 노래였던 원곡의 주인공이신 고 백설희 선생님을 비롯해서 작품 완성과 공연 제작 과정에 도움을 주신 모든 분들께 두 손 모아 고개 숙일 뿐이다. 수록 희곡은 2001년 연희단거리패에서 초연을 올릴 당시의 원본이 아니라 2006년

축제소극장에서 재공연한 압축본이다.

두 번째 희곡 〈서산에 해 지면은 달 떠온단다〉 역시 공연예술아카데미 시절인 1998년 가을에 쓰여졌고, 여러 차례의 퇴고를 거쳐 5년 후인 2003년 가을 실험극장의 제145회 정기공연으로 무대에 올려졌다. 대배우 오현경 선생님이 출연하셔서 의미가 깊은 희곡이었지만, 이 작품을 돌이켜보면 많은 아쉬움이 남는다. 그런 아쉬움은 연출이나 배우의 문제라기보다는 무엇보다 희곡 자체의 부족함에 대한 자각에서 출발한다. '희곡이 무엇인가'에 대한 화두를 던져준 작품이기에 평생의 시간을 두고 천천히 개작하고 싶은 욕심이 나는 작품이기도 하다.

세 번째 희곡 〈13월의 길목〉은 2004년에 처음 쓰기 시작해서 2009년에서야 최종적으로 마침표를 찍고 공연한 작품이다. 이 희곡은 작품의 완성 과정에서 몸 고생, 마음고생을 많이 한 탓에 작가 자신에게도 큰 상처와 아픔을 남겼다. 이제 와서 지난 이야기를 구구절절 할 필요는 없겠지만 희곡 자체에 새로운 힘과 생기를 불어넣어준 극단 수 식구들에게 진심으로 감사드린다. 먼 훗날, 눈 밝은 연극학자나 비평가들이 이 희곡의 정당한 가치를 제대로 이해하고 평가해주기를 겸허한 마음으로 기다릴 뿐이다. 수록 희곡은 원본이 아니라 공연을 위한 수정본임을 밝혀둔다.

작품을 끝내고 공연을 위해 계속 매만지고 있는 〈바람이 분다〉, 〈가족사진첩〉, 〈입맞춤〉, 〈먼 훗날 어느 별에서〉 같은 희곡들은 결국 다음 창작집에서나 선보이게 됐다. 차기작들에는 아마도 한국 연극계에 굳어진 화석처럼 견고하게 남아 있는 극성이 강한 희곡이 아니라 시 같은 희곡, 소설 같은 희곡, 수필 같은 희곡, 다큐멘터리 영화 같은 조금은 '다른 희곡'을 꿈꾸는 작가의 마음이 고스란히 드러나게 될 듯싶다. 형식과 내용 면에서 '희곡'이라는 장르의 영역 확장과 진화에 대한 고민들을 진지하게 하고 있는 요즈음이다.

끝으로 희곡집 발간의 기반을 마련해주신 대산문화재단과 이매진 출판사 여러분께 머리 숙여 감사드린다. 이 보잘것없는 작품들이 험한 세상을 건너가는 모든 분들에게 작은 위로와 용기를 줄 수 있다면 더 바랄 나위가 없겠다.

차례

1. 봄날은 간다

초연

일시 2001년 6월 19일~7월 15일/2001년 7월 18일~27일

장소 서울 연극실험실 혜화동1번지 소극장/부산 가마골소극장

주관 극단 연희단거리패

연출 김경익

출연 김소희(아내 역), 이승헌(남편 역), 김미숙(어머니 역)

무대 디자인 강연화

조명 디자인 조인곤

음악 이태원, 가야금 앙상블 사계

의상 제작 김미숙

조연출 최동숙

2001 우리극연구소 새 작가 새 무대 제작공연 작품

2001 서울시 무대지원사업 선정 작품

2002 제38회 동아연극상 작품상, 남자연기상, 무대미술상 수상 작품

재공연

일시 2006년 4월 7일~5월 28일

장소 서울 축제소극장

주관 (주)축제를 만드는 사람들

연출 최창근

출연 장영남(아내 역), 박상종(남편 역), 이용이(어머니 역)

무대 디자인 심채선

조명 디자인 임혜진

의상 디자인 최순화, 정효주

의상 제작 오석란

음악 김은정

노래 말로

분장 김숙희, 우인아

안무 김민정

사진 이도희

그래픽 디자인 신경섭

조연출 임형철

2006 서울연극제 자유 참가작품

3차 공연(희곡낭독공연)

일시 2007년 4월 30일/5월 14일/5월 28일

장소 서울 대학로 이음책방

주관 극단 제비꽃

연출 최창근

출연 길해연(어머니), 이상직(남편), 이은정(아내), 김나연(해설)

4차 공연

일시 2008년 6월 12일~14일/6월 19일~21일

장소 진주 현장아트홀

주관 극단 현장

연출 조구환

출연 박순연(어머니), 한갑수(남편), 황윤희(아내)

5차 공연

일시 2008년 11월 14일

장소 서울 북촌문화센터 정자마당

주관 극단 무허가378

연출 최순화

출연 손채영(늙은 여자), 정구종(젊은 남자), 정마리(젊은 여자) 외 북촌 주민들

6차 공연

일시 2008년 12월 24일

장소 부산 신라대 예음관 408호

주관 신라대 한국어교육센터

연출 차도현

출연 양정(늙은 여자), 조사순(젊은 남자), 손건화(젊은 여자)

7차 공연(희곡낭독공연)

일시 2011년 6월 27일

장소 서울 CSP 111 아트스페이스 갤러리

주관 극단 제비꽃

연출 최창근

출연 염혜란(어머니), 김정호(남편), 송인성(아내), 김상현(해설)

'봄이 오면 산에 들에 진달래 피고 진달래 피는 곳에 내 마음도 핀'다거나 '봄의 교
향악이 울려 퍼지는 청라 언덕 위에 백합 필 적'이라거나 '봄 처녀 제 오시네 새 풀
옷을 입으셨네'라는 가곡의 노랫말도 있지만, 봄이 오면 거짓말처럼 늘 몸이 아팠
다. 몸의 아픔, 몸의 병듦은 그것으로 그치지 않고 자연 마음의 아픔, 마음의 병듦
으로 옮아갔다. 몸이 아프니 마음도 따라 아픈 것인가.

철쭉과 개나리와 벚꽃이 온 천지를 갈아엎은 세상, 희디흰 눈 속같이 밝고도 환한
세상, 사랑의 지옥이 열락의 천국으로 화하는 세상, 고통은 고통만으로 즐거운 놀
이가 되는 세상, 아무것 하나 줄 것도 받을 것도 없는 천연 그대로의 세상. 그렇게
한차례 심한 홍역을 치르고 나면 봄은 이미 저만치 물러나 있었다.

봄은 땅속에 잠든 미친 자들도 가느다랗게 실눈을 뜨고 몸 아픈 자들은 모두 다
일어나 관 속으로 들어가고 짐승들은 침을 흘리며 제 짝을 찾아 하루 종일 산과 들
을 누비며 꽃들은 뚝, 뚝, 뚝 모가지를 꺾는 계절이라고 누군가 말했던가. 봄의 아
슴아슴한 정서, 가령 삶과 죽음의 이미지가 뒤섞여 있고 유난히 몸과 마음이 심하
게 아픈 계절, 그 봄에 이 세상 목숨 붙어 있는 온갖 생명들은 잠을 깨지만, 반대로
수많은 사람들이 교통사고로 혹은 병으로 세상을 떠난다고들 한다.

그래서였나. 봄이라는 계절의 이면에 숨어 있는 또 하나의 심상, 그 선명한 이미지
를 작품 속에 그려보고 싶었다. 말로는 설명할 수 없지만 분명히 존재하는, 눈에 보
이지는 않지만 그 속에 살아 있는 봄의 밝음과 어두움. 그것을 통해 사람과 사람
사이의 관계를 어루만져보고 싶었다. 기쁨과 슬픔의 의미를 되짚어보고 싶었고 아
픔의 치유와 복원을 통해 화해와 용서에 이르는 인연의 깊고 너른 골을 만나고 싶

었다. 봄은 그렇게 우리들 곁으로 왔다가 다시 사라진다. 자연이 그러하다면 그 속에서 숨을 쉬고 살아가는 인간도 마찬가지 아니겠는가.

이 희곡은 '한 가족'에 관한 이야기다. 그런데 그 가족은 우리가 흔히 알고 있는 끈끈한 핏줄로 맺어진 정상적인 개념의 가족이 아니라 생면부지의 남남이 한집에 같이 살게 되면서 자연스럽게 정이 쌓여 이루어진 '결손 공동체로서의 가족'이다. 서로가 타인인 개개인이 만나 한 가족이 되는 과정을 통해 부모 세대와 자식 세대 사이를 이어주는 사랑의 본질, 진정한 사랑의 완성이란 어떤 것인가에 대한 질문을 제기해본 작품이다.

대체 가족이란 무엇일까. 이 쉽고도 어려운 물음 앞에 서면 그 누군들 자신 있게 이러저러하다 말할 수 있을 것이며 이 세상 어느 누가 또 그 가족이라는 명제에서 자유로울 수 있을 것인가. 그러하기에 온갖 갈등과 고통과 상처가 풀릴 길 없는 실타래처럼 얽혀 있는 이 복마전 같은 세상에서 그래도 유일하게 남아 있는 편안한 안식처로서의 보금자리, 아늑한 쉼터로 '한 가족이 살을 부비며 모여 사는 집'인 가정은 자리매김돼야 하지 않을까. 왜냐하면 가족에 대한 꿈은 결국 사랑에 관한 꿈이기 때문이다.

21세기는 다문화 시대이다. 문화가 하나의 형태로 집약되지 않는 것처럼 가족 역시 마찬가지일 터이다. 전통적인 가족 형태인 대가족 제도를 부정하는 것도 아니고 그 미덕도 인정하지만 시대가 바뀌면서 생겨난 다양한 형태의 가족들도 이 사회에서 조화롭게 잘 살 수 있어야 한다. 입양 가족, 고아, 독신 가족을 포함해서 동성애 부부, 반려자로 사람이 아니라 동물을 선택한 새로운 가족의 형태 역시 함께 공존할 수 있는 사회에 대한 염원이 은연중에 반영된 것이 이 희곡이다.

봄날은 간다

— 외할머니께

때

한식 무렵

곳

차도 사람도 잘 다니지 않는 고개

나오는 사람들

늙은 여자, 어머니

남편(젊지도 늙지도 않은 남자), 어머니의 아들

아내(젊지도 늙지도 않은 여자), 어머니의 딸

전체 무대

객석을 포함한 무대 전체가 호젓한 산길 같은 느낌이 나도록 군데군데 꽃과 풀, 나무가 심어져 있다. 마치 한복 입은 여인의 앉은 품새나 풍만한 젖가슴을 닮은 작은 구릉과 언덕, 흙의 질감이 묻어나는 바위 몇몇뿐 무대는 텅 비어 있다.

어둡고도 환한 봄날.

남자와 여자가 고개를 넘어 어디론가 가고 있다.

언뜻 보면 두 사람이지만

한 사람이 다른 사람의 어깨에 자신의 몸을 기대고 있어서

멀리서 바라보면 마치 한 사람처럼 보이기도 한다.

몸을 기대고 있는 쪽이 여자고 그 몸을 잡아주고 있는 쪽이 남자다.

그들은 천천히 길을 가고 있다.

느릿느릿, 가긴 가는가 싶은데 어떻게 보면

그냥 그 자리에 서 있다는 느낌이 들 정도로

아주 조금씩 한 발 한 발 걸음을 떼어놓고 있다.

남자는 여자의 움직임에 신경을 써서 보조를 맞추고 있는 듯.

그 뒤를 늙은 여자가 앞쪽 일행과 앞서거니 뒤서거니

무슨 숨바꼭질이라도 하는 양 가까워졌다 멀어졌다 하면서

따라가고 있다.

그는 때에 따라서 훨훨 춤을 추기도 하고

또 흥이 나면 자신이 뽑는 노래 가락에 장단을 맞추기도 하고

그러다가 무언가 입속으로 중얼거리기도 하고

가끔은 아무 데서나 주저앉아 꾸벅꾸벅 졸기도 한다.

이 모든 움직임이 그에겐 한없이 자유롭다.

그 자신이 마치 흘러가는 하늘의 구름이나 서걱거리는 바람,

꽃이나 풀 그리고 나무 혹은 이름 없는 길가의 돌멩이이기나 한 것처럼,

그의 몸이 자연이고 자연이 곧 그인 것처럼.

그러나 부부로 보이는 남자와 여자는

늙은 여자의 존재를 시종일관 눈치 채지 못한다.

늙은이   하이고! 날씨 한 번 좋네. (입속으로 노래를 흥얼거린다)

아내   (기운 없는 목소리로) 아직, 멀었어?

남편   이제 다 왔어.

아내   얼마나 더 가야 하는데?

남편   봄볕 한 줌만큼만.

늙은이   그려! 인자 쪼매만 더 가믄 되야.

사위는 고즈넉하다.

간혹 풀밭을 스치는 바람 소리,

먼 데서 이름 모를 산새소리만 간간이 들려올 뿐.

아내   (혼자 중얼거린다) 참 좋다.

        이렇게 당신 품에 안겨 밖으로 나오니까.

남편   그렇게 좋아?

아내   그럼! 아늑하고 포근한 게, 마치 딴 세상에 온 거 같아.

남편   진작 좀 같이 나올 걸 그랬나?

아내   아니, 됐어. 당신, 힘들 텐데.

남편   나야 뭐 힘들 게 있나. 쉬엄쉬엄 가면 되는걸.

아내   그래도 어디 그게 그런가?

남편	뭐 어때서 그래?
아내	남보기도 그렇고.
남편	별 쓸데없는 걱정도 다 한다. 그깟 남들 눈이 무슨 대순가?
아내	(잠시 생각하다가) 알았어.
	(다시 사이) 후회 안 해?
남편	(무슨 뜻인지 눈치 채고 피식 웃으며) 후회는 무슨…….
아내	진심으로?
남편	후회하고 말 게 있나. 당신이 내겐 전분데.
아내	(새삼스러운 듯 남자를 빤히 쳐다본다)
남편	왜 그래? 내 얼굴에 뭐라도 묻었어?
아내	(자신에게 하는 말처럼) 바보 같긴.
늙은이	(흐뭇한 표정으로) 하이고! 눈꼴 시러븐거.
	(관객을 향해) 어디 서방 없는 년 서러버서 살것나.
남편	오늘 좀 이상해. 당신.
아내	아니, 그냥. 봄볕이 너무 좋아서.
남편	싱겁긴. 거기 가면 기운이 좀 날거야.
아내	(잠시 사이) 지겹지 않았어?
남편	뭐가?
아내	나하고 같이 사는 거.
남편	또 그런다.
	당신, 오늘같이 좋은 날 할 얘기가 그것밖에 없어?
아내	(남자의 눈치를 살핀다) 미안해.

날이 너무 좋으니까 괜히 심술이 나서.

남편 　　당신이 없었으면 나도 없었어.

　　　　당신은 내겐 어마씨 같고 누이 같고 친구 같은 여자야.

　　　　그러니까 당신은 이 세상에 단 하나야.

아내 　　빈말이라도 듣기 싫진 않은데.

　　　　나같이 복 없는 년이 남편 하난 잘 만났어.

늙은이 　(앞니 빠진 소리로 기분 좋게 헐헐거리며) 허이구, 썩을 년!

늙은 여자, 무대에 심어져 있는 이 꽃 저 꽃 사이를

자유롭게 누비며 다닌다.

아내 　　(주위를 둘러보더니 별안간 눈이 확 밝아진다)

　　　　어머, 저 꽃들 좀 봐. 참 이쁘다. 어쩜 저리도 고울까.

남편 　　새소리도 좀 들어봐. 정말 좋지!

　　　　그러니 당신도 집 안에만 틀어박혀 있지 말고

　　　　앞으론 자주 좀 나오자구.

　　　　(사극의 어투를 흉내내어 장난스럽게)

　　　　중전마마, 소인은 홀아비가 아닌 줄로 아뢰오.

　　　　통촉하여 주시옵소서.

아내 　　(슬쩍 말을 돌린다) 이건 무슨 냄샌가?

　　　　들찔레향 같기도 하고. 코끝이 짠한데.

　　　　예전엔 꽃이 한 번 피면 무더기로 지천에 깔렸었지.

따먹기도 엄청 많이 따먹었는데.

남편 그랬었지.

아내 그땐 왜 그렇게 배가 고팠는지.

봄이면 산으로 들로 쏘다니며

꽃잎도 따먹고 산나물이랑 칡뿌리도 캐 먹고

그랬는데도 늘 배가 고팠어.

남편 그래. 그땐 늘 그랬으니까.

아내 (뱃속 깊숙이 들숨과 날숨, 들이마시고 내뱉기를 여러 번,

두 팔을 벌려 그 숨들을 다 껴안을 듯이 상기된 표정으로)

참 신비롭지, 사람이 숨을 쉴 수 있다는 게.

가끔씩 그 숨결의 냄새를 맡고 싶은 때가 있어.

그러고 보면 살아 있다는 건 참 행복한 거야.

큰 축복 같아. 꼭 기적 같기도 하고.

그래서 그 누군가에게 매일매일 기도하며 살았던 거 같아.

(누군가 들으라는 듯 소리친다)

"이 세상에 나게 해주셔서 고맙습니다."

(다시 한번 주위를 둘러보다가 고개를 갸웃거린다)

그런데 여기 말이야. 낯설지가 않아.

옛날에, 내가 아주 어릴 때 한 번 와본 적이 있는 것 같아.

남편 누구와?

아내 어머니하고.

그땐 내 몸도 이렇지 않았거든. 훨훨 날아다녔지.

남편	어머니?
아내	음. 어머니. 그때도 이렇게 환한 봄날이었던 것 같은데…….
	난 어머니 치맛자락을 꼭 잡고 어디론가 하염없이 가고 있었
	거든.
남편	당신, 꿈꾼 거겠지.
	왜, 꿈이 너무 생생하면 그 꿈이 꿈인지 생신지 분간이 안 될
	때가 있잖아.
아내	아니, 아니야. 그건 분명히 ……
	(더듬더듬 아주 오래된 기억의 한 자락을 들추어낸다)
	내가 아주 어렸을 때 말이야.
	높은 언덕배기에서 잘못 뛰어내려 엉엉 울면서
	집으로 돌아온 적이 있었는데.
늙은이	하이고! 저 바보 같은 년, 또 우네.
아내	그러셨다가 내 몸에 난 상처를 보고 놀라서 뛰어오셨지.
	어느 봄날 오후였던가.
	앞마당으로 햇볕이 가득 들어찼던 날,
	난 신열에 들뜬 몸으로 아침부터 헛소릴 해대며
	어머니 무릎을 베고 누워 있었는데.
어머니	야야! 야야! 아가, 정신 좀 차리바야.
딸	아-아-마- 엄마야!
어머니	그려, 그려. 니 어매 여 있어.
딸	호 호 호랑이, 엄마아!

어머니	그려, 그려. 아이고! 우리 새끼!
딸	어 어 어, 엄, 마.
	무, 무 무서워.
어머니	어이구, 어이구!
	자장자장 우리 아가.
딸	무, 무 무서워.
어머니	(딸이 경기를 일으킬 때마다 꼭 껴안는다)
딸	으, 으으, 으악!
어머니	(딸의 등을 토닥이며)
	묵고 잡허 묵었다, 묵고 잡허 묵었다.
딸	어 어 어 엄마! (헛소리가 점점 심해지며 혼절한다)
어머니	야야! 야야! 정신 좀 차리랑께.
	묵고 잡허 묵었다, 묵고 잡허 묵었다. (점차 잦아든다)
아내	먹고 싶어 먹었다. 먹고 싶어 먹었다 …….
	난 그 소리가 아주 먼데서 잉잉거리는 무슨 메아리처럼 낯설었고…….
	(헛것이라도 본 듯 두 눈이 몽롱하게 흐려진다)
	눈을 떴을 때 사위는 고요하고
	창밖으로 희끄무레한 빛이 새어 들어오는 거야.
	도무지 아침인지 저녁인지 제대로 가늠하기 힘들고.
	내가 지금 꿈을 꾸고 있는 건가.
	그게 아니라면 왜 이렇게 낯설까.

　　　　　방문을 열고 마당으로 한 걸음 내려서면

　　　　　거기 내가 보던 꽃과 나무 그 옆의 우물은 어디론가 사라지고

　　　　　없어.

　　　　　사립문을 열고 무엇엔가 홀린 듯 동구 밖까지 나가 봐도

　　　　　평소에 늘 내가 다니던 길은 다 어디로 사라지고 보이지가 않아.

　　　　　모두가 어디론가 가버린 거야.

　　　　　(가볍게 진저리를 치듯 머리를 좌우로 흔들며)

　　　　　내가 왜 이러지? 봄볕에 취했나?

남편　　　몸이 허해서 그래.

　　　　　당신, 요즘 자주 잠꼬대도 하던데.

아내　　　그게 정말 꿈이었을까?

　　　　　어머니를 봤어. 어머니가 저쪽 건너편 강가에서 날 부르는 거야.

　　　　　그러면 난 미친 듯이 이편 언덕을 달려 내려가지.

어머니　　야야! 야야! 수야아!

아내　　　난 양손으로 두 귀를 막고 정신없이 눈물을 흘리는 거야.

　　　　　(딸의 목소리로) 어머니, 어머니 가지 마요 어머니이.

어머니　　같이 가자 같이 가.

아내　　　어머니, 어머니.

어머니　　나랑 같이 가자.

아내　　　어머니……. (아내로 되돌아온다)

　　　　　그렇게 꿈속을 헤매다가 잠에서 깨면

　　　　　머리맡에선 늘 그이가 패를 띠고 있는 거야.

패를 띠면서 내 얼굴을 빤히 바라보고 있는 거야.

어머니   업보여, 업보!

아내   그렇게 혼잣말처럼 중얼거리곤 계속 패를 ……

어머니   오늘은 손님이 와가꼬 국수를 묵고 달밤에 산보를 나가것네,

　　　　돈도 쪼매 생기것꼬 횡재수도 있겄꼬,

　　　　그란디 끄트머리엔 풍이니 먼 근심이 생길라꼬.

　　　　사쿠라에 국화에 매조에 난초에 솔.

아내   그렇게 화투를 두는 거야.

　　　　그러면 내 어린 맘에도 싸하게 밀려온 아릿한 슬픔 같은 거,

　　　　그게 뭐였을까?

남편   당신이 너무 예민해서 그래.

아내   어떤 땐 손금을 들여다보고 있으면 아주 막막해져.

　　　　나처럼 살지 말거라 나처럼 살지 말거라 입버릇처럼 그러셨지.

　　　　그런데 어느 순간 날 돌아보면 영락없는 그이거든.

남편   그래도 당신은 나보다 낫잖아.

　　　　난 가끔 당신이 부러울 때가 있어.

　　　　내겐 아주 어렸을 때의 기억들이 없어.

　　　　그게 좋은 것이든 나쁜 것이든.

　　　　날 이 세상에 보내준 부모의 얼굴도 모르는 걸.

　　　　왜 태어났는지 알 수도 없으면서

　　　　그냥 살아야 하니까 사는가 보다 그렇게만 생각했지.

　　　　당신도 잘 알잖아.

잠이 안 올 땐 내가 무작정 거리로 뛰쳐나간다는 걸.

그러고선 밤새도록 걷고 또 걷는 거야.

그러면서 맘을 달래는 거지.

그럴 땐 낮엔 그렇게 좁게만 보이던 그 길이

왜 그리도 넓고 황량하게 느껴지던지.

막막하고 막막해서 도처가 까마득한 절벽이고

부딪치는 게 깊은 수렁과 가시덤불인데.

그게 심할 때 내가 가장 많이 했던 말이 뭔 줄, 당신 알아?

남편 배고파.

아내 먹고 싶어.

남편 하루에도 수십 수백 수천 번씩 되뇌고, 되뇌고, 되뇌었던 것 같아.

아내와 남편, 길을 간다.

늙은 여자, 그 뒤를 따라간다.

아내 (어지러운 듯 한 손으로 이마를 짚는다)

남편 (주머니에서 손수건을 꺼내 여자의 목과 이마, 얼굴에 스며든
      땀을 정성스럽게 여며준다)

아내 (남자의 손을 물끄러미 바라본다)

남편 (여자의 시선을 의식하고) 왜?

아내 손.

남편 손?

아내　그 손.

（땀을 닦던 남자의 손을 눈앞으로 끌어와 어루만지며
자신의 얼굴에 갖다댄다） 이 손이 약손이야.

당신 손이 날 살렸어.

비가 오나 눈이 오나 바람이 부나.

남편　（여자의 손에서 슬며시 자신의 손을 빼며）

당신 그 고운 손에 비하면 내 손은 너무 못 생겼어.

아내　당신, 그거 알아?

당신 일 나가고 나면 텅 빈 방 안에 누워 내가 무슨 생각하면
서 지냈는지?

（황홀하게） 눈을 감고 꿈을 꾸는 거야.

꿈속에서 그 옛날 당신을 만나는 거지.

서걱서걱, 대패로 나뭇결에 길을 내는 그 소리가 얼마나 듣기
좋은지.

당신이 다듬는 나무의 향내가 몸속을 한 바퀴 돌고 나면

아픈 통증도 사라지고 내 몸은 구름처럼 가벼워져.

저절로 힘이 솟는 거야.

가끔씩 문틈으로 당신이 일하는 모습을 훔쳐보곤 했어.

당신은 그것도 모르고 관 짜는 일에만 열중해 있고.

이마엔 굵은 땀방울이 맺히고 눈에선 번쩍번쩍 빛이 나는 게
귀기가 흘렀지.

"저 사람이 이젠 내 사람이다, 저 사람이 이젠 정말 내 사람이다."

몇 번이나 중얼거렸는지 몰라.

그렇게 십 년이란 세월이 흘렀네. 한 세월이 흘렀어.

남편   (여자를 가만히 끌어안으며) 그랬어. 그랬었구나.

우리 이쁜 각시가 그런 생각을 다 했었구나.

영원보다 긴 찰나의 한 순간, 두 사람 사이를 흐른다.

아내   이상해. 자꾸 목이 간지러운 게.

남편   간지러워?

       (정지용의 〈호수 2〉)

       오리 모가지는 호수를 감는다.

       오리 모가지는 자꾸 간지러워?

아내   (정지용의 〈호수 1〉)

       얼굴 하나야 손바닥 둘로 폭 가리지만.

남편   보고 싶은 맘 호수만 하니 눈 감을 밖에.

아내   당신도 아직 기억하고 있구나.

       난 잊어버린 줄 알았는데.

남편   어떻게 잊을 수 있겠어?

김동환의 시 〈산 너머 남촌에는〉*을 부르며

그 옛날의 즐겁고 행복한 시간으로 세 식구는 돌아간다.

인형놀이. 춤을 출 수도, 피리를 불 수도, 서로 껴안고 돌 수도 있다.

세 식구, 한바탕 논 후 그 자리에 드러눕는다.

● 산 너머 남촌에는 누가 살길래   산 너머 남촌에는 누가 살길래
  해마다 봄바람이 남으로 오네.   저 하늘 저 빛깔이 저리 고울까.
  꽃피는 사월이면 진달래 향기   금잔디 넓은 벌엔 호랑나비떼.
  밀 익는 오월이면 보리 내음새,   버들밭 실개천엔 종달새 노래.
  어느 것 한가진들 실어 안 오리.   어느 것 한 가진들 들려 안 오리.
  남촌서 남풍 불제 나는 좋데나.   남촌서 남풍 불 제 나는 좋데나.

아내   (갑자기 무거운 한숨 소리)

그런데 나, 앞으로 얼마나 더 살 수 있을까?

남편   무슨 소리야, 느닷없이?

아내   당신 고생 안 시키려면 진작 그이 곁으로 갔어야 했는데.

남편   (화가 난 듯) 왜 또 그래? 죽긴 누가 죽어?

아내   아냐. 그냥 한 번 해본 소리야.

남편   다신 그런 소리했단 봐라.

그냥 여기 길바닥에 내팽겨쳐놓고 가버릴 테니까.

아내   그래, 그래. 알았어. 다신 안 그럴게.

(가만히 웃는다, 그러다가 무언가 할 말이 떠오른 듯 말을 바
꾸며) 당신, 한 십 년 이십 년 후 그때 우린 어떻게 변해 있을
까, 그런 생각해 본 적 있어?

남편   (영문을 모르겠다는 어리둥절한 표정으로)

글쎄, 모르긴 해도 아마 지금처럼 알강달강 잘살고 있겠지.

아내   그럴까? 그때도 이렇게 같이 있을까?

같이 먹고 같이 자고 같이 어디론가 가기도 하면서?

남편   물론이지.

(회상에 젖은 목소리로) 우린 늘 함께였잖아.

아내   (남자를 바라보며 우울한 낯빛으로)

난 짐작조차 못하겠는데, 너무 까마득해서.

남편   그런 약한 소릴. 지나온 날들을 한번 돌이켜 봐.

당신과 내가 꼬맹이 때부터 만나서

오빠 동생 하다가 서로 사랑하게 되고

그러다가 결국 결혼을 하고 한집에 살면서 여기까지 온 게

눈 깜짝 할 새 아니었어?

아내　(회의하듯 고개를 힘없이 가로저으며)

그럴까? 정말 그럴까?

(말꼬리를 흐린다)

남편　그럼. 나이 사, 오십이 잠깐이라구.

왜 그런 말 있잖아.

십대, 이십대 땐 시간이 기어가는가 싶어서

어이구 지겨워 어이구 지겨워 그러다가도

삼십대가 되면 그 느림보 거북이 같던 시간이 걸어가는가 싶

더니 사십대 중반에 이르면 저만치 앞에서 뛰어가며

어서어서 따라와 하는 것 같고 아예 그 다음부턴 날아간다고.

그러다 보면 어느새 우리도 늙어서 쪼글쪼글해진 손으로

서로 등 긁어주고 있을걸.

그러니까 우리 그때까지 오래오래 행복하게 살자구.

(사이) 당신, 우리가 처음 어머니 앞에서 서로 마주보고 인사

하던 그때, 기억나?

늙은 여자, 어느 샌가 남자와 여자 사이에 와 있다.

그러나 부부의 눈엔 늙은 여자의 모습이 보이지 않는다.

남남처럼, 이승과 저승의 메울 수 없는 거리처럼.

남편	그 양반이 당신보고 먼저 그랬잖아.
어머니	수야! 인자부턴 야가 니 오빠여.
아내	난 우물쭈물하면서 고개만 푹 숙이고 있었지.
어머니	워째 그라고 있냐?
	(사이) 쑥스러운겨? 첨이라서 그려. 차차 나아질 거여.
	니 동상 얼굴도 이쁘장한기, 좋지야?
	근디 쟈가 요만헐 때 심허게 앓아갔고 몸이 좀 안 좋은께
	니가 잘 좀 보살펴줘야 헌다이.
	오늘부턴 니 한테도 가족이 생긴 것이여.
남편	그땐 나도 당신처럼 고개를 푹 숙이고
	그 양반 말을 잠자코 듣고만 있었지.
어머니	워디 어매라고 한 번 불러봐야.
남편	난 한참을 머뭇거리다가 겨우 용기를 내어 어, 어, 어 머 니 그
	랬었지.
아내	당신이나 나나 숫기가 없어서.
남편	당신도 기억나는지 모르겠는데
	그 다음에 했던 그 양반 얘기가 잊히지 않아.
어머니	인자 한 식구가 됐은께 동기간에 서로 의좋게 지내헌다이.
	지금은 나가 요렇게 살아 있지만
	난중에 가믄 시상에 믿고 의지할 건 느그 둘뿐이니께.
	(사이) 가족은 한곳에 모여서 살아야 하는 법이니라.
	이건 보통 인연이 아니여.

우리 세 식군 전생에서도 한 가족이었을 거여.

아내   나도 기억나.

남편   그땐 어찌나 쑥스럽든지, 어렵기도 했고.

아내   나도 그랬는걸 뭐.

남편   처음엔 도망치려고 했어.

한꺼번에 어머니랑 여동생이 생겼다는 게 믿기지 않았거든.

그런데 살아보니 가족이라는 게 이래서 좋구나, 그런 생각이 들더라.

저녁에 돌아갈 집이 있고 누군가 날 지켜보고 있구나 하는 든든함도 생기고.

당신과의 문제로 그 양반과 서먹서먹해지기 전까진 말이지.

풍경 소리 들린다.

어머니   (가만히 불러본다) 수야!

아내   (주위를 둘러보며) 무슨 소리지?

남편   소리?

아내   저 소리가 안 들려?

어머니   수야!

남편   여긴 나하고 당신밖에 없는데 무슨 소리가 난다고 그래?

아내   안 들려?

남편   바람 소리겠지. 아님 새소리든가.

아내	누군가 날 부르고 있어.
남편	당신, 너무 예민해서 그래. 맘을 편히 가져.
	(화제를 다른 데로 돌리며)
	당신, 우리가 예전에 살던 동네로 처음 들어가던 날 생각나?
아내	그럼.
남편	알싸한 찔레향이 코끝을 찔러대고
	발밑의 흙은 부드럽기가 약솜 같고.
	먼 산엔 채 녹지 않은 눈들이 쌓여 있었는데
	거기만은 봄이 먼저 와 있었지.
늙은이	인자 다 왔네.
	이 재만 넘으믄 마을 어귀의 아름드리 느티낭구가 보일 것이여.
	쪼매만 더 걷자이.
아내	그 나무 그대로 있을까?
남편	아무렴.
아내	두레박을 던지며 놀던 동네 우물도?
남편	물론이지.
	지금도 우물 속에선 우리가 질러댔던 소리들이
	메아리처럼 맴돌고 있을걸.
남편	꼬마 신랑
아내	우렁이 각시
같이	검은머리 파뿌리 되도록 꼭꼭 숨었다.
아내	(추억에 젖는다) 당신 그것도 생각나?

허기진 배를 움켜쥐고 방안에 누워 백부터 거꾸로 세다 잠든 거.

남편   어떻게 잊을 수 있겠어.

일 나간 그 양반이 먹을 것만 구해 들고 돌아오기만을 기다렸잖아. 그러다 눈을 뜨면 어느 틈엔가 어머니가 머리맡에 와 있었고.

안쓰러운 눈길로 당신과 날 내려다보면서 하염없이 머리를 쓰다듬으셨지.

아내   몸을 뒤채다 잠에서 깨면

그이가 호롱불 밑에서 바느질감을 만지고 있던 때도 많았는데.

난 다시 잠든 척 눈을 감고 어머닌 계속 일을 하고.

밤을 꼬박 샌 그이 생각을 하니

어린 맘에도 가슴 한쪽이 싸하게 아파오면서

나도 모르게 왈칵 눈물이 솟구치더라.

남편   (말을 돌린다) 당신, 마을 뒷산에 흐르던 개울은 기억나누?

우리 둘이서 풀따기 놀이도 하고 소꿉장난도 하고.

달을 보면서 공상도 하고, 별을 헤면서 꿈도 꾸고.

(사이) 당신에게 처음 입을 맞춘 것도,

당신 가슴을 처음 만져본 것도 거기였지.

왜 그렇게 가슴이 뛰든지.

무슨 죄짓는 사람마냥 당신이나 나나 부들부들 떨면서 말이야.

하긴 죄라면 죄였지.

남매지간에 정을 통한다는 건 있을 수 없는 일이었으니까.

늙은이 하루는 장에 갔다가 어둑어둑해질 무렵에서야 돌아왔는디

아, 야들이 안 보이지 않것소.

걱정이 돼싸서 저녁 지을 염도 못 내고 앉아 있다 본께

문득 스치는 생각이 있어가꼬 다락문을 열어보았지라.

아니나다를까, 거기 두 놈이 서로 꼭 껴안고 쌕쌕 잠이 들어 있

지 않것소.

얼매나 조믄 저럴까 시퍼서 짠한 생각도 들었지만

이래선 안되것다 싶어 먼저 작은아를 불러 야단을 쳤지라.

근디 야가 막무간낸 거여.

그래가꼬 하는 수 없이 머릴 빡빡 밀어가꼬 다락에 가둬두기

도 허고 심허게 매질도 허고 그랬는디도 어쩔 수가 없습디다.

나가 더 맴이 아팠던 건 그때부터 큰아는 날 보기만 허믄

무슨 상갓집 개 대하듯 슬금슬금 피함시로 밖으로만 나도는거.

풍경소리 들린다.

아내 근데 아직 멀었어?

남편 조금, 아주 조금만.

저기, 저기 아주 큰 바위가 보이지?

우선 거기까지만.

아내와 남편, 길을 간다.

늙은 여자, 그 뒤를 따라간다.

아내   아!

남편   왜 그래?

아내   발을 헛디뎠어.

남편   조심하잖고.

아내   (말없이 자신을 부축해주는 남자의 얼굴을 물끄러미 바라본다)

남편   왜 또?

아내   아니……. 미안해. 너무 우스워서.

남편   뭐가 그렇게 우스워? 이유나 알자.

아내   당신이 내 곁에 꼭 붙어 있는 게, 생각해보니 웃기잖아.

           (사이) 옛날 생각이 나서.

늙은이   쟈 좀 봐! 그 애길 또 끄낼라고?

아내   왜 내가 다락방에 손발 꽁꽁 묶여 갇혀 있을 때

           당신, 온종일 내 곁에 꼭 붙어 누워 있었잖아.

           몸 하나 까딱할 수 없으면서도 당신이 곁에 있다는 게,

           그 숨소리가 그렇게 위안이 되더라구…….

           그때가 참 행복했었는데.

남편   그럼 지금은?

아내   지금도 행복하지.

           근데 그만큼 또 슬픈 생각이 들어서.

남편   그건 왜?

아내   난 항상 조바심이 났었다.

당신이 아무 말도 없이 날 버리고 어디론가 사라질까봐 걱정

이 돼서였나?

당신이 내 곁에서 머리를 빗겨주고, 책을 읽어주고,

잘 못 부르는 노래를 들어줄 때

이 순간도 지나고 나면 다시 돌아올 수 없다는 생각들…….

남편   시간은 흘러가도 다시 돌아올 수 있는 거 아닌가?

당장 당신만 해도, 봐, 몸은 여기 이곳에 있지만

맘은 벌써 과거의 기억 속을 헤매고 있잖아.

어쩌면 당신은 과거 속에 사는 사람인지도 몰라.

아내   …….

남편   또 모르지, 과거로 통하는 문이 있을지도.

그 문을 열어젖히면 마음은 그곳으로 훨훨 날아갈 수 있는

그런 비밀스러운 문이 가슴속에 하나씩 있는지도.

아내   …….

무대 한쪽 호롱불 켜진 시골집 방 안.

그윽하고 은은하다.

어머니   오시누나, 오시누나, 추적추적 오시누나.

가랑가랑 가랑비 이슬이슬 이슬비

산골짝 어둔 굴 숨어 사는 여우, 여우비야.

이내 속 홀홀 퍼 담아다 보고픈 그이에게 전해주소.

오시누나, 오시누나, 부슬부슬 오시누나.

(소리, 점차 잦아든다)

딸   …….

어머니는 벽을 향해 앉아 있고 딸은 등을 돌리고 누워 뒤척인다.

어머니   야야! 니 애비가 어떤 사람인지 궁금허제?

딸   …….

어머니   이젠 니도 다 컸은께 알건 알아야 헌다.

           그만한 나이가 됐어야.

딸   …….

어머니   니 애빈 내 오래비였어.

           남사당 꼭두쇠였던 할애빌 따라 방방곡곡을 돌아댕기다가

           우리 패에 들어온 니 애빌 만나 의남매를 맺었고,

           서로 의지하다 본께 자연스레 가까워졌더랬다.

           글다가 니 할애비가 죽고 나선 곧바로 혼인을 읹고.

           하루 이틀 사흘 …… 그렇게 세월이 흘렀지.

           그러던 어느 날 죽은 줄로만 알았던 니 친어매를

           바닷가 어느 술집에서 본 사람이 있다는 소문이

           바람결에 들려왔더랬다.

마른하늘에 날벼락이었제.

널 찾아다놓고도 니 애빈 점점 사람이 달라지기 시작허드만.

구신보다 더 잘한다던 삽질도 접고

매일 매일을 술에 찌들어 살았제.

그러던 어느 날

니 애빈 온다간다 말 한마디 없이 홀쩍 사라져브렸다.

처음엔 곧 돌아오겄지 찾다가 지치믄 돌아오겄지

고렇게 생각허고 기다리고 또 기다렸다.

그라고 삼 년을 기다렸는디도 니 애비헌티선 기별 한 장이 없
드라.

그립드라. 참말로 징허게 그립드라.

고거이 실은 슬픔이여.

저 하늘 언저리 그 어덴가 허리춤에 꽁꽁 숨카져 있다가

어느 날 한꺼번에 확 쏟아블고 말 아픈 햇살 같은 것.

(딸을 향해) 니가 갸한테 특별한 감정 품고 있는 거 나가 다
알아야. 갸도 그렇고.

그렇치만서도 그저 오래비로만 대하는 거이 좋아.

갸가 니한테 집착허는 건 널 사랑히서가 아니여,

고거이 아니라 그 자슥 외로움 때문인 거여.

여름의 끝을 알리는 천둥소리가

멀리서 작아졌다 커졌다가 서서히 밀려오고 밀려갔을 것이다.

사위는 오직 빗소리뿐,

등잔불이 가물거리는 방 안은 어둡고 깊고 그윽했을 것이다.

그 막막한 어둠 속에 어머니와 딸이

먼 훗날 전설 속의 한 풍경처럼 놓여 있었으리라.

남편   그때 난 문밖에서 다 듣고 있었어.

           주체할 수 없는 눈물이 쏟아지고

           난 그길로 밖으로 뛰쳐나가 미친 듯이 온 산과 들을 헤매다

           밤이 이슥해서야 터덜터덜 집으로 돌아와 뜬눈으로 밤을 지샜지.

           (아들의 목소리로)

           우린 가족일까? 남남일까?

           이쪽도 저쪽도 아닌 우린 도대체 뭐지?

           결국 우린 어쩔 수 없는 남남인가?

           (남편으로 되돌아온다) 손만 뻗으면 닿을 거리,

           당신은 바로 내 옆에 누워 있었는데 말이야.

아내   (겸연쩍게 한참 뜸을 들여)

           당신 그거 알아?

           당신이 내 첫사랑인 거.

           당신만 생각하면 괜히 가슴만 답답하고

           밤엔 잠도 안 오고 그냥 맘 한구석이 텅 빈 듯싶고.

           '이게 사랑이라는 건가?' 하다가도 '아냐, 그런 게 아닐 거야.'

           하루에도 수십 번 오락가락하며 종잡을 수가 없었거든.

남편   나도 그랬던 것 같아.

        첨 볼 때부터 낯설지가 않더라구.

        마치 오랫동안 헤어졌다 다시 만난 살붙이처럼.

아내   (말이 없다)

남편   난 당신을 만나면서 새로운 인생에 눈뜨게 됐어.

        그전의 난 늘 혼자였지.

        그런데 당신을 만나고부턴 달라졌어.

        당신이 내 인생을 꽃피게 했어.

아내   그럼, 그건 연민이었네.

남편   사랑이야.

아내   아니. 내 보기엔 동정에 가까운 연민이야.

남편   그게 사랑인 거지.

아내   어째서 그게 사랑이라는 거야?

남편   당신은 하나만 알고 둘은 몰라.

        마음이 이끄는 대로 따라가는 것, 그게 진짜 사랑인 거야.

        (잠시 침묵) 당신 기억나?

        (멀리서 밀려왔다 사라지는 빗소리)

        창밖으론 때늦은 가을비가 추적거리고

        당신은 방 한구석에서 바느질을 하고 있었지.

        지붕을 때리는 빗줄기들,

        처마 밑으로 떨어지는 낙숫물 소릴 듣고 있자니

        갑자기 서글픈 생각이 드는 게

마치 이 세상에 당신과 나 단 둘만 있는 것 같았지.

내가 먼저 운을 뗐던가.

(아들의 목소리로) 수야. 한 번 안아보고 싶다.

그랬더니 당신 얼마나 놀랐던지 엉겁결에

옷을 꿰매던 바늘에 찔려 선홍색 피를 뚝뚝 흘리더라구.

난 그 피가 어쩌나 곱든지 한참을 멍하니 바라보다가

그 피 묻은 손가락을 끌어당겨 쪽쪽 빨아먹었잖아.

아내   (잠시 침묵)

당신, 내내 내가 좋기만 했어?

내 쪽에서 먼저 돌아서야지, 했던 적은 없었고?

남편   (여자의 눈치를 힐끗 본다)

아내   괜찮아. 다 지난 일인데 말해도 뭐 어때?

남편   딱 한 번.

아내   그게 언제였는데?

남편   내가 집을 나갔다 돌아온 그 후에.

그때 일은 잊을 수가 없어.

하루는 몸져 누워 있던 그 양반이 날 조용히 부르더라구.

옛날 옛날에 한 가족이 있었다.

어머니가 있었고 아들과 딸이 있었다.

그들은 남남이었지만 서로가 서로를 사랑했고

그래서 한 가족이 되었다.

이야기는 그렇게 시작되었다.

어둡고 그윽한 방안.

스산한 겨울바람이 뼛속까지 스며들던 무렵.

어머니   야야! 니가 여그 온 지도 벌써 십여 년이 됐구마이.

        (사이) 나가 닐 첨 봤을 때부텀 알아봤어야.

        강짤 부리는 거이 진짜배기 사내였제.

        내 오래비 어릴 적이랑 워째 그리 닮맸는지.

        그래갖고, 나가 보모로 있던 고아원 원장 선상님한티 부탁 한

        거여. 닐 맡아 키우게 히달라고.

        그거이 엊그제 같았는디 세월 참 빠르제.

        니 내 원망 많이 했제?

        말 안 해도 다 알아야.

        몹쓸 년이라고 욕도 많이 했을 거이고.

아들   아니에요, 어머니.

어머니   아니긴. 야속타 생각된 게 한 두 번이 아니었을 거신디.

        이녁 속이 다 시꺼멓게 탔는디 어린 니야 오죽했을라고.

        미안허다. 에미 자격도 없는 것이 에미라고.

        실은 나가 니한티 한 가지 털어놓을 게 있어야.

        (잠시, 천 년 같은 사이)

        니 동상 있자, 갸는 내 핏줄이 아니여.

        뭔 말인지 알아듣것냐?

내 속으로 낳은 새끼가 아니란 말이여.

그라고 …… 여자구실도 못 하는 애여.

어렸을 때 호되게 앓았던 탓인지,

아니믄 나가 지대로 못 멕이서 그런 것인지.

니, 걀 좋아한 거 다 알고 있어야.

동상이 아니라 여자로 말이여.

허지만서도 성한 몸도 아닌 아를 어떻게 니헌티 맡기것냐.

또 니 둘이 합치믄 남들 손가락질은 어쩨 견딜라고 내 고거이

두려벘어야.

짐작 못했던 일이 아닌 디도 막상 닥치고 본깨 어쩔 수가 없었

어야. 니가 미워서 그랬던 거이 아니여.

니도 그라고 수야도 그라고 다 같은 내 새낀데

한 번도 딴 맘 먹은 적은 없어야.

니도 내 자슥, 그년도 내 새낀데

열손가락 깨물어 안 아픈 손가락이 어디 있을라꼬.

(사이) 이잔 닐 믿는다.

걀 맽기고 가도 니라면 내 맴이 놓이겠다, 놓이것어.

아들　저희들이 잘못했어요.

어머니　아니, 아니여. (고개를 절레절레 흔들며)

돌아보믄 나는 칠십 평생을 헛살았시야.

첨부터 발을 헛디뎠고,

한 고갤 넘으믄 또 한 고개가 나오고

그 고갤 넘으믄 또 한 고개가…….

어디 맴 놓고 숨 한 번 지대로 쉬었간디.

그러다 본께 어느 틈엔가 몸뚱아린 늙고 맴은 헐거버지고.

다 내 죄가 많아서 그런겨.

아들   어머닌 할 만큼 하셨어요.

어머니   아니여, 고거이 아니여.

나가 그냥 내팽개친 거여.

잘 보면 늘 맘 한구석이 걸렸어야.

니도 그랬겠지만 쟈가 맘고생이 여간 아니었을 것인디.

나가 그늘을 만들었어야, 그늘을.

아들   오래오래 사셔야 해요.

어머니   니 앞에선 이런 모습 안 보였어야 하는 것인디.

나도 인자 죽을 때가 다 됐는갑다.

이야기는 천천히 온다.

천천히 왔다가 순식간에 달아난다.

밀물처럼 천천히 밀려왔다가 썰물이 빠져나가듯 일순간 사라진다.

이야기는 쉽게 잊혀지는 것이다.

이야기는 또 오래오래 잊혀지지 않는 것이다.

남편   그 양반 그러고도 삼 년을 더 사셨지만,

그게 마지막 유언 같은 거였어.

그 말을 듣고 나니 이젠 정말 당신 곁을 떠나야 하는 거 아닌가,

그런 생각이 들더라구.

아내　　그런데 왜 돌아서지 못하고?

남편　　…….

아내　　내가 발목을 잡았던 셈이네.

남편　　그이는 당신을 사랑했어, 진정으로.

　　　　(사이) 그런데도 참 모진 양반이었지?

　　　　마음이 허해서 그랬을 거야. 마음에 병이 들어서.

아내　　그래. 당신 말이 맞아.

　　　　그게 또 서로를 할퀴는 상처가 됐을 거고.

남편　　그런걸 아는 사람이 그때 곧 돌아가실 양반한텐 왜 그랬어?

아내　　나도 모르겠어. 내가 왜 그랬는지.

　　　　그이가 죽은 건 내 탓이야.

　　　　무슨 일이든 일어나게 해달라고 빌었거든.

남편　　잘 가셨어, 가실 만할 때…….

　　　　우리 같은 꽃송일 둘씩이나 남겨놓으시고.

　　　　이제 우리가 꽃씨를 뿌릴 차례야.

　　　　세상에서 가장 크고 눈부신 꽃을 피워내는 거야.

아내　　요즘은 그런 생각이 들기도 해.

　　　　어쩌면 그인 날 위해 저 머나먼 별에서 온 귀한 손님일 수도 있

　　　　겠다는.

　　　　용서해주실까?

(남편, 아내를 가만히 안는다)

늙은 여자, 아름드리 물푸레나무 위에서

남자와 여자의 모습을 물끄러미 내려다보며 중얼거린다.

늙은이   쯧 쯧 쯧! 용서허고 말고 할 것이 어디 있어?

          나나 니나 똑같이 힘들었는디.

          지난 일은 다 잊어블고 앞으로 두 놈이 잘 살믄 되는 것이여.

남자와 여자, 가까운 바위로 가서 나란히 걸터앉는다.

두 사람, 한참을 그렇게 말없이 앉아 있다.

마치 자신의 지나온 세월을 말리듯.

남편   무슨 생각해?

          입때껏 그 양반 생각?

아내   아니, 그냥.

          (사이) 당신 내 재밌는 옛날이야기 하나 할 테니 들어볼래.

          (눈을 감고 회상하듯) 옛날 옛날하고도 아주 오랜 옛날에 말

          이지. 당신하고 나처럼 사랑하는 남자와 여자가 한마을에 살

          고 있었대.

          둘은 가난했지만, 서로가 서로를 끔찍이 아꼈었고.

          오누이처럼 지내던 두 사람은 결혼을 했어.

남자는 여자를 위해 하루도 빼놓지 않고 일을 나갔지.

여자는 매일매일 고개에 올라 남자가 돌아오길 기다렸어.

착잡한 심정, 지나온 세월들이 주마등처럼 스쳐 지나간다.

그들은 자신들이 걸어온 고갯길을 바라보며 넋 놓고 앉아 있다.

오락가락하는 상념들.

늙은이   그해 여름맨키로 무덥던 여름이 또 어디 있었을라고,

마실의 우물이란 우물은 죄다 말라 번지고

사람들은 축진 어깨에 핏기 없는 얼굴로

동구 밖 느티낭구 밑으로 하나둘씩 몰려 들었제.

내 생전 그렇게 무더웠던 여름은 처음이었으니께.

그렇게 잡아먹을 듯 위세를 떨치던 더위가 한풀 꺾이자

이번엔 억수 같은 비가 쏟아지드만.

아랫마실로 일 나갔던 그 사람이 하루는 온몸이 만신챙이가

돼가꼬 고갯마루에 쓰러져 있는 거이 아니것어.

동네 사람 몇몇이 그 장대비 속에서도 핏덩일 안고 쓰러져 있던

그일 용케 발견허고 집까지 업어온 거였는디, 아, 그날부텀 물

한 모금 지대로 못 마신 채 몸 져 누워버리드라고.

헌디 이 사람 나가 뭘 물어도 입도 뻥끗 안하는 거여.

그저 꿀 먹은 벙어리맨키로.

근디 하루는 몸 져 누웠던 자리서 일어나

아주 멀쩡한 얼굴을 하고 내 손을 덥썩 잡더니

"임자! 나 아무래도 오래 못 살고 이대로 죽을 것 같네."

그람서 눈물을 펑펑 쏟아내는 것이 아니것어.

하 기가 맥혀서 그 자리서 나가 되물었제.

"당신이 와요?"

그렇깨 요번엔 넋 나간 사람맨키로 멀거니 내 얼굴만 치다보

더니 "그동안 우리 잘 살았제?" 하는 거여.

내 고만 숨이 꽉 맥히고 심장이 덜컥 내려앉는 듯싶어

"당신 뭣 땀시 그라는지 나도 좀 압시다" 재촉하지 않았겠어.

아, 그란디 나 말이 떨어지기가 무섭게 다시 벽 쪽으로 쌩 돌아

눕드만, 그 후론 아예 입조차 벙긋 하는 법이 없드란께.

그때 데불고 온 핏덩이가 우리 수아였고.

그라고 그 사람 집을 나가 영영 소식이 없어버렸제.

아내　　그렇게 한 해 두 해 지나가도 남자는 돌아오질 않았어.

(사이) 그립고 보고 싶고 그래서 가슴 아프고…….

그리움 속에 기다림이 있고 기다림 속에 그리움이 있는 건지.

바람결을 타고 묻어오는 슬픔이 강물처럼 흐르고 흘러서,

말간 슬픔 같은 그리움이 어느 한 순간 환한 봄 햇살처럼

확 쏟아져내리는데…….

(말이 중간에 툭 끊어지고 그동안 참았던 울음이

한꺼번에 치밀어 오른다. 아내, 운다)

남편　　(한참 동안 말없이 아내의 등을 다독인다)

괜찮아, 괜찮아, 다 괜찮아…….

아내   (북받치는 슬픔을 가라앉히며 잔잔한 어조로)

당신, 그때 말이야. 나하고 같이 도망치자고 했을 때.

나, 사실 많이 흔들렸다는 거 알아?

그런데도 그이 혼자 놔두고 훌쩍 떠나진 못하겠더라.

수많은 생각들이 파노라마처럼 펼쳐지고 오락가락하는 상념들 속에
두 사람은 같은 기억 속으로 빠져들었으리라.

아들   수야!

딸   응.

아들   우리 도망치자.

딸   …….

아들   도망가서 살자.

딸   …….

아들   어디 멀리 아무도 모르는 곳에 가서.

딸   …….

아들   못 참겠다.

참을 만큼 참았어.

딸   …….

아들   어머닐 대하기가 두려워.

딸   …….

아들   우린 할 만큼 했어.

딸   …….

아들   여기서 있었던 일 훌훌 털어버리고 떠나자.

        잊자. 잊어버리자.

딸   안돼!

아들   왜?

딸   그럴 순 없어.

아들   왜 안 된다는 거야?

딸   우린 한 가족이니까.

아들   …….

딸   가족은 한곳에 모여 살아야 하니까.

아들   …….

딸   안 그러면 평생 후회하게 될 거야.

아들   어머니랑 난 남남이야.

딸   그럼, 오빠와 나도 남남이야.

아들   …….

딸   조금만 더 기다리자, 기다려보자.

아들   언제까지?

딸   …….

아들   언제까지 더 기다릴래?

딸   …….

아들   난 더는 못한다.

딸	…….
아들	선택해.
	나야, 어머니야?
딸	…….
아들	넌 어머니보다 훨씬 지독한 녀석이야.
	결국 우린 피 한 방울 섞이지 않은 남이야.
	어머니? 오빠? 한 가족?
	다 헛소리야.
	넌 끝까지 너고, 난 끝까지 나고!
	이제 됐니? 이제 속이 시원해?

과거와 현재가 몸을 섞듯, 과거의 눈을 통해 미래를 내다보듯,
그렇게 이야기는 순환한다.

아내	당신이 집을 나가고 나니까 미칠 것만 같더라구.
	난 몇 번이나 죽을 생각을 했었어.
남편	…….
아내	그때 죽었어야 했어.
	당신이 떠난 후로 난 아침마다 울면서 온 동네를 헤매 다녔지.
	어머니가 날보고 그랬어.
어머니	독한 년! 지 에미도 잡아묵것다.
아내	난 악을 쓰고 대들었지.

	(딸의 목소리로) 그라요, 나 본시 그런 년이요.
	그란께 빨랑 우리 오빠나 찾아내쇼.
	안 그라믄 어매 죽고 나 죽고 사생결단 낼라요.
	어매가 뭐요? 뭔디 나랑 오빨 띠놀라고 그라고 애를 쓰요?
	오빠가 어매 자식이요? 그람서 어매가 내 어매요?
어머니	(기운 없는 목소리로) 이년아, 나가 니한테 뭘 그리 잘못했냐?
아내	난 나쁜 년이야. 그이가 죽길 바랬거든.
남편	다 지난 일이야. 그 양반도 당신을 이해할 거야.
	이젠 잊어야지.
아내	그럴 수 있을까? 그 부끄러움을 잊을 수 있을까.
	오래도록 그게 날 괴롭혔어. 밤에 잠도 잘 안 오고 어쩌다가
	잠이 들면 꿈속에 꼭 그이가 나타났지.
	어젯밤 꿈에도 그이가 보였어.
	시퍼런 대숲이 있고 그 수풀 속에 어머닌 누런 베옷을 입고 누
	워 있었지. 난 영문도 모른 채 그이한테로 다가갔어.
어머니	아가! 이리 오니라.
	나랑 같이 가자.
아내	그러면서 내 손을 덥석 잡는 거야.
	그 손이 어쩌나 곱고 매끄럽던지
	난 차마 그 손을 뿌리치질 못하고
	그냥 땅바닥에 주저앉아 울기 시작하는 거야.
어머니	아가! 자, 착하지. 울지 말고.

여그 땅속은 따뜻하단다.

아내   무덤 속으로 들어가면 거긴 편안할 거야.

        아늑하고 따스하겠지.

        당신, 봄볕 좋은 날 산비탈 아래 작은 무덤을 떠올려봐.

        촉촉한 비가 내리고 부드러운 풀들이 자라는 거야.

        무덤 주위론 제비꽃들이 피어 있고

        가끔씩 이름 모를 산새들이 날아와서 앉았다 가지.

남편   당신 왜 자꾸 그렇게 약해빠진 소릴 해?

        이렇게 꿋꿋한 남편을 옆에 두고. (사이) 그래. 첨엔 나도 당신

        이 날 따라나서지 않아서 오해했었어. 당신 가슴속에 내가 차

        지한 자리가 그렇게 형편없었나, 하고 말이야.

        그래서 결심했지.

        나 혼자 떠나기로, 성공할 때까진 절대로 안 돌아오겠다고.

아내   (듣고만 있다)

남편   그러면서도 겁이 났어.

        당신하곤 절대로 떨어질 수 없을 것 같아서.

        그래서 더 괴로웠어.

        당신은 이미 내 안에 들어온 사랑하는 여자였으니까.

두 사람, 서로 껴안는다.

늙은 여자, 남자와 여자의 모습을 지그시 지켜보다가

제 옆에 또 누가 있기라도 한 듯 그에게 말을 한다.

늙은이   이 양반아! 당신, 생각나요?

그 든든한 두 어깻짝에 날 무등 태우고

다 늦은 저녁 무렵이면 동네서 벌어지는 살판에 끼어 들어

이렇게, 이렇게 한바탕 흥겹게 놀았잖소.

멋모르고 그렇게 싸돌아댕기던 때가 그래도 행복했는디,

하이고, 고거이 벌시 언지적 얘기요?

무심한 양반 같으니라고,

당신하고 나허곤 서로 살을 섞은 사인디

그려도 기별 한 장쯤은 해주는 거이 부부 사이 정리 아니요?

참말로 야속허데요.

아, 첨엔 당신 욕도 허고 어디 가서 객사나 하라

입에 담지 못할 악담도 허고 그랬는디도 난중엔 맴이 바뀝디다.

그려, 당신 하나만이라도 잘 살아야제, 고렇게요.

당신이나 나나 늘 고거이 부러벘잖소.

어떻소?

이만하면 당신 여편네 자격은 있었던 거지라.

남편   바람처럼 왔다가 구름처럼 흘러가신 양반이니

거기다 모셔도 되겠다 싶더라구.

바다가 훤히 내려다보이는 양지바른 언덕에 그 양반을 모셨지.

육신은 고갯마루 위에서 뿌렸으니

바람이랑 새랑 물 따라 훨훨 날아서

그 양반, 가고 싶은 데로 갔을 거고

영혼은 당신과 내 숨결이랑 섞여서

영원히 그 바닷가 언덕 위에

살아 있을 거고.

당신, 그때 기억나?

반쯤 죽은 얼굴로 날 보더니 겨우 한다는 소리가

"그 양반 잘 모셨어?" 그랬잖아.

또 뭐라고 그랬더라?

아내 사람이 죽는 건 영영 이별하는 게 아니야.

늙은이 주책인지 몰라도 요즘은 가끔 그 옛날 생각이 나요.

잠 안 오는 밤이면 당신 생각하믄서 무덤 위에 올라앉아

소리도 허고 춤도 추고 그랴요.

가끔 그때 그 시절로 돌아가고 자픈 때가 있어요.

그때로 돌아가서 당신이랑 못 다한 회포나 풀믄서

이 풍진 한 세상 건넜으면 싶으요.

남편 만나서 사랑하다가 헤어지고 그러다가 다시 만나고.

그렇게 우린 어느 새 나일 먹게 되고.

오늘 내가 당신과 함께 어머니 무덤을 찾아가는

이 길을 떠올리면서 웃을 날이 올 거야.

세사람 (돌림노래처럼 대사를 매기고 받는다)

그땐 사는 게 왜 그렇게 지루하고 힘들었지요.

세 사람, 각자의 기억 속으로 빠져들어간 듯

한참을 말없이 걷기만 한다.

옛날, 옛날 옛적에 세 사람이 있었을 것이다.

그들은 한참을 말없이 걷고 있었을 것이다.

이름 모를 산새 소리들 간간이 들려올 뿐,

초봄 오후의 햇살이 눈에 따가웠으리라.

그들 중 어느 한 쪽이 먼저 말을 꺼냈을까.

남편   이제 거의 다 왔어.

        저기 산마루가 보이지?

        바로 그 너머야.

아내   손에 잡힐 듯 말 듯하네.

남편   그렇지?

        가보면 알겠지만 진짜 명당자리라구.

아내   어련할라구, 당신이 한 일인데.

남편   그 양반 아마 좋아할 거야, 당신과 같이 온 걸 보면.

아내   그럴까?

남편   그럼. 새 식구도 이제 하나 더 늘텐데.

아내   (지나가는 말처럼 고즈넉이 운을 뗀다)

        섭섭하지 않아? 당신.

남편   (무슨 말인지 눈치 채고 그저 싱긋 웃는다)

        어쩔 수 없잖아.

그게 어디 사람의 힘으로 되는 일인가?

아내   당신, 우리 아이 참 갖고 싶어했잖아.

남편   처음엔 그랬지.

사내놈이든 계집애든 우릴 쏙 빼 닮은 아일 하나 낳아서

남부럽지 않게 잘 키우고 싶었지.

하지만 뭐, 어디 낳은 정만 정인가? 기른 정도 정이라구.

늙은이   그려, 그려.

그저 정들믄 거가 고향이듯이 정주고 살믄 고거이 바로 가족

인거여.

아내   당신 …… 참 좋은 사람이야.

그렇게 착하기만 해서 이 험한 세상 어떻게 헤쳐왔는가 몰라.

남편   당신은 어떻고.

(잠시 사이, 남편은 아내의 속내를 슬그머니 떠본다)

당신, 거기 가면 뭐라고 할 건데?

아내   길러주셔서 고맙습니다,

당신을 보내주셔서 또 고맙습니다,

마지막으로 우리 같은 아이 들여 잘 키우겠습니다.

(사이) 그러는 당신은?

남편   우선 산소에 술 한 잔 치고.

그새 자란 잡풀도 솎고.

아내   그리곤?

남편   당신하고 절해야지. 내내 평안하시라고.

당신 같은 여자 보내주셔서 고맙습니다, 그래야겠지.

그러고 나서 거기 자리 깔고 설근설근 춤이나 출까?

두 사람, 이 세상에서 가장 아름다운 나비가 되어

무덤 주위를 훨훨 날아다니듯 춤을 춘다.

늙은 여자, 그들을 축복한다.

춤사위가 잦아들면 세 사람,

한참 동안 말없이 시선을 고정시키고 봄 하늘을 쳐다본다.

그 순간 남편과 아내, 다짐이나 하듯 그렇게

서로가 서로의 존재를 확인하는 사랑의 눈길을 주고받으며

두 손을 꼭 잡았을 것이다.

아내   배타고 싶다.

남편   배?

아내   그래. 왜 내가 언제 얘기 안 했나?

남편   아, (가곡 〈사공의 노래〉 앞부분을 흥얼거린다)

         두둥실 두리둥실 배 떠나간다. 물 맑은 봄 바다에 배 떠나간다.

아내   당신, 눈을 감고 그려봐.

         세상이 모두 잠든 깊고 깊은 밤 당신과 나 단 둘이서

         조각배를 타고 바다 한가운데로 나가는 거야.

         물결은 잔잔하고 바람은 물 위를 스치듯 지나가고,

         거기 하늘에 커다란 보름달이 걸려 있는 거야.

온몸에 달빛을 받고

그렇게 서쪽으로, 서쪽으로 흘러, 흘러가다보면

어느새 그 배는 드넓은 우주 한가운데로 나가게 되겠지.

거기 우리들의 집을 짓는 거야.

남편   그래. 당신처럼 달을 동무 삼아 그렇게 나도 배를 띄우고 싶어.

그 배를 타고 나와 당신, 우리들의 집을 지으러 가는 거야.

늙은이   야들 좀 보소.

누가 내 새끼들 아니랄까 봐서 말하는 것이 요렇게 이쁘요.

당신도 어디선가 보고 있으면 야들 잘 살게끔 빌어주소.

세 식구, 서로 마주보며 환하게 웃는다.

남편   (노래하듯 읊조린다) 열 손가락 사이사이 금 모래알 새 나가듯

하루하루 강물처럼 사랑이 흘렀나.

아내   (장단을 맞추어 같이 읊조린다) 눈 한 번 돌이킬 새 없이

천년 같은 정이 흘렀나, 흘러갔나.

남편   당신도 나도 꿈꾸고 있는 건가.

오락가락 꿈길에서 꿈같은 사람을 만나 눈을 맞췄나.

아내   꿈길에서 헤어져 꿈같은 생시를 보았나.

한 자리 서리서리 펼쳐 봄나들이 나왔나.

앞에서 그랬듯이

두 사람, 마치 한사람이 된 것처럼

소리를 주고받으며 고개를 넘어간다.

부부의 노랫소리 차츰 멀어질 즈음

저편 언덕 고갯마루 위로 노을을 타고 가는 늙은 여자의 뒷모습,

언뜻 보였다가 사라진다.

그 노을 따라 한 세상이 저물면, 막.

가족이 아닌 사람들이 가정을 만들어가는 이야기를 정제된 언어와 신화적 구성으로 표현한 작품.

연극연출가 **임영웅, 윤광진, 최치림** / 연극배우 **최형인** / 연극평론가 **김윤철, 오세곤**(2002 제38회 동아연극상 심사평 중에서)

마치 수묵화 한 점을 볼 때의 매력처럼 행간의 여분이 주는 상상력과 수사의 아름다움이 돋보이는 작품. 봄날의 꿈 한 편 접하듯 가볍게 사랑과 희망을 노래하는 그의 희곡은 생을 아름답게 바라보는 작가의 따스한 시선과 극작에 있어서의 진솔함이 완벽한 조화를 이루고 있다. 그의 함축적이고 시적인 언어는 그 누구의 것과도 닮아있지 않으며 너무나 단순해서 흉내 낸 흔적도 없다. 연륜을 참작하면 참으로 놀랍고 용기 있는 독창성이다.

극작가 겸 연극연출가 **이윤택**, 연극연출가 **김아라**(2008 제16회 대산창작기금 심사평 중에서)

행동이 거의 없는 서정적 아름다움으로 관객을 매료시킨 작품.
움직이듯 움직이지 않는 머무름을 통해 인물의 심리를 시적으로 표현한 연극.

연극비평가 **한상철**

정제된 언어와 신화적 구성으로 인생의 아름다운 비극성을 감동적으로 그려낸 작품.

연극비평가 **김윤철**

봄날 같은 사랑이 한 편의 시로 다가온 공연.
연극비평가 **이미원**

마치 산속에 들어와 있는 듯한 따뜻한 정서를 주는 작품.
연극비평가 **김미도**

생산적이지도 효율적이지도 않지만 피땀으로 정화된 맑은 사랑, 고통과 애증 속에
서 오히려 깨끗하게 빛나는 원형적인 사랑을 찾아가는 연극.
《한겨레신문》 **정재숙** 기자

잔디 위에서 펼쳐지는 '말'의 향연.
《조선일보》 **박돈규** 기자

진정한 사랑과 가족의 의미를 제대로 짚어본 상처 많은 한 가족의 이야기.
《동아일보》 **김갑식** 기자

잊혀진 휴머니즘을 갈구하는 서정성 짙은 연극.
질기고 원초적인 가족사를 다룬 작품.
《중앙일보》 **최민우, 김성룡** 기자

흙과 솔잎, 송진 냄새가 솔솔 풍기는 꿈결 같은 무대.
가난한 날들에 대한 슬프리만치 아름다운 기억을 수놓은 연극.
《한국일보》 **장병욱** 기자

극 곳곳에 담긴 시적인 대사와 감칠맛 나는 '정'이 묻어나는 연극.
《문화일보》 **김순환** 기자

생면부지의 타인들이 만나 가정을 이루는 과정을 통해 사랑과 화해의 메시지를 전
하는 작품.
《세계일보》 **심정미** 기자

소월 시 같은 서정을 담은 연극.
《국민일보》 **김남중** 기자

사랑과 화해의 메시지를 전하는 작품.
《매일경제》 **노현** 기자

사랑의 힘을 보여주는 연극.
《서울경제》 **홍병문** 기자

혈연을 넘어 가족이란 이름으로 '사랑하며 살아가는 것'에 대해 고찰하는 연극.
《해럴드경제》 **윤정현** 기자

우리말이 빚어내는 구성진 가락의 묘미가 빼어난 작품.
《신동아》 **구미화** 기자

더 낮고 따뜻한 곳으로 손을 내미는 사랑연가.
《객석》 **김주연** 기자

가족 간에 공유될 수 있는 따뜻한 정경과 사랑을 이야기하면서 어느 순간 울컥 솟
구치는 속울음 같은, 인간 누구에게나 그리울 운명처럼 이들 간의 죽음과 이별을
끄집어내는 작품.
《한국연극》 **염혜원** 기자

시 같은 희곡, 따뜻한 서정성이 도드라진 작품.
《시티라이프》 **이귀랑** 기자

이산의 아픔을 넘어서는 애틋한 사랑 이야기.
《마이데일리》 **박은정** 기자

2. 서산에 해 지면은 달 떠온단다

일시 2003년 9월 20일~28일

장소 문예진흥원 예술극장 대극장(현 아르코 예술극장 대극장)

주관 실험극장

연출 김순영

출연 오현경(성진 역), 이승호(덕출 역), 유순철(점룡 역), 서학(명길 역), 김도형(석이 역), 김소리(솔이 역), 박호석(술래 역), 이연희(귀돌할멈 역), 김미준(금순 역), 정선화(막선 역), 이나현(점설 역), 최근창(봉팔 역), 이영진(판술 역), 오병남(재봉 역)

무대 디자인 노은정

조명 디자인 진용남

의상 디자인 손진숙

음악 이나현(도창), 홍세린(대금)

음향 한철

분장 강대영, 김선희

사진 이도희

그래픽 디자인 이희경

무대감독 손규홍

조연출 이유학

2003년 극단 실험극장 제 45회 정기공연

2003년 문예진흥원 창작활성화 지원 선정작품

21세기가 시작되던 첫 해 대학원에 진학해서 공부하던 중 아주 우연한 기회에 1920년대의 대중잡지들을 훑어보게 되었다. 잡지 속에 나와 있는 20년대와 30년대는 내가 그동안 알고 있던 일제 식민지 시대의 모습과는 전혀 다른 감각으로 와 닿았다. 큰 충격이었다. 단순히 그 시대가 억압과 핍박과 가난만이 넘쳐났던 시기가 아니라 어려운 여건 속에서도 아주 다양한 삶의 세태와 풍속들이 생생하게 살아 숨쉬고 있었던 때였다는 걸 뒤늦게 알게 된 탓이었다.

인문학자들은 이미 꽤 오래전부터 기존의 시각과는 다른 새로운 관점에서 그 시대를 활발하게 연구하고 있었고, 그러한 연구 성과가 출판물로 하나 둘 결실을 맺기 시작하던 즈음이었다. 당연한 말이겠지만 당시의 연구물들이 나중에 문학이나 연극, 영화와 같은 문화예술 전반에 큰 영향을 미쳤고 여러 명작들을 탄생시키는 밑거름이 되었다. 이 희곡은 아마 그 연구 성과에 빚진 최초의 작품이었을 것이다.

이 작품은 1930년대 초 한강 마포나루에 거주하는 늙은 소금장수와 새우젓장수의 가족 이야기다. 소금장수인 성진은 젊은 시절 사소한 오해로 벙어리였던 아내인 술래를 쫓아내고 어린 아들인 석이와 살고 있고, 그의 친구인 새우젓장수 덕출 역시 몸이 약한 아내를 병으로 잃고 어린 딸인 솔이와 살고 있다. 그리고 덕이와 솔이는 서로 좋아하는 사이다.

작품의 주제는 크게 세 가지로 요약할 수 있다. 가장 기본이 되는 것은 부모와 자식 간의 갈등과 반목으로 인해 벌어지는 세대 간의 문제다. 아버지인 성진은 자식을 자신의 곁에 붙잡아두려 하고 아들인 석이는 그러한 부모를 벗어나 멀리 떠나려고 한다. 그 대립의 근원엔 석이의 얼굴도 알지 못하는 어머니에 대한 그리움이

자리하고 있다. 모성과 부성의 상관관계 속에서 석이 자신의 정체성을 찾아가는 일은 곧바로 그 시대 역사의 정체성을 확인하는 작업과 직결된다. 또 하나, 작품의 큰 축을 이루는 중심엔 젊은 남녀인 석이와 솔이의 지고지순한 사랑도 한몫을 차지하고 있다. 그러나 극이 진행될수록 이 작품은 궁극적으로 차츰차츰 늙어가는 두 노인, 성진과 덕출의 외로움과 쓸쓸함에 초점이 맞춰진다.

도시와 시골이 만나는 접경처럼 냉혹한 이익 추구와 끈끈한 인간애가 공존하던 1930년대는 식민의 아프고 쓰린 기억과 근대화 초기의 문화사회적인 홍성거림이 묘하게 뒤섞여 있던 슬프고도 아름다운 시절이었다. 당대의 인정과 세태 속에서 식민지 시대의 희망을 찾아 울고 웃던 사람들. 이 작품은 한마디로 비록 많이 배우지는 못했지만 직접 몸으로 깨닫고 체득한 지혜를 소중하게 생각하며 자연의 순리를 좇아 생명을 존중하며 살았던 착하고 순박한 이들의 강물처럼 아름답고 슬픈 인생 찬가라고 할 수 있다.

이 희곡은 결국 자신이 누구인지도 모르는 주인공이 자기 정체성을 찾기 위해 다른 세상으로 떠나는 이야기이자 한 개인의 정체성을 통해 그 시대와 역사의 정체성을 되돌아보는 이야기이며 궁극적으로 인간의 근원적인 고향인 모성의 그리움을 희구하는 회귀와 순환에 관한 이야기이다.

1930년대 한강 마포나루. 그 시대와 장소를 배경으로 하고 있지만 그러나 그때 그곳에서 이 땅 위에 뿌리를 내리고 살던 사람들의 이야기는 80여 년이 훨씬 더 지난 지금, 이곳에서 벌어지는 일들과 결코 무관한 것만은 아니다. 역사의 문제는 결국 인간의 문제로 되돌아오기 때문이다.

서산에 해 지면은 달 떠온단다

— 세상의 모든 가족들에게

때

1930년대 초 중엽

곳

한강 마포나루

나오는 사람들

성진 - 오십대 후반의 노인, 덕이의 아버지, 소금장수

덕출 - 오십대 후반의 노인, 성진의 친구, 새우젓장수

석이 - 십대 중반의 소년, 성진의 아들

솔이 - 십대 중반의 소녀, 덕출의 딸

할멈 - 오십대 중반의 노파, 해장국집 주인

금순 - 사십대 후반의 마을 아낙

막선 - 사십대 후반의 마을 아낙

점실 - 사십대 중반의 마을 아낙

점룡 - 육십대 초반의 동네 사내

명길 - 오십대 초반의 동네 사내

재봉 - 오십대 초반의 동네 사내

그 외 선원들과 가게 손님들, 해관 관리원들

전체 무대

나루를 중심으로 강 앞쪽으로 저 멀리 안개가 자욱하게 끼어 있는 관악이 아스라하게 보인다. 건너편 강변으로 밤섬과 너의섬의 명사십리 백사장이 펼쳐져 있고 양화진으로 나가는 오른쪽 절두산 기슭엔 망원정이 강을 굽어보고 있다. 왼쪽 뒤편으로 소가 누운 듯한 형상의 와우산이 보이고 그 뒤편으로 남산 자락의 목멱이 사잇섬처럼 우뚝하게 솟아 있다. 그 후방을 북악과 인왕이 든든하게 버티고 들어앉아

전체적으로 나루 하나를 떠받치고 있는 형국이다. 나루의 선창에서 오른쪽으로 빠지는 길은 공덕리와 만리재, 용산, 칠패장이 서는 남대문시장까지 이어져 있는 남문통의 샛길이다. 선창에서 왼편으로 빠지면 곧장 저잣거리와 이어져 나막신 점포와 옹기점, 유기전, 해장국집, 술집이 한데 모여 있는 장터가 나온다.

1막
1장 멀리서 와 다시 멀리 흐르는

초봄 오전.

강어귀는 이미 들어왔던 배가 아침에 많이 빠져나간 탓인지 한산하다.

선창 주변으로 짐을 운반하기 위한 낡은 구루마 몇 대,

소금가마를 쌓아두는 독막과 창고도 눈에 띈다.

아침 햇살이 잔잔하게 강변 위로 깔릴 무렵.

어디선가 "한강수라 깊고 맑은 물에 수상선 타고서 에루화 뱃놀이 가잔다……"

이어졌다가 끊어지고 그러다가 다시 맺어지는 낮고 구슬픈 노래 가락이

부드러운 미풍에 실려 간간이 밀려왔다 밀려간다.

성진, 배 위에서 부지런히 돛을 감아올리고 있다.

그러다가도 가끔씩 제법 따가워진 햇볕을 가리기라도 하듯

한 손을 들어 이마에 대고 먼 곳을 향해 눈대중을 해본다.

누군가를 기다리고 있는 듯.

좀 떨어진 선착장 주변에선

석이가 아주 무심한 얼굴로 뱃사람이 버리고 간 듯한

낡고 너덜너덜해진 그물을 만지작거리며 손장난을 하고 있다.

성진   (손을 재게 놀리다가 멈춘다)

이 화상은 어딜 가서 뭘 하느라 여태 코빼기도 안 보이누?

얘, 석아! 석아!

석이   (부르는 소릴 듣고도 못들은 척 한참을 그대로 앉아 있다가 마지못해 몸을 추슬러 일으켜 세운다. 얼굴에 알지 못할 그늘이 어려 있다)

성진   어른이 부르면 냉큼냉큼 대답할 요량이지 뭘 그렇게 꾸물대는 게야.

너 어여 가서 덕출이 아저씨 오는가 한 번 내다봐라.

석이   (축 처진 어깨를 하고 고개를 떨군 채 남문통 샛길 쪽으로 사라진다)

성진   (사라지는 석이의 뒷모습을 물끄러미 바라보다가 혀를 끌끌 찬다) 젊디젊은 놈이 왜 저렇게 맥아리가 없어. 삼 시 세 끼 제대로 못 찾아먹는 놈처럼 허구헌날 비실비실거리기나 하고.

(멈췄던 손을 다시 놀리며 마뜩치 않은 소리로) 그건 그렇고 도대체 이 인간은 어떻게 된 게 제때 오는 법이 없어.

늙어서도 제 버릇 개 못 준다더니만. 에이.

그때 석이가 내려간 반대편 방향 저쪽 멀리서

"성진이! 성진이!" 하는 쉬어 갈라터진 소리가 들려온다.

성진   (입맛을 쩍쩍 다시며 혼잣말처럼 중얼거린다)

호랑이도 제 말하면 온다더니, 드디어 나타나시는군 그래.

느림보 거북이처럼 게을러터져선.

여태껏 별 탈 없이 그나마 입에 풀칠이나 하고 살아온 게 용치,
용해.

덕출 (지게를 지고 호들갑스럽게 배 위로 뛰어든다)

여보게. 미안하이. 많이 기다렸지?

성진 지금이 몇 시야? 해가 벌써 중천에 떴어!

덕출 헤헤헤. 미안허이, 미안해. 내 입이 열이라도 할 말이 없네.

성진 (덕출의 사과에 성난 맘이 조금은 누그러든다)

그래, 어젠 어느 집구석에 처박혀 있었누?

니 놈 꼬락서닐 보아하니 제집에 있다가 얌전히 나온 건 아닌
것 같고.

덕출 역시 자넨 쿵 하면 척이고 척하면 삼천릴세그려.

왜, 요 앞 삼거리에 우리 잘 가는 단골 색주집이 하나 있잖나.

성진 그 송씨 여편네가 하는?

덕출 아, 그려. 거기 이번에 얼굴 반반하고 엉덩이도 펑퍼짐한
한창 물오른 색시들이 새로 왔더라고.

내 이제 가면 또 언제 오나, 아무리 못 잡아도 서너 달은 걸릴
텐데. 그동안 어찌 견딜까 하 섭섭해서 발길이 떨어지지 않데.

그래, 내 어제저녁에 일찌감치 집에서 나와 거기 들러서 미리
신고식을 치렀지.

성진 넌 나이를 거꾸로 먹냐?

철 좀 들어라, 철 좀 들어.

니가 시방 이팔청춘 꽃띠냐?

하고 돌아다니는 짓거리라고는.

그래, 아예 거기 죽치고 앉아 밤새도록 지 딸년뻘 되는 계집들

이랑 노닥거리면서 온갖 설레발이란 설레발은 다 풀었겠지.

안 봐도 훤하다. 이놈아.

덕출   왜 이래 이 사람! 몸은 이래도 맘은 아직 새파란 청춘이라고.

지가 괜히 셈나니까. 부러우면 부럽다고 솔직히 말할 것이지.

아닌 게 아니라 그 가시내들이 애비뻘 되는 나한테 살살 눈웃

음을 치는데, 아이구, 정말 감질나더구만. 죽겠더라, 죽겠어.

내가 딱 십 년만 젊었어도 어떻게 해보는 건데 말이야.

성진   아이구! 그래, 장하다 장해!

그렇게 꼬박 밤 새워 원 풀고 났더니 이젠 몸이 거든한 게 훨

훨 날아갈 것 같지? 그럼 내 배 탈 것 없이 그 기분으로, 니 놈

가고 싶은 데로 어디로든 날아가 봐.

덕출   (샐샐거리는 웃음에 약간은 겸연쩍은 낯빛이다)

헤헤헤. 왜 이러나. 이 사람아!

우리 사이가 어디 그냥 보통 친구 사인가.

피를 나눈 동기간보다 더 진한 삼십 년 우정이야.

그리고 이게 다 누이 좋고 매부 좋자고 하는 일인데.

성진   (귀찮은 듯 손사래를 슬슬 치지만 그다지 싫진 않은 표정이다)

욘석아! 한 번 속지 두 번은 다시 안 속는다.

내, 니 놈 심보를 모를 줄 알고?

지가 아쉬울 만하면 친구고 안 그러면 코빼기도 잘 안 비치면서.

덕출   아, 그건 목구멍이 포도청이라고 먹고 사느라 바빠서 그런 거지

어디 내 맘이 떠나서 그런 건가. 이 사람, 참 섭섭허이.

성진   됐다, 됐어.

덕출   (주위를 둘러본다) 근데 석인 어디 갔나? 아까부터 안 보이네?

집에 있는 건 아닐 테고.

성진   아, 어딜 가긴 어딜 가?

니 녀석이 하도 안 오길래 무슨 사고나 났는가 싶어서

내, 남문통 쪽으로 마중 나가러 내려보냈지.

덕출   역시 그래도 날 염려하고 걱정해주는 건 자네뿐일세 그려.

고마우이.

성진   아니 다행이다. 이 녀석아.

덕출   (잠시 생각하는 눈치) 석이가 올해 몇이더라?

성진   열여섯.

덕출   벌써 그렇게 됐어?

가만있자. 우리 솔이가 석이보다 이태 늦게 났으니까.

(손가락을 꼽아본다) 맞구먼. 세월 참 빠르이.

요만할 때 보던 게 바로 엊그제 같은데.

한창 좋을 때야. 왜 이팔청춘이라는 말도 있지 않은가.

그만하면 이제 장가보내도 되겠는데 그래.

성진   웬걸. 보기만 그렇지 아직 어린애야.

세상 물정도 잘 모르고, 제 앞가림도 못하는데 어디 사내구실
이나 제대로 할까.

덕출   허어. 그건 자네 생각이고. 요즘 세상에 석이만한 애가 어디 있
다고 그래?

인물 훤하겠다, 맘씨 비단결이겠다, 어른들한테 깍듯하겠다,
그만하면 일등 신랑감이야.

어딜 내놓아도 손색이 없겠네.

암, 그렇고 말고. 전혀 꿀릴 게 없지.

성진   (겉으로는 무심하지만 내심 흐뭇한 표정)

덕출   내가 한 번 다리를 놓아볼까? 어떤가?

성진   이 사람 객쩍은 소리 그만하고.

덕출   그게 왜 객쩍은 소리야? 중맬 잘 서기만 하면 술이 석 잔일세.

성진   이 사람아! 그 대신 잘못 서면 뺨이 석 대야.

덕출   우리 솔이는 어때?

꼬맹이 때부터 오누이처럼 지내던 사이겠다, 나이 차도 그만하
면 적당하겠다.

성진   농담 말어.

덕출   왜? 솔이는 싫어?

(안색이 변한다) 그것 참 섭섭허이.

그래도 지 언니 일찍 보내고 고년이 내 늘그막에 본 무남독녀
외동딸이야.

성진   허, 그놈 참. 내가 뭐라던?

　　　　　　내 말은 둘 다 아직 어려서 안 된다는 게지.

덕출　펑계대지 말어. 맘이 없으니까 그러는 거면서.

　　　　뭐 자네 아들내미 아님 사람이 없는 줄 아나?

　　　　걔 데려가려고 벌써부터 군침 삼키면서 목 빼고 줄 선 놈이 한

　　　　둘이 아냐.

　　　　에잉, 씨알머리 없는 사람 같으니라구.

성진　안 그래도 요즘 그 녀석 땜에 맘이 편치 않은데 니 녀석까지 덩

　　　　달아 왜 그러누?

덕출　왜? 뭔 일 있었남?

성진　그놈이 전엔 안 그랬는데 요새 들어 부쩍 말도 없어지고

　　　　하루 종일 엉뚱한 짓만 한다구.

　　　　괜히 눈만 내리깔고 한숨만 푹푹 쉬고

　　　　또 어떤 땐 정신 나간 놈처럼 멍하니 하늘만 올려다보고 있고.

　　　　그러면서도 나한텐 눈길 한 번 안 주는 게.

　　　　일부러 그러는 건지.

　　　　되려 내가 지 놈 눈치를 슬슬 보는 형편이라니까.

　　　　무슨 불만이 있으면 말을 하든지.

　　　　아예 입은 자물통으로 잠가놨는지 꾹 다물고만 있지.

　　　　내가 답답해서 미치겠네그려.

덕출　그만한 나이 땐 원래 생각이 많은 법 아닌가. 사춘긴가 보지.

성진　성깔머린 누굴 닮아서 그렇게 무뚝뚝하고 퉁바리졌는지.

　　　　당최 싹싹함이란 눈을 씻고 찾아보려 해도 찾아볼 수도 없다

니까.

덕출   자네가 참고 이해해야지 어떡하겠나.

계집애도 아닌데 자네한테 사근사근하기만을 기대하는 건 무리

야. 걔가 스스럼없이 다가오게 하는 건 외려 자네 할 탓이라고.

성진   그래도 솔이는 오사바사한 게 잔재미가 찰찰 넘치지 않나.

붙임성도 얼마나 좋은가.

내 자네 집에 매번 갈 때마다 반하겠더라구.

저번에 갔을 때도 어찌나 싹싹하게 굴던지.

그러니까 손님들이 다들 좋아하지.

우리 석이 놈하곤 천양지차야.

덕출   모르는 소리 하지도 말게.

우리 솔이에 비하면 석인 어른이야 어른.

그 나이에 그래도 기특하질 않나?

딴 데다 한눈 안 팔고 그저 자네 말이라면 껌벅 죽는 시늉까지

하니까.

요즘 애들이 어디 그래? 암팡지게 까져서 되바라지기만 하지.

시답잖은 망나니 열 놈, 백 놈보단 샌님 같고 좀 미련스럽긴 해도

석이처럼 유순한 애가 백 배, 천 배 더 낫다구.

내 자네니까 하는 말이네만 솔이 그게 얼마나 속을 썩인다구.

나이 마흔이 다 돼서 얻은 늦둥이고 일찍 죽은 지 어미 몫까지

다한답시고 오냐오냐 하고 키웠더니

버릇없기가 천방지축일세.

맨날 얼굴에 분이나 처바를 궁리나 하고

밤늦도록 어딜 그렇게 싸질러다니는지.

성진　이제 겨우 열 넷이야.

그 나이 또래면 멋 내고 싶기도 할 테고.

덕출　그놈의 멋도 멋 나름이지.

내 괜히 천가네 포목전에 내보냈다고 후회하고 있다니까.

바느질하는 것도 어깨너머로 배우고 시집갈 밑천도 좀 보탤까

싶어 겸사겸사 그렇게 했더니 이건 외려 허파에 잔뜩 바람만

집어넣은 꼴이 됐으니.

일 끝나면 재깍재깍 집에 돌아와서 얌전히 살림할 생각은 않고

동네 사내놈들과 어울려 활동사진을 보러가네 마네 하면서

온갖 오도방정은 다 떨고 싸돌아다닌다니까.

이마에 피도 안 마른 것들이 말이야.

하도 빨빨거리면서 설치고 다니기에 하루는 새벽녘이 다 돼서

야 슬금슬금 기어들어가는 걸 다잡아 앉히고 "니 장차 뭐가 될

라고 그러나?" 물어봤더니

그 철부지 년이 한다는 소리가 뭔 줄 알아?

성진　뭐라고 그랬는데?

덕출　가순가 뭔가가 된다고 하더구먼.

그래서 인기도 얻고 돈도 많이 벌어서 세계여행을 가겠다나,

어쩐대나.

그리고 나중엔 활동사진도 찍겠다더구먼.

내 참, 남세스러워서. 지 애비 허리 휘는 건 눈꼽만치도 관심 없고.

애물단지야, 애물단지.

성진　거 참, 꿈 한 번 야무지군.

그래도 또 알아?

자네 딸 얼굴도 반반하겠다, 노래도 잘하겠다,

윤심덕이처럼 유명한 가수가 돼서 금의환향할는지.

덕출　이 사람, 안 그래도 복장 터져 죽겠는데 누구 혈압 올릴 일 있누?

말이 씨가 된다고 그러다가 나중에 행여나 그 여자처럼

외간 남자랑 눈이 맞아 배 위에서 뛰어내리면 어쩌라고?

그리고 가수는 뭐 개나 소나 노래 좀 하면 아무나 다 되는 겐가?

그게 허영덩어리가 아니고 뭐여?

(한숨을 내쉬며 혼자 중얼거리듯 내뱉는다)

참 알다가도 모를 일이지.

난 노래엔 젬병인데 누굴 닮아서 그런 딴따라 기질이 있는 건지.

성진　아, 누굴 닮긴 누굴 닮아.

콩 심은 데 콩 나고 팥 심은 데 팥 나는 법인데.

솔이 엄마가 노랠 좀 잘했나.

달 밝은 여름밤에 선창가에 나와 〈노들강변〉이라도 부르면

길 가던 사람들 다 한 번씩 돌아봤는데.

그 노랫가락으로 동네 머슴애들 애간장은 또 얼마나 녹였고.

혼을 다 빼놨잖아.

나같이 무심한 인간도 그 소릴 한참 듣고 있노라면

가슴이 싸하게 아파오는 게 속이 다 울렁거렸는데

장가 못간 떠꺼머리 총각 놈들이야 오죽했으려고.

그 피가 어딜 가나? 그 어미에 그 딸이지.

덕출   솔이 엄마? 죽은 사람 얘긴 갑자기 왜 꺼내?

(착잡한 심정, 한참을 말이 없다. 그러다 문득 생각난 듯)

석이가 지 엄마 보고 싶어하는 눈치든?

성진   왜? 자네더러 뭐라 그래?

덕출   지난번에 왔을 때 자네 없는 틈을 타 내게 묻데.

차마 그 얘긴 못 꺼내겠고 잘 모르겠다 그냥 얼버무리고 말았

는데 내 말을 믿지 않는 눈치더라구.

무안해서 혼났어.

성진   내 이 녀석을! 당장!

덕출   아! 이 사람! 왜 이러나?

원래 그만할 땐 알고 싶은 게 많은 법 아닌가.

성진   (무뚝뚝하게) 알고 싶어한다고 다 알려줄 순 없잖아.

때론 모르는 게 약이지.

자네도 주의를 주라구.

또 그런 걸 묻거든 아예 혼구녕을 내던가.

다신 그런 소리 못하게.

덕출   내가 무슨 자격으로 혼을 내?

자네가 항상 이런 식이니 석이가 더 그런 걸세.

열여섯, 그만한 나이면 알아들을 건 다 알아듣는 나이야.

언제까지 쉬쉬할 참인가?

성진   자넨 자네 딸이나 신경 써.

덕출   그게 어디 쉬쉬한다고 피해갈 수 있는 문젠가.

언젠간 석이도 알게 될 일인데.

그때 가서 애한테 상처주지 말고 차라리 솔직하게 지금 털어놓게나.

그게 나아. 윽박만 지른다고 풀릴 문제가 아니잖는가.

나중에 일 더 크게 만들지 말고.

성진   내 아들 내가 알아서 할 테니 자넨 참견 말아.

덕출   허 그 사람 참. 옆에서 보기 딱해서 그러지.

석이 그놈 말할 때 보면 눈동자가 반짝반짝 빛나는 게 영락없는 지 애미야.

완전히 쏙 뺐다니까. 석일 보면 꼭 술래 생각이 나서.

(조심스럽게 성진의 의중을 떠본다) 이봐.

자네 언제까지 석이 그 녀석을 품에 끼고 살 텐가.

저승 갈 때도 같이 데리고 갈라고 그러나.

자네나 나나 살날이 얼마 남지 않은 사람들이야.

하지만 석인 앞길이 창창하다고.

지금까지 살아온 날보다 앞으로 살아갈 날이 더 많이 남은 아일세.

세상이 달라졌어. 요즘 시대가 어떤 시댄가.

청량리에서 서대문 앞까지 전차가 왔다 갔다 하는 시대 아닌가.

자네가 항상 그런 식으로 애를 싸고돌면 석인 우물 안 개구리

가 되기 십상이야.

자네 슬하에만 묶어두려 하지 말게.

그건 잘하는 게 아니야.

지금 그 녀석에게 필요한 건 세상을 똑바로 바라보는 눈일세.

그 눈을 틔워줘야 하는 거라구.

내 자꾸 자네더러 석일 데리고 여기저길 다녀보라는 것도 다

그것 때문이고.

알 만한 사람이 왜 그래?

성진   (벌컥 화를 낸다) 그냥 놔두래도 그러네.

덕출   알겠네 알겠어. 자네 그 황소고집을 누가 꺾겠는가?

(망설이며 뜸을 들인다) 그건 그렇고 석이 에미 소식은 좀 듣

고 있남?

성진   그 얘기라면 그만둠세. 해봐야 득 될 게 없으니까.

덕출   (슬쩍 눙친다) 송파장에서 비슷하게 생긴 사람을 봤다는 사람

이 있어.

성진   (말이 없다)

덕출   (반응이 없자 열쩍어 말을 돌린다) 석인 왜 아직 안 오는 게야.

내가 주막에서 잔 것도 모르고 날 찾으러 저 멀리 공덕리까지

내려간 겐가.

(성진을 향해) 안 되겠네. 내 내려가서 좀 찾아봐야겠어.

덕출, 배 위에 지게를 내려놓고 석이가 내려간 남문통 쪽으로 사라진다.

성진, 덕출을 잡을 생각도 안 하고 그저 멍하니 강물 쪽으로 시선을 두고 있다.

정적이 흐른다.

잠시 후 샛길 아래쪽에서 덕출과 석이가 올라오며

두런거리는 말소리가 들려온다.

성진, 곧 정신을 차린다.

덕출   그게 그러니까 목덜미가 새까맣게 탄 사람이 왕십리 미나리장
        수고 얼굴이 새까맣게 탄 사람은 마포 새우젓장수라지, 아마.

석이   그건 왜요? 아저씨.

덕출   왕십리에서 아침에 문 안으로 미나리를 팔러 오려면
        자연히 아침 햇살을 등 뒤에 지고 오게 된다는 게야.
        그러니 목덜미가 새까맣게 탈 수밖에.
        반대로 마포에서 아침 일찍 문 안으로 새우젓을 팔러 갈려면
        그 햇빛을 앞으로 안고 가기 때문에 얼굴이 까맣게 그을린다
        는 거고.
        어떠냐? 재밌는 말이지.

석이   그래서 아저씨 얼굴이 그렇게 새까만 거군요. (환하게 웃는다)

덕출   그럼. 말이 난 김에 이 아저씨가 장터에서 사람들을 어떻게 끌
        어모으는지 석이 너도 한 번 들어볼 테냐.
        흠 흠 흠. 손님을 끌기 위해서 우선 목청을 가다듬고.
        이럴 땐 날계란 하나로 목을 풀면 금상첨환데.

(입맛을 쩍쩍 다신다) 할 수 없지. 그냥 우리 석이한테 선만 뵈는 거니까.

(입담을 시작한다) 자, 자. 새우젓! 새우젓!

전국서 제일가는 마포 새우젓이 왔어!

날이면 날마다 오는 게 아냐.

둘이 먹다 하나가 죽어도 몰라.

사시사철 입맛에 따라 골라보셔.

초봄에는 쌀새우로 담근 새하젓,

오월에서 초여름까지 오사리로 담근 오젓,

유월에 한창 물오른 살진 새우로 담근 육젓,

가을에 담근 추젓,

겨울에 잔 새우로 담근 동백하,

없는 것 빼놓곤 다 있어.

맛 좋고 오래가는 마포 새우젓, 새우젓 사려!

자, 한 번만 먹어봐.

입안에 군침이 자르르 흐르고 밥맛이 그냥 돌아…….

성진 　(두 사람을 발견하고 덕출을 향해) 이놈아! 아침부터 웬 너스레냐 너스레긴. 어여 이리 올라오기나 해.

덕출 　(배 위로 뛰어오르며) 떠나기 전에 목청 한 번 가다듬어본 걸 가지고 뭘 그래?

석이 　(배 밑에서) 아저씨. 이번에 가시면 얼마나 걸리실 건데요?

덕출 　글쎄다. 가봐야 알겠지만 족히 잡아 한 반년은 걸릴 게다.

석이   그렇게 오래요?

      그럼 올 가을에나 또 뵙겠네요.

덕출   그렇게 되겠지.

      왜? 너도 따라가고 싶으냐?

석이   (옆에 있는 성진의 눈치를 살피며 얼버무린다) 아, 아녜요.

덕출   내 얼른 다녀와서 일전에 약속한 남문 밖 옹기시장이랑 배오

      개장, 칠패장을 두루두루 다 구경시키마.

석이   (얼굴에 희색이 돈다. 반면 성진은 못마땅한 표정)

덕출   솔이가 네 안부 묻더라. 종종 놀러가고 그래라.

석이   예. 아저씨.

성진   자, 우린 그만 가보자구.

      (석이를 향해) 넌 어여 집에 들어가.

      내 해장국집 귀돌 할멈한테 이것저것 부탁해놨으니, 딴 생각

      말고, 심심하면 전에 준 이야기책이나 읽고 있든지.

      한 보름쯤 걸릴 게다. 그동안 할머니 말씀 잘 듣고.

석이   (시무룩하게 풀죽은 목소리로 겨우 대답한다) 다녀오세요.

      아저씨도 몸조심하시구요.

덕출   그래. 석아. 너도 잘 지내고 올 가을쯤 우리 다시 보자꾸나.

      (뱃전에서 손을 흔든다)

성진과 덕출이 탄 황포돛배가 나루를 서서히 벗어나기 시작한다.

석이, 그 배가 시야에서 사라질 때까지 망연히 서 있다.

2장 가세, 가세, 화전놀이를 가세

늦봄 오후.

저자거리가 보이는 장터 앞 해장국집 전경.

다 낡은 나무 탁자와 의자를 사이에 두고 점심 겸 저녁을 먹는 손님 두 서넛이

눈에 띌 뿐 가게 안은 한산하다.

귀돌 할멈과 일을 도와주는 마을 아낙들이 한쪽 옆에서 나물을 다듬고 있다.

금순   아, 봄볕이 참말 따습다.

        이런 날은 어디 가까운 데로 나들이나 가야 하는 건데.

점실   볕이 너무 좋으니께 자꾸 잠만 와서 지금 내가 다듬는 게

        봄나물인지 콩나물인지 가물가물해유.

금순   (옆 아낙을 툭툭 치며) 고놈의 떡방아 그만 찧어라.

막선   (화들짝 놀라서) 하이고. 내가 또 깜박 했는갑다.

        (크게 하품한다) 요즘은 자도, 자도 연신 졸리는 게.

        (귀돌 할멈을 향해) 그러고 보면 성님은 참 용하시오.

할멈   아닌 게 아니라 나도 눈꺼풀이 자꾸만 내려앉는구먼.

        그래도 자네들은 젊기나 하지.

금순   아주머니도, 참.

        아주머니 눈에나 우리가 젊은 아기들이지

        우리도 벌써 오십이 내일 모레인 중늙은이요.

할멈   벌써 그렇게 됐나.

점실   아유, 옛날 생각나는구먼유.

막선   옛날 생각?

점실   나 어릴 때 꼭 요맘때쯤이면 동네 성들 따라 바구니 들고
        들로 산으로 정신없이 뛰어다녔구먼유.
        엄니 몰래 바구니랑 부엌칼 챙겨들고 집을 나설 땐
        "오냐, 내 돌아올 땐 나물 한 무더기를 그득그득 담아 올거구먼."
        그랬는디, 아, 웬걸유. 그것도 아무나 하는 게 아니더라구유.
        저녁에 돌아올 땐 냉이나 달래 몇 뿌리가 고작이고
        이 빠진 부엌칼 때문에 되려 야단만 맞고.
        아, 그래도 저녁상에 오른 된장찌개를 숟가락으로 움푹 펐을 때
        내가 캐온 나물 몇 줌이 딸려 오는 걸 보면
        그게 그렇게도 뿌듯할 수가 없었지유.
        아직도 눈앞에 삼삼하네유.

금순   봄나물은 뭐니뭐니해도 냉이가 최고지. 맛이니 향이니 요상해
        서 국거리로도 그만이고, 데쳐서 먹기도 좋고.
        깨끗이 씻은 냉이를 파랗게 데쳐 쌉쌀한 맛을 우려낸 다음
        살짝 건져놓았다가 장국이 끓을 때 집어넣으면 그 은은한 향
        이 천리를 간다잖아.

막선   쑥은 또 어떻고.
        된장을 바로 풀어 넣고 끓인 쑥국도 쑥국이지만,
        봄볕에 잘 말린 쑥을 깨끗이 씻어 물기를 다 뺀 후에

멥쌀가루에 비벼 찜통이나 시루에 쪄낸 쑥범벅이나

쑥이랑 쌀을 함께 반죽해서 손바닥만하게 빚어 삶은 쑥개떡,

찹쌀가루에 비벼 절구에 쳐낸 쑥인절미는,

생각만 해도 군침이 돈다니까.

성님, 이왕 말난 김에 우리도 이참에 쑥개떡이나 만들어 먹읍

시다.

점실　지는 쑥도 쑥이지만 두릅나무 어린순인 두릅을 살짝 데쳐서

초고추장에 찍어먹는 게 제일이더구먼유.

씀바귀는 입맛 없을 때 새콤하게 무쳐 먹으면 그만이구유.

아이고, 고 달콤쌉싸름한 맛이라니.

금순　옛날 양반들은 이른 봄에 씀바귀나물을 먹으면

그해 여름엔 더위를 타지 않는다고도 안 해.

그저 고게 제일이니까.

할멈　원, 이 여편네들. 조상 중에 못 먹어서 환장한 귀신들 있나.

아니면, 애가 들어섰나.

점심 먹은 지도 얼마 안 됐는데 웬 먹는 것 타령이야?

막선　성님도, 참. 먹고 죽은 귀신은 때깔도 곱다잖아요.

알싸한 달래를 간장에 양념한 달래장이 오늘따라 그립구나.

할멈　이젠 봄날도 다 갔어.

점실　어이구, 성님들. 별 거 아닌 것 같고 싸우지들 마시유.

지가 재밌는 이바구 한 자락 들려드릴께유.

달래 허니께 생각난 건데…….

금순   (분위기를 수습하려는 듯 말을 돌리면서) 뭐야? 빨리 해봐.

점실   아, 옛날하구두 먼 옛날 혼기에 찬 과년한 남매가 함께 길을
       가고 있었지유. 그러다가 난데없는 소낙비를 만나 그만 두 사
       람 다 옷이 흠뻑 젖었시유.

       나무 밑으로 일단 급하게 피하긴 했지만서두

       젖은 옷이 몸에 달라붙어 속이 다 비치게 됐구먼유.

금순   해서?

점실   누부의 풍만한 몸매를 보고는 동생이 이상한 생각이 들었지
       않았겠시유.

막선   아, 그저 사내놈들이란 애나 어른이나 할 것 없이.

점실   흥분하지 말고 끝까지 들어보세유.

       이윽고 비가 그치고 다시 두 남매는 길을 재촉했지유.

       동상은 죄책감 땜시 고개를 지대로 들도 못하고

       누부더러 먼저 가라고 하지 않았겠시유.

       동상의 속내를 어느 정도 짐작헌 그 누부,

       속살이 드러난 지 몸을 뵈지 않으려고 무안해하며

       부지런히 고개를 넘어갔는디

       한참을 걷다가 뒤돌아봐도 동상이 보이지 않는 거유.

       그때부터 걱정이 되기 시작했지유.

       어, 목이 마르네유. 숨이나 좀 돌려야겠구먼유. (찬물을 찾는다)

금순   아, 그래서 어떻게 됐어? 뜸 들이지 말고 얼른 얼른 말해봐.

점실   왔던 고갯마루로 돌아가 보니, 아, 글쎄,

동상이 자신의 거시기를 돌로 쳐서 피를 흘리고 죽어 있었던
거지유.
눈앞이 캄캄하고 온 몸에서 맥이 빠져 털썩 주저앉아
죽은 동상을 끌어안고 슬피 울며 그 누부가 한다는 말이
"차라리 달래나 보지!"
그 후로 그곳을 달래고개라 부른다지요, 아마.

동네 아낙들, 점실의 말이 끝나자마자 배꼽을 잡고 웃는다.

막선   와, 그거 완전히 전설 따라 삼천릴세.
금순   (깔깔거리며) 이 여편네 여기 와서 입심만 늘어서 어떡하나?

할멈	(빙긋이 웃으며) 원, 주책 맞은 여편네들 같으니라구.
금순	아따, 아주머니도. 왜? 아주머니도 귀가 솔깃했으면서 뭘 그래요?
점실	아, 그래서 왜 서방님네들이 좀 시원찮다 싶으면
	그 다음날 아침 밥상에 당장 달래 무침이 오른다잖여.
	그걸 먹고 나면 마늘처럼 맵고 뜨거운 기운이 속에서 활활 솟구쳐 밤마다 남자들 거시기가 벌떡벌떡 선다구여.
	남정네들 양기 보강하는 덴 그만한 것도 없다고 허드먼유.
막선	(슬슬 능치며) 웬만한 산삼 녹용이나 한약재는 저리 가라 안 하드나?
금순	막선네. 오늘 당장 한번 시험해봐야 되지 않겠어?
점실	아, 성님이야 아무 걱정 없잖여.
	내 요전번에 밤늦게 그 집 앞을 지나다 들었는디 정말 대단하더구먼유.
	방에서 흘러나오는 신음 소리가 산 넘고 물 건너
	저 태평양인가 뭔가 그 앞바다까지 가 닿겠던디유.
	이 마포나루를 한번 들었다가 놓더라구유.
	부럽더구먼유, 부러워유.
	내는 언제 새 서방 만나서 그렇게 한번 죽어보나유.
막선	이 여편네가.
점실	아, 부러워서 그러잖여.
금순	옛말에 냉이는 가시내한테 좋고 달래는 머슴애한테 좋다고 그

랬지.

(민요 한 소절을 흥얼거린다) 나두 참 꿈 많은 소녀 시절이 있었는데 서방 하나 잘못 만나 남의 집 전전하며 드난살이 하다 보니 이팔청춘 좋은 시절 다 보내고

그 곱던 얼굴도 요렇게 폭삭 삭아 쭈그렁 밤탱이가 다 됐으니 내 팔자도 참 기막힌 팔자다.

점실   지도 소싯적엔 물찬 제비였잖여.

한창 때는 팔도의 남정네들 오금이 다 저렸시유.

할멈   자, 자. 객쩍은 소리 그만하고 싸목싸목해서 저녁 찬거리들 준비해야지.

(문 앞을 쳐다보며) 아, 그런데 야는 왜 아직 소식이 없다?

금순   누구 기다리는 사람 있어요?

할멈   석이 말일세.

막선   석이가 오기로 했어요?

할멈   지 아버지 심부름으로 뭘 좀 가져가라고 했거든.

할멈의 말이 끝나자마자 해장국집 문을 열고 석이가 들어선다.

동네 아낙들을 보고 공손하게 인사하는 석이.

석이   아주머니들! 그동안 잘 지내셨어요?

금순   야야, 그래. 너도 잘 지냈니? 집엔 별일 없고?

석이   예. 그런데 아버지가 좀 아프세요.

막선   저런! 어디가?

석이   잘 모르겠어요.

        지난번 일 나갔다 돌아오신 후론 밥도 잘 안 드시고 그냥 자

        리에 누워만 계세요.

점실   도대체 무슨 일인겨?

할멈   나이가 들어서 그렇지.

        그러니까 한번 일 나갔다 오면 온몸이 무겁기가 천근같고

        팔다리 삭신 안 쑤시는 곳이 없는 뱁이여.

석이   가게에 손님이 없네요.

할멈   아직 오후 시간이라서 그래. 점심은 먹었냐?

석이   네.

할멈   자, 그럼 우리는 안으로 들어가자.

        (동네 아낙들을 향해) 내 안에 잠깐 들어갔다 올 테니까

        수다 그만 떨고 하던 일이나 마저 끝내봐.

점실   알겠시유, 성님. 들어가 일 보세유.

할멈, 석이를 데리고 가게에 딸린 문간방으로 들어간다.

막선   그놈 참. 인사성도 밝다.

점실   요만해서 지아비가 우리들한테 젖동냥 오던 게 엊그제 같은데

        이제 다 컸잖여.

막선   애가 아니고 어른이야, 어른.

금순   아, 그 녀석 참. 똘방똘방하게 생긴 게 보면 볼수록 탐나네.

       내헌테 조만한 딸년이라도 있었으면 얼른 짝 지워줄 텐데.

점실   누가 아니래유. 지도 당장 사위 삼았으면 좋겠구먼유.

막선   그런데 제 어미 소식은 가끔 들어?

금순   누구?

막선   누구긴 누구야. 술래 말이지.

금순   글쎄. 그게 하도 오래된 일이라. 벌써 십 년도 더 됐잖아.

막선   술래가 집을 나갔을 때 말이 많았잖는감.

금순   마포나루 사람 치고 누가 그 사건 모르는 사람이 있을까.

막선   그게 정확히 어떻게 된 일인지 누구 잘못인지는 모르겠고

       아무튼 불쌍한 건 석이 저 녀석이지.

       아, 저 착하디착한 어린것이 무슨 죄가 있나.

       다 부모 잘못 만난 탓이지.

       새우 싸움에 고래등 터지는 꼴이지, 뭐.

금순   성진 아제는 여전히 그러고 있나?

막선   그럼. 서방 팽개치고 지 새끼 놔두고 외간 남자랑 눈 맞아서 집

       나간 여편넨데 그게 어디 쉬이 용서가 되겠어?

점실   술래도 불쌍허지유. 오죽 사나가 못 났으면 그랬겠시유.

       그년이라구 왜 지 새끼 안보고 싶겠시유.

       그런디도 아예 이쪽으로는 발길도 얼씬 안 하잖여.

       속이 새까맣게 타지 않겠시유.

막선   또 모르지. 남들 눈 피해서 잠깐 잠깐씩 왔다가는지도.

금순   아주머니는 좀 알고 있을까?

막선   글쎄.

이때 방에 들어갔던 귀돌 할멈과 석이가 나온다.

석이의 손엔 보자기로 싼 작은 상자가 들려 있다.

동네 아낙들, 하던 말을 멈춘다.

할멈   이것만 전해주면 된다. 귀중한 거니 잘 간수하고.

       몸조리 잘하라고 이 할멈이 안부 전하더라고 그래라.

석이   알겠어요, 할머니. 아주머니들, 안녕히 계세요. 다음에 뵐게요.

금순   그래, 조심해서 잘 가라. 또 보자.

석이, 보자기에 든 물건을 안고 밖으로 나간다.

막선   성님, 저게 뭐예요?

할멈   (말을 얼버무린다) 아무것도 아니여.

점실   근디 성님은 술래 소식 혹시 듣고 있남유?

할멈   (약간 당황하는 눈치) 아닌 밤중에 홍두깨라더니, 갑자기 그

       애는 왜?

       내가 십 년도 훨씬 넘게 연락을 뚝 끊은 그년 소식을 어떻게

       알아?

금순   아, 그래도 술래가 아주머니는 친동기처럼 따랐잖아요.

그래도 그게 얼마나 잔정이 많고 곰살맞게 굴었어요.

이 근방에 그만한 애도 없었지요.

걔가 하도 무던하고 이쁜 짓을 해서 아주머니도 홀딱 반해놓

고는.

걔 시집갈 때도 웬만한 혼수는 손수 지어서 다 해줬잖아요.

나는 그래서 아주머니한테만은 가끔이라도 기별하는 줄로만

알았네요.

할멈   (혼잣말처럼) 어디선가 잘살고 있겠지.

밖에서 지나가는 엿장수 가위 치는 소리.

할멈   (화제를 다른 데로 돌린다) 우리 저녁 짓기 전에 엿이나 좀 사

먹을까.

막선   아, 거 좋지요.

귀돌 할멈, 가겟문을 열고 엿을 사러 밖으로 나간다.

금순   아주머니두 술래랑은 통 연락 안 하고 사는가보네.

막선   그러게 말이여.

점실   그나저나 시절 참 빠르지유.

어떻게 하루가 가는지도 모르겠는데 좀 있으면 단오 아닌가유.

막선   벌써 그렇게 됐나? 금순네는 이번 단오엔 뭐하려고?

금순　　글쎄. 창포물에 머리 감고 동네 어귀에 나가 그네나 뛸까?

　　　　아니면 삼청동 골짜기나 남산 숲으로 야유회나 가볼까.

　　　　진달래 꽃잎을 찹쌀가루에 넣어 부친 향그러운 꽃지짐 해 먹

　　　　으며

　　　　화전놀이 가도 좋겠지.

점실　　아, 그렇게 되면 오죽 좋겠시유.

　　　　그치만 그게 다 팔자 좋은 소리 아닌감요.

　　　　그날도 우린 해장국 팔아야지유.

　　　　오월 단오 지나면 유월 유두라

　　　　남들은 국수 먹고 떡 해 먹고 수박이다 참외다 난리고

　　　　칠월칠석 돌아오면 처녀 총각 괜시리 맘 설레지만유.

　　　　어디 우리 팔자야 그런가유. 언감생심이지유.

막선　　그려, 그려. 점실네 말마따나 단오라고 뭐 다를 게 있는감?

　　　　그날도 해장국 그릇이나 날라야지.

금순　　(길게 한숨을 내쉰다) 우리네 인생 참 박하기도 허다.

동네 아낙들의 입에서 누가 먼저랄 것도 없이

"가세, 가세 화전놀이를 가세 산천들판으로 화전놀이를 가세

청천 하늘에 잔별도 많고요 내 가슴속에는 아이고야 수심도 많다"로

시작되는 민요의 한 소절이 가느다랗게 새어나온다.

어스름이 서서히 내려앉는 가게 안.

3장 첫눈이 내릴 때까지

한여름 낮.

남대문시장 안 옷감을 파는 포목전.

주위로 어물, 소금, 곡물, 옷감, 채소를 파는 난전들이 죽 늘어서 있고

한쪽으로는 여자들이 쓰는 바늘과 실, 빗, 비녀, 가위들을 파는 재래식 잡화점

과 갓을 파는 갓방, 붓을 파는 필방이 이어진다.

포목전 안은 온돌방으로 되어 있어 손님은 신을 벗고 들어가야 한다.

유리창을 통해 안을 들여다보면,

방 안 가득 형형색색의 옷감이 천장까지 쌓여 있고

솔이가 그 옆에서 구석진 자리를 차지하고 앉아

가끔씩 이마에 배인 땀을 훔치며 바느질을 하다가

더우면 부채질을 하다가를 되풀이하고 있다.

어찌 보면 그 많은 옷감 속에 파묻혀 있는 형국이라고나 할까.

석이   (가겟문을 열고 안을 들여다보며) 뭐해?

솔이   (반가운 낯빛으로) 오빠 왔어?

석이   주인어른은 어디 가셨니? 안 보이시네.

솔이   요 앞 한약방에 잠깐 일 보러 가셨어.

석이   (허리춤에 감춰둔 아이스크림을 내밀며) 더운데, 이거나 먹고
         해라. 오다가 요 앞에서 샀다.

솔이   와, 안 그래도 목마르던 참이었는데.

역시 날 생각해주는 건 오빠밖에 없네. 오빠가 최고다.

(아이스크림을 한입 깨물며) 점심은 먹었어?

석이   너는?

솔이   나도 아직. 요 앞 시장에 가서 막국수라도 한 그릇 먹고 올까?

석이   가게는 어쩌고? 주인도 없는데 손님이라도 오면.

솔이   그래도 요 때가 제일 한산할 땐데 잽싸게 나가서 먹고 오면 되지, 뭐.

석이   난 됐다.

솔이   여름은 너무 더워서. (입맛을 다시며) 한겨울엔 단팥죽이 그만인데.

석이   팥죽은 무슨. 팥죽 좋아하지 마라. 그러다가 나중에 가난하게 산다.

그나저나 아저씨 돌아올 때 안 됐나?

솔이   한두 달 정도 더 걸리겠지, 뭐.

석이   잘 지내지?

솔이   에구, 일찍도 물어본다. 그렇게 궁금하면 자주 좀 들러봐.

석이   그야 뭐. 넌 나하고 달라서 뭐든지 야무지게 잘하니까.

솔이   나한테는 아예 관심도 없지?

석이   관심이 없긴.

솔이   거짓부렁. 오빤 내가 동네 녀석들과 뭘 하고 다니는지도 도통 모르잖아.

석이   뭘 하는데?

솔이   뭘 하긴. 여기저기 싸돌아다니지.

        남대문시장만 벗어나면 갈 데가 얼마나 많다고.

        종로 화신백화점 앞에 가면 하늘엔 큰 풍선이 떠 있고

        유리창 진열대엔 자질구레한 물건들이 쭉 늘어져 있어서

        그것 구경하는 데만 해도 시간 가는 줄 모르지.

        진고개 앞에 있는 레코드 상점엔

        문 앞에 대문짝만하게 가수들 사진이 붙어 있고

        가게 옆에 붙은 전축에서 하루 종일 유행가요가 흘러나온다.

        그러면 길 가던 사람들이 멈춰 서서 모두들 그걸 따라한다구.

        거기서 가끔씩 거리 선전을 나온 악극단과 마주치기도 하고.

        맨 앞에 깃발과 악대를 앞세우고 쿵작쿵작거리며 악극단 단원

        들이 지나가면 나 같은 꼬맹이들이 그 뒤를 줄지어 따라가고.

        온 천지가 다 신기한 것투성인데 이 몸이 집에만 붙어 있을 수

        있겠어?

석이   넌 좋겠다.

솔이   그럼, 좋다마다.

        일전엔 경성 공회당에서 신식 무용 발표회가 열려서

        나도 사람들 틈에 끼여 가서 봤다.

        일본에서 춤을 배웠다는 최승희라는 예쁘게 생긴 여자가 나와서

        보살 춤이랑 초립동 춤이랑 추는데, 와 참 멋지더라.

        그냥 꿈꾸는 것 같았어.

오빠 세상이 어떻게 돌아가는지 궁금하지도 않아?

석이　궁금하지. 그렇지만…….

솔이　아저씨 때문에? 아직도 그러셔?

　　　언젠가 아버지가 그러던데, 집밖으론 아예 못 나가게 한다고.

석이　넌 아저씨 돌아올 때까지는 너 세상이겠구나.

솔이　물 만난 고기요, 부처님 손바닥을 벗어난 손오공이지.

석이　그런 말은 또 어디서 배웠누?

솔이　서당개 삼 년이면 풍월을 읊는다고, 가게 들락거리는 손님들
　　　이 좀 많아?

　　　그 아주머니들 한번 퍼질렀다 하면 반나절은 후딱 가는데

　　　거기서 귀동냥 좀 한 거지.

석이　(갑자기 심각해져서) 솔이야!

솔이　응?

석이　넌 돌아가신 엄마, 보고 싶지 않니?

솔이　(어두운 낯빛) 왜 안 보고 싶겠어. 보고 싶지.

석이　그럴 땐 어떻게 해?

솔이　그냥 참는 거지. 나 하나만 바라보고 사는 아버지 생각하면서.

　　　보고 싶어도 엄마가 살아 돌아오는 것도 아니니까.

석이　난 요즘 엄마 생각이 간절하다.

　　　어머니에 대한 기억도 없고 얼굴도 모르지만 꼭 어딘가에 살아
　　　계실 것만 같아서.

솔이　오빠도 참.

석이	넌 그래도 엄마 얼굴은 기억하지?
솔이	아니, 하도 어릴 때 돌아가셔서 나도 가물가물한걸.
석이	사진이라도 한 장 있었더라면.
솔이	오빠! 그래서 요즘 그렇게 힘이 없는 거구나. 기운 내.
석이	나, 요즘 이상한 꿈을 자주 꾼다.
솔이	이상한 꿈?
석이	그래. 왜 자꾸 그런 꿈을 꾸는지 모르겠어.
솔이	어떤 꿈인데 그래?
석이	(꿈을 꾸듯이) 거기가 어딘진 잘 모르겠고……. 내가 여태껏 한 번도 가본 적이 없는 곳인 것만은 틀림이 없는데, 끝도 보이지 않는 망망대해야. 세상이 처음 열렸을 때가 그랬을까. 사위는 고요하고 적막해서 마치 유리 거울 위를 가볍게 스치듯 내가 탄 배가 그 위를 스르르 미끄러지는데. 해질녘의 바람은 맑고 부드럽고 붉은 노을과 검은 구름 사이로 어디선가 세상 밖의 아득한 풍경처럼 노랫소리가 들려. 서늘하고 맑은 노랫소리, 이름 모를 수풀 사이로 정신이 아찔아찔 할 것 같은 향내가 피어오르고 난 그 향기에 취해서 도무지 내가 누군지 모르겠고, 그 순간 저 멀리서 수백만 장의 강보가 둥둥 떠내려오는 거야. 배 위에 나하고 낯선 여자 그리고? (하던 말을 멈춘다)
솔이	그리고?

석이 　아버지 이렇게 셋이서 말이야.

　　　서로 등을 진 채 앉아 있다.

　　　그러다가 어느 순간 낯선 여자가 내 팔을 움켜쥐고 살려달라

　　　고 애원하고 아버진 나와 그 여자 사이를 떼어놓으려고 안간

　　　힘을 쓰고.

　　　나중엔 그 여자를 배 밖으로 밀어내는데

　　　내 팔을 붙잡고 떨어지지 않으려고 기를 쓰는

　　　그 여자의 표정이 왜 그렇게도 슬픈지,

　　　꼭 날 보면서 애원하는 듯한 눈빛, 아, 그 눈빛 말이야.

　　　그런데 더 무서운 건 내가 …….

솔이 　오빠가 어쨌길래?

석이 　아니, 아니다.

솔이 　왜 얘길 하다 말어? 오빠가 왜?

석이 　(한참을 주저주저하다가) 내가 뒤에서 아버지를 배 밖으로 밀

　　　어버리는 거야.

솔이 　(말이 없다)

석이 　끔찍하지?

　　　세상이 한순간 멈춰버린 것 같고

　　　아무리 크게 소릴 질러도 목소리는 자꾸 기어들어 가고.

　　　내 몸은 바위처럼 딱딱하게 굳어서 움직이질 않고.

　　　그때 어디선가 소리가 들린다.

　　　"돌아보지 마라, 돌아보지 마라, 돌아보면 죽는다."

왜 그런 꿈을 꾸는 걸까?

솔이   혹시 오빠 평소에 아저씨한테 불만 있는 거 아냐?

그러니까 그게 꿈속에서 그런 식으로 나타나는 거지.

석이   불만이야 왜 없겠어?

아버지한테 대들다가 여러 번 맞기도 했는데.

아무리 그렇다고 그깟 것 때문에 내가 왜 아버지를 죽이겠어?

안 그래?

솔이   나도 잘 모르겠다.

하지만 오빠 맘속에 그런 나쁜 생각이 도사리고 있는지 누가

알아?

석이   너도 참. 아예 날 제 부모도 몰라보는 패륜아로 만들어라.

솔이   농담이야. 그래도 오빠, 잘해드려야 한다.

아저씨한테 식구라곤 누가 있어?

오빠밖에 없잖아.

미우니 고우니 해도 아버지는 아버지다.

우리 아버지 봐라.

계집애가 얌전하게 집구석에 박혀 있지 않고 싸돌아다닌다고

그렇게 날 구박해도 난 밉지가 않다.

어머니 돌아가시고 아버지가 날 어떻게 키웠는지 잘 알거든.

어렸을 땐데, 낮잠 자다 깨면 방안엔 아무도 없고

그 느낌이 너무 낯설어서 삐질삐질 울던 기억이 나.

지금처럼 난 아버지가 장사 때문에 몇 달 씩 집을 비울 때가

제일 힘들어.

외롭고 쓸쓸해서 어서 일이 끝나고 돌아오길 손꼽아 기다리지.

아버지랑 같이 밥상 앞에서 도란도란 이야기 나눌 날만 기다리는 거야.

난 그게 참 좋더라.

내 맘을 알기라도 하는지 그렇게 일이 고되고 힘들어도

일 끝나고 집으로 들어올 땐 울 아버진 늘 환하게 웃었다.

날 보고 활짝 웃고 있지만 어떤 땐

그런 아버지가 갑자기 늙고 지쳐 보여서 안됐다는 생각이 든다.

아버지가 날 껴안아 줄 땐 얼굴은 홍당무처럼 발갛게 달아오르고 가슴은 두근두근거리고 날 낳아준 피붙이의 정을 새삼 느끼는 거야.

그제서야 마음이 편안해지는 게 겨우 안심이 되고.

석이   그래도 넌 아저씨가 눈에 넣어도 안 아플 만큼 귀여워라도 하지.

난 아버지한테서 따뜻함 같은 걸 느껴본 적이 없다.

늘 무관심하고 냉랭해서 꼭 내가 어디서 주워온 자식 같은 생각이 들어. 말 한번 붙이기도 어렵고.

그러니까 하고 싶은 얘기가 있어도 제대로 못하고 말지.

너, 내가 가슴이 답답할 때 어떻게 하는 줄 알아?

그냥 나루에 나가서 강물 보고 말하고 배한테 말하는 거야.

해 지면 노을에게, 달 뜨면 달한테 말하고.

달하고 별이 내 동무다.

달하고 얘기하다 보면 내가 달이 되고 별하고 얘기하다 보면

별이 내가 되고.

그러다가도 문득 정신을 차리면 가까이 있는 줄로만 알았던

그 달과 별이 그렇게 멀리, 아득하게 보일 수가 없어.

솔이   고슴도치도 지 새끼한테는 함함하다고 했다.

내색을 잘 못하셔서 그렇지 아저씨도 마찬가질 거야.

부모 맘은 다 같다잖아.

그럴수록 오빠가 더 잘해야 하는 거라구.

석이   솔이, 너. 어린앤 줄로만 알았는데 제법이다.

솔이   그럼, 내가 누군데.

이래봬도 이 마포나루 사람이면 다 아는

새우젓장수 안덕출 씨 무남독녀 외동딸이라구.

석이   그런데 이 천 조각들은 다 뭐야?

솔이   아, 그거. 조각보.

석이   조각보?

솔이   그래.

석이   뭐 하는 데 쓰는 건데?

솔이   바보. 그것도 몰라.

이런 조각보 여럿을 겹치거나 공글려서 밥상보나 방석, 이불

같은 걸 만들잖아.

석이   그래?

솔이   자, 봐. 천을 여기다 이렇게 대고 복판에 시침질을 하거나

또 접어서 감침질을 하고 마무리 부분에 가서 이렇게 공글리면 돼.

석이 　이걸 누구한테서 다 배운 거야.

솔이 　귀돌 할머니한테서 저녁마다 틈틈이 가서 배웠지.

이 조각보도 할머니가 주신 건데.

석이 　색깔이 참 곱구나. 알록달록한 게 비온 뒤에 뜨는 무지개 같다.

솔이 　그럼. 옛날 사람들은 너무 귀해서 버릴 수 없는 작고 소중한 것들을 하나하나 모아서 떡보자기도 만들고 버선보도 만들고 그랬나봐.

여기다 가족이나 이웃의 마음과 숨결을 담았대.

어머니의 정성이 깃들어져 복을 불러온다는 거야.

그래서 아이들이 바느질할 때 제일 처음 보게 되는 게 조각보라더라.

실과 바늘 잡는 법을 가르쳐주고 난 뒤에서야 자투리 천을 맡긴대.

나두 처음 배울 땐 서툴러서 할머니한테 타박도 많이 맞았어.

"어이구, 이 딸아야. 뭐, 바느질했는 게 개이빨꼬라지만큼도 못하나. 이래 가지고 어디 시집이나 제대로 가것나" 하면서.

그렇게 좀 하다 보니까 지금 이만큼이라도 는 거지.

석이 　맨날 놀러만 다니는 줄 알았더니 너도 이런 걸 다 하니 놀랍다.

솔이 　오빤 늘 날 어리보기로만 알지?

이래봬도 내가 하고 다니는 게 요란해서 그렇지 맘은 선녀다,

선녀.

석이   어련하겠니.

솔이   어, 안 믿네.

석이   그래, 그래. 알았다. 알아 모시겠습니다요, 선녀님.

솔이   진작 그럴 것이지. 그런데 오빠 참 신기하지.

이렇게 내 옆에 형형색색의 조각보를 쌓아두고 나면 맘이 그렇게 편할 수가 없어. 어떤 땐 밥을 안 먹어도 그냥 배가 부른 것 같아.

석이   바느질하는 게 그렇게도 좋아?

솔이   아직 꿰매지 않은 조각보들을 어루만지고 있으면 근심, 걱정거리가 다 사라지고 그 순간만큼은 부자가 되는 것 같아.

내가 세상에서 가장 행복한 애인 것 같다는 생각이 드는 거 있지.

난 아마 전생에 직녀였나 봐.

석이   얘가 또. 조금 추겨 세워주니까.

솔이 네가 직녀라면 난 하늘나라에서 양을 치는 목동 견우겠다.

솔이   그럴지도 모르지. 전생엔 우리가 부부였을지 누가 알아?

석이   에구, 너 그 엉뚱한 생각을 누가 말리겠어.

솔이   어, 왜 그래? 오빠도 날 좋아하면서.

석이   생사람 잡지 마라.

솔이   얼굴에 그렇게 쓰여 있는데 "나는 솔이를 좋아한다"고.

석이   행여나 그렇게 될까 겁난다. 선머슴애 같은 가시내를 누가 데려갈까?

솔이	(봉숭아 꽃물 들인 손톱을 내보이며) 이거 안 보여?
석이	(솔이의 왼쪽 새끼손가락을 물끄러미 바라본다)
솔이	올 겨울까지 지워지지 않으면 첫사랑이 이루어진다더라.
석이	(어이없다는 듯 피식 웃으며) 이젠 별 짓 다하는구나.
솔이	(연극 대사의 한마디를 흉내 낸다) 이보세요, 젊은 양반.
	당신은 어찌하여 이 피 끓는 순정을 몰라준단 말입니까?
석이	그건 또 뭐야?
솔이	(계속해서) 사랑에 속고 돈에 울고 세상에 믿을 것은 아무것도
	없도다.
석이	또 시작이다. 넌 걸핏하면 남 흉내나 내고. (사이) 나, 간다.
솔이	화났어? 내 안 그럴 테니 좀만 더 있다 가라.
석이	집에 일찍 들어가봐야지. 아무 말도 안하고 나왔는데.
	아버지는 내가 한시도 옆에 없으면 불호령을 내리거든.
솔이	(어쩔 수 없다는 듯 허리춤에서 짚으로 싼 삶은 계란꾸러미를
	꺼내 덕이에게 건넨다)
석이	이게 뭐야?
솔이	집에 가서 아저씨랑 출출할 때 먹으라고.
석이	(새삼스럽게 솔이의 얼굴을 물끄러미 쳐다본다)
솔이	언제고 한번은 들를 줄 알았지. 그래도 오빠 생각해주는 건 나
	밖에 없지?
석이	(계면쩍게 씩 웃으며) 녀석도. 나중에 아저씨 오면 꼭 연락하
	고, 그때 보자.

솔이   알았어. 오빠도 잘 지내고 가게에 자주 좀 놀러와.

석이   그래, 알았다.

석이, 밖으로 나간다.

석이의 나가는 뒷모습을 빤히 쳐다보는 솔이의 시선이 예사롭지 않다.

하던 일감을 손에 들고 조그맣게 한숨을 내쉬며

봉숭아 꽃물 들인 자신의 새끼손가락을 한참 동안 바라본다.

분홍빛 물이 곱게 든 솔이의 새끼손가락이 함초름하게 젖어든다.

2막
4장 가깝고도 먼 곳의 이야기

같은 해 늦가을.

강 저편 언덕으로 발갛게 석양이 지고

주변 인가에선 저녁을 짓는 푸르스름한 연기가

바람을 타고 하늘로 올라간다.

나루는 크고 작은 배들로 발 디딜 틈 없이 꽉 들어차 있다.

대부분의 배가 한강 유역을 오고가는 황포돛배지만

그 가운덴 중국에서 온 듯한 증기선과

강원도 영월, 평창 쪽으로 목재를 실어 나르는 발동선도

간혹 눈에 들어온다.

선창 주변으로 소금과 건어물, 생선 등을 담은 나무상자가 군데군데 널려 있다.

여기저기 부려놓은 짐들. 그러나 이미 하역은 거의 끝난 상태인 듯

인부들은 보이지 않고 관세를 매기는 해관 관리원들만

몇몇 남아 뒷정리를 하고 있다.

곧 달이 뜰 시각. 저녁 바람이 제법 삽상하다.

석이, 배 난간에 우두커니 앉아 무엇엔가 골똘한 생각에 잠겨 있다.

아직 채 풀어놓지 않은 소금 가마니들이 뱃전에 그대로 쌓여 있다.

그때 오른쪽 샛길로 덕출이 올라온다.

덕출	석아! (대답이 없다) 얘! 석아!
석이	(그제서야 자신을 부르는 소리임을 깨닫고 돌아본다) 아저씨!
덕출	뭔 생각을 그렇게 하길래 불러도 듣질 못하누?
	그래! 그동안 잘 지냈니?
	전에 볼 때보다 많이 늠름해졌는데.
	코밑에 거뭇거뭇 수염도 다 나고.
	이젠 어른이 다 됐어.
석이	(쑥스러운 듯 씩 웃는다) 며칠 전에 오셨다는 말 들었어요.
덕출	원 녀석도. 누가 지 애비 쏙 안 빼 닮았달까 봐.
	반년 만에 보는데도 내가 반갑지 않아?
석이	안 반갑긴요?

덕출	그래 그동안 잘 살았니? 아버지는?
석이	요 앞 삼거리에 내려가셨어요.
덕출	또 술집에 간 게로구나. 소금 가마니도 채 안 풀어놓고. (주위를 둘러본다)
석이	아저씬 어떠셨어요? 가던 일은 잘 되셨구요? 새우젓은 많이 파셨어요?
덕출	나? 나야 뭐 늘상 그저 그렇지. 되는 일도 없고 안 되는 일도 없고.
석이	그래도 아저씬 좋으시겠어요. 가고 싶은 델 맘대로 갈 수 있잖아요.
덕출	그게 꼭 좋은 건만은 아니야.
석이	아저씨. 바다는 넓겠죠?
덕출	바다? 갑자기 바다는 왜? (석이의 속내를 알아채고) 너 바달 보고 싶은 게구나.
석이	아직까지 한 번도 가본 적이 없어서. 그래도 이 강보단 훨씬 더 넓고 깊을 것 같은데.
덕출	(혼잣말) 예서 인천까지 기찰 타고 반나절만 가면 될 텐데, 성진이 이 사람은 대체 뭘 하누? (석아를 향해) 그래. 가도 가도 끝이 없지. 하늘과 땅이 만나는 곳이니까. 나도 거기 가면 맘이 탁 트이는걸.
석이	꼭 한 번 보고 싶어요.
덕출	녀석. 내 저번에 약속한 대로

세검정 종이시장이랑 아현동 놋그릇시장이랑

뚝섬 나무시장이랑 다 데려다주마.

가는 길에 송파장도 구경하고. 거기 가면 볼거리가 참 많아.

닷새에 한 번 꼴로 장이 서는데

전국 각지에서 곡식이랑 채소뿐만 아니라

어물, 숯, 옹기, 거의 안 들어오는 게 없단다.

이 아저씨도 한땐 거기서 물건을 받아 문 안으로 팔러 다녔었지.

석이　언제요? 여기서 새우젓 팔기 전에요?

덕출　그럼. 이 아저씨가 어디 안 해본 일이 있는 줄 아니?

전국의 장이란 장은 안 가본 데가 없이 다 돌아다녔더랬다.

게 중에서도 송파장은 유별나지.

장이 서는 한쪽에선

씨름이니 윷놀이니 줄다리기니 별의별 놀이가 다 벌어지고

다른 한쪽에선 사람들을 뺑 둘러앉혀 놓고

〈춘향가〉니 〈흥보가〉니 하는 판소리 한 토막이나

〈심청전〉, 〈숙향전〉 같은 육전 소설을 들려주는 사람들이 있고.

아저씬 거기만 갔다 하면 그 얘기 듣는 재미에 정신이 팔려

시간가는 줄도 몰라.

또 칠월 백중이면 산대놀이라고 해서 사당패들이 탈을 쓰고

나와 한바탕 신명을 돋워 걸판지게 놀아제끼기도 하고.

아무튼 장터라는 게 놀이패 풍악 소리다 씨름판에서 들려오는

고함소리다 나 같은 뜨내기 장사치들의 장타령이다 해서 왁자

지껄 시끌벅적한 게 난장판이나 매한가지야.

하긴 사람과 사람끼리 몸뚱아릴 부딪치며 어울리는 게 장이다만.

근데 그런데 가면 조심해야 한다.

요샌 쓰리꾼이나 소매치기들이 어찌나 많은지.

석이	(풀이 죽어 있다가 덕출의 얘기를 듣고 갑자기 생기가 돈다)
덕출	그런데 아버지 허락은 맡았니?
석이	(다시 시무룩해진다) 웬걸요. 입도 뻥긋 못하게 하는데요, 뭐.

그저 소금 파는 법이나 요즘은 새로 얼음 재우는 법만 가르치려 들지.

덕출	그게 불만인 모양이구나. 넌 뭘 하고 싶은데?
석이	딱히 하고 싶은 건 없어요. 그저 멀리 가고 싶어요. 아주 먼 곳을 보고 싶어요.
덕출	먼 곳으로 갈려면 바다를 건너가야 하는데?
석이	비행기를 타고 가도 되죠.
덕출	오라. 그러고 보니 몇 해 전에 요 앞 백사장에서 묘기를 부리던 그 안창남인가 뭔가 하는 비행사가 부러웠던 게로구나.
석이	그럼요. 그때 나루 사람들도 다 나와서 봤잖아요.

몇 바퀴 공중돌기도 하고 얼마나 멋있었는데요.

그러곤 저쪽 하늘 끝으로 사라졌지요.

그 아저씬 참 좋겠어요.

저도 그런 비행기를 타고 날아가고 싶어요.

바다 건너 멀리 멀리요.

그곳엔 딴 세상이 있을 거 같아요.

덕출   그건 그렇지 않아. 네가 아직 어려서 그래.

사람 사는 덴 다 거기가 거기지.

석이   그런 아저씬 왜 한군데 살지 못하고 이리저리 떠돌아다니세
요?

덕출   원 녀석도. 석이 너도 이젠 정말 다 컸구나.

이 아저씨 말을 가로막을 줄도 알고.

석이   어딜요. 전 그냥 궁금해서. (말꼬리를 흐린다)

덕출   가슴속에 맺힌 것이 많아서겠지. 돌아다니는 게 편하기도 하고.

역마살이 낀 탓일 게야. 그것도 다 팔자소관이다만.

두 사람 말이 없다.

석이, 머뭇머뭇하다가 묻는다.

석이   저 …… 아저씨. 아저씬 알고 계시죠?

덕출   뭘 말이냐?

석이   우리 엄마요.

덕출   …….

석이   어떤 분이셨어요?

덕출   그건 전에 얘기 했잖냐. 나도 잘 모른다고.

석이   거짓말 마세요.

아저씨랑 아버진 벌써 삼십 년 동안 같이 다니셨다고 들었는데

그걸 모를 리가 있겠어요.

덕출   …….

석이   아버지한텐 말도 못 부치겠어요. 버럭버럭 화만 내기나 하고.

덕출   왜? 엄마 보고 싶어?

        엄마 품에 안겨서 재롱 떨 나인 지났는데. 사내대장부가 말이야.

석이   그게 아니고 …… 그냥 어떤 분인지 궁금했어요. 아무도 얘길

        안 해주니까.

        아주 어릴 적에 돌아가셨다고 하던데.

        얼굴도 잘 기억이 안 나고 사진도 남은 게 없잖아요.

덕출   요즘도 그렇지만 그땐 어디 사진 찍기가 그렇게 쉬웠니?

석이   (반색하며) 아저씬 본 적이 있죠?

덕출   하도 옛날 일이라 나도 기억이 가물가물해. 이십 년도 더 된 일

        인걸.

석이   얼굴은 예쁘셨어요?

덕출   참 고왔지. 이 마포나루 부근에 니 엄마만큼 고운 사람도 드물

        었다.

석이   정말요?

덕출   그럼. 이 아저씨가 따신 밥 먹고 왜 신소리 하겠어?

석이   (다시 한참을 주저주저하다가) 아저씨. 혹시 우리 어머니 살아

        계신 거 아니에요?

덕출   (움찔 놀란다. 애써 태연한 척 석이에게 들키지 않게 몸을 추스

        르면서) 무슨 소리냐?

135

석이	요 앞 주막거리 송씨 아줌마가 우리 엄마 아니에요?
덕출	(갑자기 긴장이 풀리며 너털웃음) 누가 그런 소릴 하든?
	자던 애도 다 깨서 웃겠다.
석이	아니에요? 사실대로 말해주세요.
덕출	왜 그런 생각을 했니?
석이	아버지가 거기 자주 가시잖아요. 어떤 땐 하루 종일 계시기도
	하고.
	저도 몇 번 아버지 따라 가봤는데 그 아줌마 참 예쁘던걸요.
덕출	녀석도 참. 별 터무니없는 상상을 다 한다.
석이	아니군요. (실망하는 표정) 답답해요. 아저씨. 미칠 것만 같아요.
	아저씨가 아버지한테 얘길 잘해서 어디로든 저 좀 데리고 가
	주세요.
	네? 안 그러면 그냥 집을 나가버릴까 봐요.
덕출	(깜짝 놀란다) 그게 무슨 소리야?
	아무리 갑갑해도 그렇지 그렇게 함부로 말하는 게 아니다.
	아버지 생각을 해야지. 너 하나만 바라보고 사시는데.
	니 애비도 이제 예전 같지가 않아.
	많이 늙으셨다.
석이	(잠잠하다)
덕출	너라도 잘해드려야지
	(사이, 말을 돌린다) 근데 이 사람 아예 거기 가서 주저앉은 겐가.
	오랜만에 만나서 목이나 축이며 회포나 풀려고 했더니.

내 한 번 가보고 와야겠다.

석이   아네요. 아저씨. 그냥 여기 계세요. 제가 가보고 올게요.

덕출   응. 그래. 그럼, 그럴래?

가거든 이 아저씨가 와서 기다린다고 전해라.

석이   네. 아저씨.

석이, 주막이 있는 왼쪽 저잣거리 쪽으로 내려간다.

덕출, 성진을 기다리는 동안 무연하게 해지는 강 저쪽 밤섬을 바라보고 있다.

밤섬 주변의 몇몇 인가에서 새어나오는 불빛들이 가물가물하다.

그때 성진, 저잣거리 쪽에서 술에 취한 듯 비틀거리며 나타난다.

덕출   아! 성진이 이 사람아!

"나 혼자 가서 무슨 재미로 마시나?" 그러면서

다 늙어 청승 떠는 게 싫다고 같이 가서 마시자고 꼬드긴 위인

이 누군데 재미는 혼자 가서 다보고 오나?

성진   어, 자네 왔나? 안 그래도 기다리던 참인데. 잘 왔네, 잘 왔어.

덕출   근데 석이는? 석이 못 봤나?

성진   석이? 석이는 왜?

덕출   자네 찾으러 주막거리 쪽으로 내려갔는데 오다가 못 만났나?

성진   그놈, 어디 가서 또 한눈팔고 있겠지, 뭐. (배 위로 올라오며 비

틀거린다)

덕출   무슨 술을 이렇게 마셨어?

성진	요까짓 거 마시고 뭘. 나, 안 취했어. 말짱하다구.
덕출	내 말을 알아듣는 걸 보니 고주망태, 인사불성은 아니구먼.
성진	(입에서 술 냄새가 풀풀 난다)
덕출	자네도 이제 몸 생각을 해야지.
	술을 마시더라도 적당히 봐가며 마시라구. 어쩔려고 그래?
성진	이눔아. 그건 피장파장이야. 사돈 남 말 하지 말어.
덕출	석이 생각을 해야지.
	그래도 그 녀석 장가가서 사람 구실하는 건 봐야할 것 아닌가.
	그럴려면 조심하라구.
성진	니 놈이나 니 딸 시집가서 아들 딸 낳고 사는 것까지 다 보고
	그렇게 천년만년 살다 가거라.
덕출	뭔 일 있었는감?
성진	이까짓 목선 한 척에 목매고 사는 처지에 일은 뭔 일?
덕출	아닌 것 같은데.
성진	(한숨을 내쉰다) 내 오늘 또 선주한테 불려갔다.
	새파랗게 젊은 놈한테 매번 허릴 굽신굽신거려야 하니.
	하루 이틀 해먹는 짓도 아닌데 이젠 그나마 이놈의 일도 지겨
	우이.
	돈 없고 나이 들어 늙으니까 아예 날 핫바지 취급하는 거 있지.
덕출	내 그러니까 돈 좀 모아서 빨랑 발동선이나 거 뭐야 빙어선인
	가 뭔가 얼음 나르는 배를 하나 사라고 하지 않든?
	덕이도 점점 커가고 변변히 물려줄 집 한 채도 없는데

배 한 척이라도 있어야 할 거 아냐.

자네 이번 겨울엔 얼음장사도 할 거라 했잖아.

성진   그것도 힘 좋은 젊은 놈들 얘기지.

어디 나한테까지 차례가 오겠어?

덕출   그렇다고 대낮부터 홧김에 술이나 푸고?

정말 어쩔려고 그래?

성진   안가야.

덕출   왜?

성진   너 나 첨 봤을 때 생각나난?

덕출   (성진의 얼굴을 빤히 쳐다본다) 벌써 사십 년도 더 된 일을 왜

들추누?

성진   미안허이. 내 그때 그러지만 않았어도.

덕출   다 지난 일인걸. 지금 와서 시시비비 가려서 뭘 하려구?

그저 바람 부는 대로 물결치는 대로 발길 닿는 대로 살다 가면

그만인데.

성진   아니야. 그게 아니야. 자넬 그 일에 끌어들이는 게 아니었어.

덕출   거 사람하고는. 쇠귀에 경 읽길세.

그동안 몇 번이나 내 그랬나.

그 일은 더이상 맘에 담아두지 말라고.

성진   내 일 잘하는 자넬 꼬드기지만 않았으면

자네 지금쯤은 아마 목 좋은 데다 점방이라도 하나 냈을 거야.

그럼 솔이 시집보낼 걱정도 덜었을 것이고.

자네 일하는 거야 진즉부터 그 바닥에서 소문이 났잖은가.

일을 처리하는 게 어찌나 날쌘지 감쪽같았지.

재빠르고 솜씨가 좋아서. 눈썰미도 있고.

그래서 주인의 신임도 두터웠고.

덕출   세상만사 어디 뜻대로 되는 일이 한 가지라도 있다던가.

그리고 나도 맘에 있었으니까 자넬 따라 나선 게지

안 그러면 선뜻 그 바닥에 발을 들여놓았을라구.

그 대신 난 자네 덕에 전국의 장이란 장은 죄다 누비며

사람 구경은 실컷 했잖나. 아, 그럼 됐지. 뭘.

성진   자네, 아는지 모르겠지만, 늘 그게 맘에 걸렸어.

내겐 그게 멍에보다 더 질긴 굴레였어.

가게에서 일 배운다고 잔심부름이나 하는 막둥이였던 자넬…….

내가 다급해서 자넬 이용했던 게지.

밑천은 바닥나고 가진 건 몸뚱아리 하나고 도무지 뾰족한 수

가 없드라구. 그래서 돈과 사람이 필요했던 거고.

덕출   이 사람 참. 뜬금없이 옛날 얘긴 꺼내가지고서.

(말꼬리를 흐린다) 자네 생각나? 우리가 부산 구포 바닥을 떠

돌 때 말이야.

성진   그래. 생각나고말고.

우리 일행이 한 배 가득 소금을 싣고

남지, 왜관, 옥포, 선산을 거쳐 낙동강 어귀의 토진마루에 이르면

사람들이 와 하고 몰려들었잖은가.

짐꾼들은 큰 창고로 소금을 나르고

또 한 축은 정선, 영월 등지의 첩첩산골로

직접 소금을 지게에 싣고 길을 나섰지.

자네와 나도 그 패에 끼여 있었고.

덕출   한참을 그렇게 가다가 날 저물고 목마르면

암 데 주막에 들러 탁배기 한 사발에 시루떡 한 조각,

그게 그렇게 든든할 수가 없었어.

하루 종일 발이 부르트도록 걸어

허전하던 뱃속이 꽉 차는 느낌이었으니까.

막걸리 항아리와 모주 냄비에서 슬슬 회를 동하게 하던

그 시금털털한 냄새하며.

지금도 그때 일은 잊히지가 않아.

성진   안가야! 그 시절이 바로 엊그제처럼 눈앞에 삼삼한데

이제 우린 늙다리가 다 됐고.

벌써 시간이 이렇게 흘렀어.

꿈같은 세월이야.

덕출   그래도 그때가 좋았어.

(성진을 향해 웃는다) 자넬 만난 후로 참 하루라도 바람 잘 날
이 없었지.

각다귀판에서 한평생 구른 셈이야.

안 해본 일이 없어. 별별 일을 다 겪었지.

한창 땐 먹을 게 궁해서 똥지게도 졌었고

저 남문 밖 남새밭에 미나리도 심어서 갖다 팔았지.

염리동 근처 난전에서 옹기도 구워 팔았잖아.

그건 자네가 더 잘 알 거야, 아마.

손꼽아 헤아려봐도 이 장사 저 장사 전전한 게

한 열 개는 되는 셈이니까.

시세 따라 요행으로 돈 벌었던 듣보기장사나 다름없었지.

자네처럼 여름엔 소금장사 겨울엔 얼음장사

그렇게 딱 정해놓고 하는 사람들이나 지 점방 가지고 있어서

맘 편하게 물건 파는 치들은 그 속내를 몰라.

요즘 애들은 어림도 없는 일이지.

걔들이 어디 장사꾼 축에나 드는가.

그저 제 잇속이나 차리려 들구.

그땐 안 그랬잖아. 그래도 의리가 있었지. 순정도 있었고.

성진   의리와 순정, 카, 거 좋은 말이지.

덕출   그렇게 바람처럼 떠돌다가 이 마포나루 주막에서 솔이 엄말
        만났어.

        첨 봤을 땐 아예 관심도 없었지.

        남들처럼 이 여잔 내 여자다 할 처지도 못 됐고.

        그런데 주막에 들를 때마다 한 번 보고 두 번 보고

        그러다 보니 어느 샌가 정이 들어서.

        그게 인연이었던 모양이야.

성진   솔이 엄마 땜에, 자네, 그나마 여기다 발을 붙였잖나.

새우젓장사도 그래서 시작했고.

덕출   그런 셈이지. 다 내 복이었지.

이제사 말이지만 그 여편네 술집 여자치곤 꽤 참한 데가 있었어.

헤프지도 않고 살림을 얼마나 알뜰살뜰하게 잘하는지

처음엔 나도 다 놀랐으니까.

성진   손맵시는 또 어땠고. 인근 근방에서 따라올 사람이 없었잖아.

그만한 사람이 어디 흔했나.

덕출   덕분에 생활 형편도 좀 펴지고 솔이 그것 낳고 그래 이제 좀

살 만하다 싶으니까 아, 그 놈의 몹쓸 학질인가 뭔가에 걸려서

그만 덜컥 자리에 누워버렸지.

지지리도 복 없는 여편네였어.

변변치 못한 사내 만나 죽살이치도록 고생만 하다가

호사 한 번 제대로 누려보지 못하고 그예 먼저 갈건 또 뭔가.

내 팔자가 원래 거기까지밖에 안 되는가 싶다가도

솔이 엄마 그 여편네 생각만 하면 울화가 치밀어서.

밤에 잠을 자다가도 벌떡벌떡 일어날 정도였으니.

그땐 정말 하늘이 다 원망스럽더라구.

성진   (아무 말이 없다)

덕출   (자기 신세 한탄만 했음을 깨닫고 힐끗 성진을 곁눈질한다)

자네 요즘도 가끔 생각나지?

성진   뭘?

덕출   뭐긴 뭐여? 이 사람아! 술래 말이야.

성진   (갑자기 눈에 살기가 돌며 불그스레한 얼굴에 힘줄이 선다)

        그년 얘기라면 집어치워!

덕출   이 사람 전에도 그러더니만.

        술래 얘기만 나오면 쌍심지를 켜대니.

        이제 그만 용서하게. 그게 벌써 몇 년 전 일이야.

성진   날더러 뭘 용서하라는 거야?

        놈팽이 같은 놈이랑 눈이 맞아 지 남편이랑 자식새끼 다 팽개

        치고 야반도주한 년을!

덕출   자네 눈으로 직접 본 건 아니잖아.

성진   아니긴 뭐가 아니야.

        장롱 속에 있던 패물이랑 배 한 척 살리려고 모아뒀던 돈이랑 몽

        땅 다 없어졌는데.

        화냥년! 그게 어디 인간이야?

덕출   자네 다른 사람은 속여도 난 못 속여.

        솔직히 털어놔 보게.

        그 돈은 술래가 가져간 게 아니라 실은 자네 노름판에서 도박

        으로 다 날린 게 아닌가?

성진   (허를 찔린 듯 움찔거린다. 그러나 곧이어 벌컥 화를 내며)

        아, 누가 그딴 소릴 해? 괜히 엄한 사람 잡지 말어!

덕출   잡아떼지 말어.

        동네 사람은 모른대도

        그건 하늘이 알고 땅이 알고 내가 알고 자네가 알아.

내 그때 얼마나 옆에서 말렸었나.

그랬는데도 콧방귀도 안 뀌고 자네가 하고 싶은 대로 다 했잖나.

그 독불장군 고집불통을 누가 감당해?

밤낮없이 주막집에 처박혀서 술만 퍼 대고 계집질이나 해댔으니

어느 여염집 여편네가 지 사내 그 꼴을 보고 좋아했겠어?

술래가 아니라 나라도 두 손 두 발 다 들었겠네.

주색잡기에 도끼자루 썩는 줄 모른다고.

성진	(말을 얼버무린다) 원래부터 바람기가 다분한 년이었어.
덕출	그런 소리 하지도 말아. 그런 말 하면 자네 벌 받아. 내가 다 아는데.
성진	(점점 말하는 기운에 힘이 없어진다) 한번 집 나간 년은 그걸로 끝인 거야.
덕출	그러지 말게. 지 눈의 들보는 못 보고 남 눈에 있는 티끌은 거슬린다고. 자네 잘못도 커.
	주머니 탈탈 털어서 먼지 안 나는 사람은 없는 법이네.
성진	(고개를 숙인 채 한참 동안 말이 없다. 어깨가 축 처져 초라한 몰골, 술기운이 번진다) 이놈, 안가야! 니놈은 몰라.
	우리 덕이 그놈 때문에 …… 불쌍한 우리 덕이 그놈 내가 가고 나면……. (말끝을 잇지 못한다)
덕출	(성진의 갑작스럽게 흐트러진 모습에 당황하며)
	자네! 이거 왜 이래? 정말 술 취했나?
성진	나 요즘 잠이 안 와.

새벽녘까지 뒤척이다가 밤을 꼬박 새기 일쑤지.

그놈 말일세. 우리 덕이 그놈이 무슨 죄가 있나?

그놈, 지 에미 얼굴도 제대로 모르고 자랐어.

말 못하는 짐승도 머리가 크면 다 지 부모 찾아가는데

난 명색이 에비랍시고 덕이 그놈이 지 에미 말만 꺼내기라도

할라치면 괜히 윽박만 지르고 타박만 놨어.

그러구도 내가 그놈 애비라고 할 수 있나?

난 자격이 없어. 내가 그 녀석한테 해준 게 뭐가 있나?

이놈, 안가야! 넌 몰라. 모른다구. (껄껄거린다)

덕출   (침묵. 애써 눈물을 감추며) 이놈아! 내가 모르긴 뭘 몰라? 다
       알아, 안다구.

       (친구의 등을 토닥거린다) 자네도 많이 늙었구먼. 그만한 일로
       눈물을 다 보이고.

성진   (울음소리 점차 커진다) 내가 가고 나면 …… 그놈 불쌍한 우
       리 덕이…….

덕출   (친구의 어깨를 감싸 안는다) 진정하게, 진정해. 왜 그렇게만
       생각해?

       덕이도 이제 다 컸어. 그만하면 지 앞가림은 할 줄 알 나이야.

       아, 다 큰 아들내미가 있는데 무슨 걱정이누?

짐승 같은 울음소리. 강바람.

배 위의 두 사람의 그림자. 엉킨다.

가을 저녁 풀벌레 울음소리. 사람의 울음소리 한데 섞인다.

달은 휘영청 밝은데 강변의 밤 물결 소리 뱃전에 밀려올 즈음.

반대편 바위 밑에서 사람의 그림자 어른거린다.

성진은 덕출의 무릎을 베고 어느새 잠이 들어 있다.

덕출   (기척을 느끼며) 게 누구요? (짐작한 듯) 석이냐?

       (대답이 없다) 석이로구나. 이리 올라오너라. 니 애비 금방 막

       잠들었다.

석이   (고개를 떨군 채 배 위로 올라온다)

덕출   안 그래도 걱정했는데 어딜 갔다 온 게야?

       내려가다가 아버지 못 봤더랬어?

       난 두 부자가 함께 오는가 보다 여기고 있었는데

       니 애비만 술에 취해서 비틀거리며 올라오길래

       또 길이 엇갈렸나 했었지.

       어디 있다 온 게야?

석이   (말이 없다)

덕출   다 듣고 있었던 모양이로구나. 니 애비와 내가 한 말을.

석이   (고개를 끄덕거린다. 여전히 말이 없다)

덕출   잘해드려야 한다. 니 애비 불쌍한 양반이야.

       너 하나만 믿고 이제껏 살아온 거나 다름없다.

       나나, 니 애비나 이제 살날이 머지않았어.

석이   제가 아직 철이 없는가 봐요. 아저씨.

덕출   아니다. 그런 게 아니고 나나, 니 애비나 다들 힘들게 살아서
　　　　웅어리진 게 많아 그런 게야.

석이   실은요. 아저씨. 저, 내려가다가 이쪽으로 올라오는 아버지를
　　　　먼발치에서 봤어요. 그래서 가까이 달려가 "아버지!" 하고 불렀
　　　　는데 제가 부르는 소릴 못 들으셨나 봐요.
　　　　그냥 제 곁을 스쳐 지나가시더라구요.
　　　　아는 체를 할려다가 그만두었지요. 그리고 그냥 아버지 그림자
　　　　를 밟으면서 뒤에서 몰래 따라왔어요.
　　　　옛날 생각이 났어요.

덕출   옛날 생각?

석이   제가 어릴 때 말이어요. 다섯 살 땐가 여섯 살 땐가.
　　　　그때도 주막집에 있는 아버질 찾아 집을 나섰다가 길을 잃고
　　　　이 근방을 한참 동안이나 헤맨 적이 있었어요. 그러다가 저 밑
　　　　에서 올라오는 아버질 우연히 발견한 적이 있었지요.
　　　　너무 반가워서 아버지 앞으로 달려갔는데 아버진 절 무심코
　　　　스쳐 지나가셨어요. 전 하릴없이 아버지 그림자를 동무 삼아
　　　　집으로 돌아왔었고요.
　　　　그때도 오늘처럼 이렇게 휘영청 달이 밝은 밤이었어요.
　　　　그 후로도 몇 번을 그랬었는걸요.

덕출   그런 일이 있었더랬어?
　　　　덕이 네가 퍽이나 서운했겠구나.

석이   아니요, 아저씨. 왜 그랬는진 모르겠는데

아버지 등을 쳐다보면서 오던 길이 참 슬펐어요.

울음이 터지려는 걸 억지로 참았던 적도 있었는데요.

서운해서 그랬던 건 아니었고.

덕출　석아. 이리로 가까이 와서 달빛에 비친 니 아버지 잠든 모습 좀

봐라. (석이, 잠들어 있는 성진의 곁으로 다가간다)

석이　아버지가 저 때문에 그렇게 속상해하시는 줄은 꿈에도 몰랐어요.

덕출　녀석두. 부모 맘은 다 한가진 게야.

석아. 저기 하늘에 저렇게 떠서 온 세상을 비추는 달님이 있지?

니 아버지 얼굴을 한 번 쳐다보고 저 달님을 봐라.

석이　(달을 바라본다)

덕출　저 달님 속에 석이 네 얼굴도 보이고 아버지 얼굴도 보이고

이 아저씨 얼굴도 솔이 얼굴도 석이 네가 그렇게도 보고 싶어

하는 어머니 모습까지 다 보이지 않니?

저 속에 이 세상 모든 그리운 것들은 다 들어 있단다.

석이　(하염없이 달을 보고 있다)

덕출　내 오늘 같은 달밤에 어울릴 만한 얘기 한 자락 들려주랴?

석이 네가 좋아하는 먼 데, 아주 먼 데 얘기란다.

옛날 옛날에 말이다.

도미진나루라는 곳에 도미라는 목수와 아내 아랑이 살았는데

…….

나루의 가을밤은 점점 깊어가고 덕출의 이야기는 밤이 새도록 그칠 줄을 모른다.

149

5장 꽃이 피면 오시려나

한겨울 밤.

초저녁부터 흩날리던 눈발이 함박눈으로 변해 나루를 덮고 있다.

인적이 끊겨 춥고 을씨년스러운 겨울 강변의 정경.

매서운 바람이 문풍지를 울리는 나루 옆 다 쓰러져 가는 오두막집 사랑채.

선원들의 집합소이기도 한 이곳은 겨울이면 동네 남자들의 근거지 구실을 하기도 한다.

방 한쪽에서 투전판이 벌어지고 화로를 중심으로

옹기종기 둘러앉은 몇몇 사람들은 짚신을 삼고 있다.

그들의 입에서 무가 본풀이의 청승맞은 노래 한 자락이 천천히 흘러나온다.

"춘아, 춘아, 옥단춘아, 너희 아버지 어디 갔니?

우리 아버지 배를 타고 한강수에 놀러갔다.

봄이 오면 오시겠지? 봄이 와도 안 오신다.

꽃이 피면 오시겠지? 꽃이 펴도 안 오신다.

여름이 오면 오시겠지? 여름이 와도 안 오신다……."

덕출   (방문을 열고 안으로 들어오며) 어이 거 춥다 추워.

        정이월에 대독 터진다더니 날씨가 왜 이런 겨?

재봉   어여 와. 여기 아랫목으로 내려와 불 좀 쬐게나.

이런 날엔 따뜻한 온돌에다 발 담그고 등 지지고 있는 게 상책

이여.

점룡　(눈을 껌벅거리며) 올 겨울도 여간 아니겠는걸.

사흘 춥고 나흘은 좀 살 만하던 것도 다 옛날 얘기야.

요즘은 돼지 불알마저 꽁꽁 얼어붙을 정도야.

밖에 눈 오나?

덕출　말도 말아.

싸락싸락 내리는 싸락눈도 아니고

초저녁부터 함박눈이 오지게도 쏟아지시네.

재봉　올 보리농사는 풍년이겠어.

점룡　아, 풍년이면 뭘 하나.

쌀값은 계속 떨어지고 사람들은 다 죽는다고 아우성인데.

이건 쌀값이 완전 흙값일세.

이러다간 애들 월사금도 제대로 못 내겠어.

재봉　그래도 자넨 참 대단하이.

서당 공부가 성이 안 차 생선장수 해서 그렇게 피땀 흘려서 번

돈으로 애들 신식 공부까지 다 시키고.

점룡　아, 당연히 그래야 되는 것 아니여.

나는 비록 요 모양 요 꼴로 살고 있지만

그놈들은 그래도 나보단 낫게 살아야 되는 것 아닌감.

재봉　하긴, 자네 말이 열 번 백 번 옳으이.

덕출　이렇게 춥고 배고픈 날엔 그저 찹쌀떡, 메밀묵 생각이 간절하

구면.

점롱 아니면, 동치미 국물에 탁배기 한 잔 쭉?

재봉 술도 잘 못하는 사람이 갑자기 웬 술타령?

점롱 이런 날엔 반주 한 잔이면 사나흘 가는 나도 울컥하는 기분에

한 잔 죽 걸치고 싶다 그 말일세.

덕출 (갑자기 제 친구가 생각난 듯) 자네야 그렇지만 성진이 그 인간

은 몸조심해야 할 텐데 걱정이야.

술단지가 꿀단지라도 되는지 목구멍으로 술이 한번 들어가기

시작하면 그예 끝을 보는 성미니, 원. 내가 아무리 말려도 소용

없다니까.

무슨 억하심정이 있는지 원수 진 사람모양 그렇게 미친 듯이

퍼부어대니.

술은 그렇게 마시는 게 아닌데 말이야.

천천히 그 맛을 누리면서 제대로 즐겨야지.

재봉 술에도 급수가 있다고 자고로 술을 마시긴 마셔도

겁을 내거나 몸을 사리는 인간은 술꾼 축에 끼지도 못하지.

술의 진미를 알고 진경에 취해서 주도에 닿는 사람만이

주선의 경지에 이른다고 하잖나.

점롱 술에도 도가 있다?

재봉 아무려나. 주선의 형님이 술을 아끼고 인정을 아끼는 주현일세.

술 먹는 현자라고나 할까.

그 다음이 마셔도 그만 안 마셔도 그만인 사람들,

술과 더불어 유유자적하는 주성이라는 말이지.

술을 먹는 데도 성인이 있단 말이야.

덕출　내 보기에 성진이 그 친군 이도 저도 아닌 폭줄세.

그러다가 어디 한군데 잘못될까 봐 겁이 날 지경이니.

점룡　성진이 그 친구가 폭주라면 그럼 난 색주겠네.

재봉　색주? 술에 일가견 있는 나도 첨 들어보는데 그건 또 뭐야?

점룡　여편네랑 그 짓을 하기 전엔 꼭 술이 당기거든.

재봉　어이구. 좋겠네, 좋겠어. 술에 취해서 밤새도록 구들 꺼지는 것
　　　도 모르고 짐승처럼 뒹굴겠구먼.

덕출　여기 잠이 안 와서 술 마시는 인간도 있네. 그럼 그건 뭐여?

재봉　수준가? 술에 취하고 잠에 취하고 여자에 취하고 그렇게 취생
　　　몽사하면서 가는 게지.

　　　멀쩡한 맨 정신으로야 이런 세상에서 버틸 재간이 있겠나?

덕출　(화로에 놓여 있던 부젓가락을 쑤셔 불씨를 고르며) 그나저나
　　　이런 엄동설한이면 집 없는 걸뱅이들은 다 얼어 죽을 판이구먼.

재봉　누가 아니래나.

덕출　저 사람들은 또 판을 벌였구먼.

점룡　동지섣달 긴긴 겨울밤 저 낙이라도 없으면 어떻게 하게?

덕출　나도 옆에 끼어 개평이라도 뜯을까?

재봉　아서, 그냥 얌전히 구경하고 있다가 떡고물이나 얻어먹어.

덕출　(쉴 새 없이 눈을 꿈벅이는 점룡을 향해) 그나저나 자넨 여전
　　　하구먼.

점룡   아, 꼬맹이 때부터 몸에 밴 버릇인 걸 낸들 어떡할 거여.

덕출   (재봉을 보고) 자네는 일 안 나가나?

재봉   하루 벌어 하루 사는 인간이 일은 무슨 일?

        일감도 뚝 떨어지고 요샌 남의 집 부엌 고쳐주는 일도 못 해먹

        겠어. 이렇게 짚신이라도 꼬아야지. 그런데 손이 요렇게 떨려서

        야, 이거 원. 요즘 들어 부쩍 심해진 거 같아.

덕출   수전증인가?

        몸조심해야겠어.

        우리 같은 나이에 제 몸은 제가 간수해야지 누가 따로 챙겨준

        대나? 자네도 나와 별반 다를 바 없구먼.

점룡   시절이 하 수상해도 먹고는 살아야 하니까.

재봉   이 마포나루 바닥도 이젠 지겨워.

        다닥다닥 붙은 집에서 악다구니 쓰면서 사는 사람들을 보면

        나도 여기서 얼른 벗어나고 싶은 맘이 굴뚝같아.

        근데 그러고도 이게 벌써 몇 년짼가?

        아무 희망도 없이 이렇게 허송세월하는 것도 하루 이틀이지.

        이젠 신물이 난다, 신물이 나.

점룡   뭐, 그렇다고 이 바닥을 뜬다고 뾰족한 수 있는감?

        암만 그래도 여기만한 데가 또 있으려고.

        예로부터 예가 장안에서 떠들썩한 마포 8경 아닌가.

덕출   제1경은 용호제월이라, 곧 용산강 물 위로 떠오르는 둥근 달

        을 일컬음이요

제2경은 마포귀범, 마포 포구로 돌아오는 돛단배,

제3경은 방학어화, 방학 언덕에서 하는 밤낚시의 불빛이요.

제4경은 이름하여 율도명사라, 풀은 즉슨 밤섬의 깨끗한 은빛 모랫벌이고,

제5경이 농암모연, 바로 농바위 마을에서 피어오르는 저녁연기라.

제6경은 우산방적이라 해서 와우산에서 들려오는 목동의 피리 소리고,

제7경이 양진낙조, 곧 양화나루의 석양이며,

제8경이 관악청람, 관악산의 밝은 날 아지랑이를 가리키겠다.

점룡 허, 그 사람 참. 유식하네그려.

언제 그런 걸 다 배웠누?

덕출 헤 헤 헤. 일자무식인 내가 뭘 알겠나?

이것도 다 성진이 그 인간한테서 알음알음으로 귀밑 동냥한 거야. 아, 그 친구야 망하긴 망했어도 양반집 후손 아닌가.

부자가 망해도 석삼년을 간다고, 그 인간, 소싯적엔 글 꽤나 했지.

재봉 그게 다 무슨 소용인가?

있는 놈들이야 지금도 요리집이다 기생집이다 해서

흥청망청거리고 있을 게 아니여. 그렇지만 우리 같은 삼류 따라지 인생들이야 어디 그게 그래?

고작해야 선술집이고 배고프면 호떡집이나 우동집이지.

그러다가 돈 떨어지면 대나무 꼬챙이에서 곶감 빼먹듯 야금야금 집안에 있는 물건 하나 둘씩 전당포에 내다 바치고 결국 인생 종 치는 거지.

덕출 나라가 이 모양이니 세상 인심이야 더 말할 필요가 있겠나.

점룡 그래도 아, 몇 년 전인가 휘문고등보통학교 운동장에서 있었던 경평축구 대항전은 볼 만했잖은가?

그게 아마 경성과 평양 간의 첫 축구 시합이었지?

결국 평양이 두 번 이기고 같이 한 번 비기고 말았지만

경기가 끝나고 너 나 할 것 없이 어깨를 부둥켜안고 눈물을 흘리며 "아리랑 아리랑 아라리요 아리랑 고개를 넘어간다"랑 "울 밑에선 봉선화야 네 모양이 처량하다" 부르던 기억이 아직도 생생하네.

팍팍한 세상살이, 그런 낙이라도 없으면 어디 살맛나겠어?

그런 데서 작은 위안을 얻고 다시 용기를 내는 거지.

재봉 점룡이 말을 듣고 있으니 퍼뜩 떠오르는 건데.

자네, 생각나? 우리 임금 장례식 날?

덕출 그럼. 기억하고말고.

재봉 새벽부터 어떻게 알고 몰려들었는지 창경궁 일대가 바글바글 했잖아. 종로통에서 천변까지 죽 늘어선 사람들 틈에 나도 끼여 있었거든. 배오개까지 터벅터벅 걸어가서 노제 지내는 것도 보고.

초복도 안 지났는데 날씨는 또 왜 그렇게 덥던지.

무슨 일 터질까봐 길거리에 순사들이 쫙 깔리고

찌는 날씨 속에서도 사람들 틈에 묻혀서

이리 밀리고 저리 밀리고 하는데

단 한 번도 본 적 없는 임금이지만 왜 그렇게 눈물이 나던지.

점룡   언제나 좋은 시절 올려는감?

나 같은 낫 놓고 기억자도 모르는 일자무식은 잘 모르겠지만

전쟁이 곧 터질거라던데.

덕출   누가 그래?

점룡   시장통에서 사람들 수군거리는 소리야 귀만 뚫려 있으면 다

들어오는 걸.

재봉   요즘 세상이 어디 세상인가. 아수라장이나 진배없지.

일거리 떨어진 사람은 당장 길거리로 나앉을 판국이고

하루하루 입에 풀칠하기도 힘든 우리 같은 밑바닥 인생들이야

스스로 목숨을 끊기 일쑤고

그 와중에도 소매치기나 사기꾼 같은 모리배들은

제 세상 만난 듯 극성이지.

이건 사람 사는 곳이 아니라구.

점룡   정도령이 계룡산에다 도읍을 정하고 새 세상을 열어 온다고

사기 쳐서 제 잇속 차리는 놈들도 있다며?

재봉   그러니 민심도 흉흉하고 인정도 메마르고

이웃사촌끼리도 서로 믿으려 들질 않지.

예전하곤 많이 달라졌어.

아, 장에 한 번 나가보면 알 것 아닌가.

얼마 전까지만 해도 남대문 안에 소달구지가 지나가고

광주리장수나 나무장수, 물장수들이 뻔질나게 드나들었는데

요즘은 눈에 띄게 활기도 줄어들고 당장 거래되는 물건이 아

예 없는걸.

그저 젊은이 늙은이 할 것 없이 노상 술집에 들어앉아

세월아 네월아 하면서 술이나 축내고 있고.

아님 아득바득 악이나 써대든지.

이대로 가다간 이 나라 삼천리금수강산엔

술집이나 장의사들만 북적북적댈걸.

점룡   자네들. 그 해괴망측한 소문은 들었는가?

재봉   얼굴은 인간이고 몸은 호랑이인 꼬리 아홉 달린 짐승을 봤다

는 말?

덕출   설마. 세상이 하도 어수선하니까 그냥 떠도는 헛말일 테지.

점룡   허, 이 사람. 그게 아니래도 그러네.

그뿐만 아니라 요즘 장안에 이상한 일이 자주 일어나고 있어.

일전엔 저쪽 관악산 밑에서 까마귀가 달을 물고 가는 걸 본 사

람도 있다고 하더만.

재봉   아, 거 왜. 옛날이야기에도 나오지 않는가.

뱀 같은 머리카락을 휘날리며 산속에 숨어 살다가

한밤중에만 나타나 사람 잡아먹는 처녀귀신이라든가

땅속에 갇혀 있다가 새벽녘에 올라와

어린애나 애 밴 여자들 덮쳐서 살점을 뜯어먹고

피에 굶주린 나머지 머리통까지 파먹는 수악한 놈이라든가.

거 참. 세상이 험하다는 걸 자연이 먼저 아는가 보이.

점룡 이건 믿거나 말거나지만, 바다 한가운데 사는데 말이야.

발이 세 개고 눈은 여섯 개고 입은 아홉이며

귀 둘에다 뿔이 하나인 놈들도 있지.

그뿐인가. 사슴의 몸통에 소의 꾀와 말의 발굽을 갖고 있고

이마에 난 뿔은 하나인 놈들도 수두룩하다네.

그런데 이놈들은 사람보다 수명이 길어서 천 년을 살지만

다른 동족들한텐 절대로 해꼬지를 안 한다는 게야.

거기다가 말까지 할 줄 알고.

그래서 예로부터 그놈들이 나타나면

어진 임금이 나와 세상에 평화가 온다고 하데.

그러고 보면 그놈들, 외양만 짐승이지

우리 인간들보다 훨씬 나은 구석이 있어.

늘 사람들 뒤쪽에 숨어 지내지만 적어도

시비와 선악을 구별할 줄은 아니까 말일세.

재봉 착한 사람의 심성을 닮아 젊은 여자를 사랑하는 놈들도 있다네.

머리는 용과 비슷하고 발톱은 소리개를 닮고 꼬리는 멧돼지를

빼 박았는데, 아, 그놈들이 우는 소리가 얼마나 구슬픈지

그 울음을 듣고 개머리 인간이나 반쪽 인간은 말할 것도 없고

왼쪽 눈은 해, 오른쪽 눈은 달, 머리카락은 밤하늘의 별을 빼

다 박은 흙먼지가 뭉쳐져서 만들어진 진흙인간이나

입과 귀로에서 자라난 이파리가 얼굴과 머리통을 수북하게 뒤

덮고 있는 나무인간들도 다 눈물을 흘렸다잖아.

참, 전설 같은 이야길세.

덕출   어찌됐든 세상 참, 말세야. 너무 오래 살았는가봐.

보지 말아야할 걸 자꾸 보게 되고 듣지 말아야 할 일도 듣게 되니.

재봉   지난번 을축년 물난리 때도 말이야.

난 굉장히 무섭더라구.

장대 같은 비가 하루 이틀 사흘 그렇게 죽죽 쏟아지는데 나중

엔 누가 일부러 하늘에 구멍을 낸 건 아닌가 싶었을 정도였으

니까.

그때도 참 엄청났었지. 광나루 송파나루 할 것 없이 장안의 나

루란 나루는 아예 다 잠겼더랬으니까.

점룡   남대문 앞까지 물이 들어찼으니 할 말 다한 게지.

뚝섬 같은 덴 더 심하지 않았어?

섬 안에 갇혀 있던 사람들이 아예 몰살을 당했잖아.

재봉   오죽했으면 나라가 망하고 나니 하늘님도 우릴 버리는가 보

다 그런 생각까지 했을라구.

덕출   나도 그때 솔이랑 성진이 그 사람 집에 피신해있으면서 그런

생각이 들었더랬어. 몇 년 전 겨울에 한파가 몰아닥쳤을 때도

이거 이대로 세상 끝나는 거 아닌가 싶었지.

그때도 다들 난리였잖나.

강 전체가 꽝꽝 얼어붙어 나루의 배들이 아예 출항을 못하고
선착장에 달라붙어 있을 정도였으니까.

집 밖으론 얼씬거리기도 싫었지.

지금 생각해도 아찔하네만.

점룡　그러고 보면 자네들이나 나나 참 질긴 목숨이야.

그 험한 풍파 속에서도 예까지 왔으니.

재봉　그나저나 자네 성진이하고는 요새도 얼굴 자주 보나?

덕출　왜?

재봉　그 친구 몇 달 전서부터 민 주사네 한약방을 들락거리던 걸.

거기서 나오는 걸 내 몇 번이나 봤어.

어디 몸이라도 탈났는가 싶어서.

덕출　그랬어? 난 금시초문인데.

재봉　아님, 됐구.

점룡　아닌 게 아니라 요즘 그 친구 낯빛도 안 좋고 영 얼굴이 말이
아니데.

재봉　자네가 잘 알겠지만 그 친구 처음 이 바닥에 발을 디딜 때만
해도 힘이 장사였어. 남들 겨우겨우 짊어지는 소금 가마니를
번쩍번쩍 지고 가는 모습이란.

아, 그런데 요즘은 그냥 몸도 비쩍 마른 게 허깨비가 걸어 다니
는 것 같아서.

덕출　자네 보기도 그런가?

요즘 그 친구 눈에 띄게 몸이 말랐어.

나이를 먹느라고 그런 겐지.

마누라도 없는데 좀 전에도 말했지만 지 몸은 지가 알아서 챙겨야지.

점룡   그런 사람일수록 몸조심해야 한다구.

병이 어디 사람 가리면서 오나?

튼튼한 사람일수록 방심하기 쉬워.

(재봉을 쳐다보며) 자네도 남 일이 아닐세.

재봉   (알고 있다는 듯 고개를 끄덕이며) 십 년 전 술래 일 때문에 고생 좀 했지.

자네가 잘 살펴봐. 그래도 그 친구 사정은 자네가 가장 잘 알 거 아냐.

덕출   안 그래도 그럴 참이네.

늘그막에 친구라도 곁에 있어야지. 서로 등 시린 처진데.

점룡   이렇게 눈이 오는 밤은 어디론가 무작정 떠나고 싶어.

세상 잡사 모두 잊고서 말이지.

재봉   요즘은 간도로든 용정으로든 많이 간다면서?

어디든 사람 살기 좋은 곳이 있으려나?

덕출   푸지게 쏟아지는 저 눈이 이 세상 더러운 것은 다 덮어버릴 거야.

우리네 고달픈 인생살이 근심 걱정까지도 말이지.

세 사람 나지막이 한 목소리가 되어

시름 젖은 노래 한 자락을 천천히 뽑아 올린다.

"여보소 이 사람 어디를 가나 산 높고 물 깊어 길 험하다네

강서가 예서도 일 천 오 백 리 나는 새라도 사흘 간다네

에라 둥둥 내 사랑이야 너를 놓고는 내 못 살리라

아니 가고 어이를 하리 정들인 고향이 날 몰아내데

땅 좋고 물 좋아 살기 좋대도 내 고향 안 잊혀 어이를 가리

에라 둥둥 내 사랑이야 너를 놓고는 내 못 살리라"

바람이 분다.

이 세상을 등지지 못하고 정처 없이 떠도는 한 맺힌 혼령처럼 바람이 분다.

구름의 숨결을 닮은 바람이

가난하고 불행한 사람들의 가슴에 소리의 둥지를 튼다.

돌이킬 길 없는 태풍의 씨앗들,

겨울밤의 칼날 같은 바람소리.

그 소리에 살을 에는 듯한 아픔과 지난날의 말 못할 상처와

미래에 대한 불안이 함께 실려 온다.

차가운 겨울 창문을 뒤흔드는 광포한 순례의 혼령들.

온밤을 꼬박 지새우는 사람들의 마음을 아는 듯 모르는 듯

눈은 쌓이고 쌓여 온 세상을 하얗게 덮어 버린다.

지붕 위로도, 들판 위로도, 나루의 강물 위로도 하염없이 쏟아져 내린다.

아무 원망도 없이, 그 어떤 슬픔이나 분노도 없이

무심하게 내리치는 세찬 눈보라.

나루의 겨울밤은 깊고도 깊고, 어둡고도 어둡다.

3막
6장 모두 아름다운 사람들

이듬해 늦봄에서 초여름으로 접어들 무렵. 해는 진 지 오래.

초저녁 무렵 여우비가 나루를 한차례 휩쓸고 지나간 탓에

주변의 공기는 말갛게 개어 있다.

달도 별도 뜨지 않은 밤하늘엔 시커먼 먹장구름 몇 조각이 떠 있을 뿐.

인적이 끊긴 사위는 칠흑같이 어둡다.

그 캄캄한 어둠을 뚫고 어디선가 소치는 아이들이 부는 듯한

아름다운 피리 소리가 들려온다.

배 위. 불빛 한 점이 어른거린다.

그러나 그 불빛은 주변을 환하게 밝힐 정도는 못 된다.

그저 옆 사람의 얼굴을 간신히 분간할 수 있을 만큼의 희미한, 그런 등불.

성진과 석이, 덕출, 솔이 네 사람이 배 난간에 서 있다.

솔이의 손엔 작은 바구니가 들려 있고 덕이는 한 손에 수박등[●]을 들고 있다.

성진   이거 날을 잘못 잡았구먼. 이렇게 어두울 수가 있나.

덕출   누가 아니래. 난 시방 자네 얼굴도 잘 안 보여.

● 원래는 대나무 쪽으로 둥그스름하게 올거미를 만들고 종이를 발라 속에 초를 켜게 한 등인데, 초 대신
반딧불이 수십 마리를 집어넣어 불을 밝히기도 한다.

솔이 오빠! 내 손 좀 잡아줘.

덕출 딸년 키워 놔야 아무 소용없다고 급할 땐 지아빈 아예 뒷전이고
      지 좋아하는 석이만 찾는구먼.

석이 (솔이 손을 잡아주며 무안하다는 듯)
      그나마 이런 등이라도 준비해온 게 다행이어요.

덕출 그러게나 말이다. 근데 반딧불이 수십 마리 정도로 괜찮을까?
      그걸로 얼마나 버틸 수 있겠누. 오래 못 갈 것 같은데.

성진 우라질 놈! 그게 그래도 기름 심지로 태우는 남폿불보다 훨씬
      수명이 길어. 뭘 제대로 알고 하는 소리여?

덕출 그런가? 거 사람하곤. 아님 아니지 그렇게 닦아세울 건 뭐 있
      누? 말 한마디 잘못했다가 경을 친다고 똑 그짝일세.
      어디 보자. (석이가 들고 있는 등에 얼굴을 갖다댄다)

석이 아저씨도 어렸을 때 반딧불이 많이 잡으러 다니셨어요?

덕출 그럼. 아저씨 옛날 살던 동네에 야트막한 동산이 있어서
      고 또래 꼬맹이 놈들과 밤마다 반딧불이를 좇아 온 산을 헤매
      곤 했는걸.
      지금도 그렇지만 고놈들 그 작은 몸에서 빛을 내는 걸 보면
      참 신기하다는 생각이 들어. 때론 오늘처럼 캄캄한 밤이면 그
      녀석들이 길라잡이 노릇도 톡톡히 했었어.

성진 요놈들이 사람 구실 못하는 나나 니 놈보단 열 배 백 배 낫지.
      빛 한 줌으로 그나마 세상을 밝힐 수 있다는 게 어디 보통 일
      이야?

오래 산다고 별 볼일 있나, 하루를 살아도 제대로 살아야지.

덕출   허 참. 내가 뭐랬다고 자꾸만 날 갖고 넘어지나, 넘어지길?

난 입도 뻥끗 안 했어. 지렁이도 밟으면 꿈틀한다구.

석이   (혼잣말처럼 중얼거린다) 반딧불이도 무리를 지어 날아다니는

걸 보면 분명히 가족이 있는가 봐요?

일순, 아버지와 아들 사이를 가로막는 까만 어둠.

성진   아, 예까지 와서 또 그놈의 가족 타령이냐?

저 놈은 언제나 철이 들까?

석이   아버진 무슨 말을 못 하게 해요.

성진   뭐야? 너 방금 뭐라고 그랬냐?

석이   사실이 그렇잖아요.

성진   사실이 그렇긴 뭐가 그래?

덕출   아니, 아무것도 아닌 일 가지고 왜들 또 이러나?

기껏 날 잡아서 놀러 나왔는데 부자지간 사랑싸움은 집에서

들 해.

솔이   오빠, 왜 그래?

석이   아버지가 저한테 제대로 해준 게 뭐가 있다고

맨날 입 다문 벙어리 노릇이나 시키세요?

성진   뭐야? 이놈이 정말.

덕출   덕아! 아버지한테 그렇게 함부로 말하는 거 아니다.

석이	아버진 내가 평소에 무슨 생각하고 있는지도 모르죠?
성진	니 놈이 생각을 해봐야 고작 허튼 잡념 따위겠지. 알고 싶지도
	않고.
석이	아버진 내가 늘 못마땅하시죠?
	내가 괴롭고 힘든 걸 즐기잖아요.
	아버지 불행을 자식에게까지 물려주면 그게 좋아요?
	내가 슬프면 아버진 기쁘죠?
성진	오냐. 이왕 말 나온 김에 다해봐라.
덕출	자, 자. 이제 그만들 해.
	석이도 그러면 못 쓴다. 니 애비 맘을 뻔히 알면서.
	자네도 그 성질 좀 죽이고 진정하게나.
	안 그러면 난 집으로 다시 돌아갈 거야.
	솔아! 넌 석이 데리고 저쪽으로 가 있거라.

미묘한 정적이 흐른다.

성진, 헛기침을 하며 석이를 외면할 때

덕출, 얼른 분위기를 수습하며 말을 돌린다.

덕출	그놈의 하늘하곤.
	달님이랑 별님이랑 희롱하는 재미에 밤 뱃놀일 나오는 건데
	오늘은 영 기분이 안 나네 그려.
	재수가 없는 놈은 뒤로 자빠져도 코가 깨진다더니 내가 똑 그

짝일세. 이런 기회가 자주 오는 것도 아닌데 말이야.

근데 정말 어쩐 일이야?

자네가 날더러 신선놀음을 다하자고 그러고?

성진　그냥, 저, 뭐 ……

　　　(석이의 눈치를 살피며 말을 얼버무린다)

덕출　됐네, 됐어. 아무려면 어떤가. 어쨌든 자네가 먼저 나오자고 했

　　　으니 오늘은 내가 손님 자격인 셈이지.

　　　자, 이쪽에다 어여 술자리나 만들게.

　　　나하고 애들이랑은 자네 말마따나 요놈의 반딧불이들한테

　　　사람의 도리에 대해서 훈수나 좀 들을 테니.

성진, 아무 소리도 못하고 대충 맞은편 뱃전에 자리를 깔고

미리 준비해온 술과 안줏감 등속을 늘어놓는다.

덕출과 솔이와 석이, 한쪽에서 반딧불이를 바라보며

서로 귀엣말을 주고받는다.

그때 건너편 인도교 위에서 심상치 않은 술렁거림이 바람결에 묻어온다.

덕출　아직 멀었나? 대충대충 하게.

　　　(다리 쪽을 바라보며) 근데 무슨 일이라도 났나?

　　　분명 사람들 웅성거리는 소리 같은데.

　　　원, 어디 이렇게 어두워서야. 뭐가 보여야 말이지.

　　　꼭 먹물을 뿌려놓은 것 같으니.

석이   아저씨도 참. 내일이 사월 초파일이 아니어요.

　　　　좀 있으면 저쪽 인도교 위로 오색 연등을 든 가장행렬이 지나

　　　　갈 거예요.

솔이   나도 저기 가고 싶었는데.

덕출   (솔이를 쥐어박으며) 가만. 벌써 그렇게 됐나?

　　　　요즘은 날짜 가는 줄도 잘 모르겠어.

　　　　아, 그래서 사람들이 모여 있는 게로구먼.

　　　　구경꾼들이 꽤 많이 나와 있나 보지.

석이   연등놀이가 끝나면 남산 위에서 축포도 쏜다던데요

덕출   원 저런. 지들이 전쟁은 일으켜놓고 골고루 할건 다 하는구먼

성진   아, 걔들이야 두말하면 잔소리 아닌가.

　　　　(비꼬는 투로) 지난번엔 우리의 높으신 양반 나리께서 밤벚꽃

　　　　놀이 하신다고 창경원에 삼만 개의 색등을 달아 놓아 돈화문

　　　　부터 종로 4가 네거리까지 인파가 득실거렸다지 않은가.

　　　　하루 이틀 겪는 일도 아닌데 새삼스럽게 뭘 그래?

덕출   하긴 그러는 우리도 이렇게 밤뱃놀이 나왔으니 할 말은 없네만.

　　　　아, 대충대충 하라니까.

성진   알았어. 이제 다 됐다구. 그놈 참, 어린애처럼 보채기는.

덕출   뭘 준비할 게 있다고 그렇게 뜸을 들이나, 들이긴.

성진   그래도 그런 게 아녀. 모처럼 큰맘 먹고 나왔는데.

　　　　이 험한 세상에 이런 기회가 자주 오는 것도 아니고.

덕출   근데 자네 정말 무슨 바람이 불었나?

먹을 땐 먹더라도 알고나 먹어야지 뒤탈이 없지.

내 그렇게 조르고 졸라도 싫다고 마다할 땐 언제고?

손바닥 뒤집듯 변덕이 심한 게 사람 맴이라고

똥깐 같다 오기 전이랑 같다온 후랑 다르다고 하더니만.

아, 전엔 그렇게 한 번 나오자고 해도, 들은 체 만 체 하더니.

사람 참 오래 살고 볼 일일세.

성진   그땐 그때고. 내 자네한테 신세진 것도 많고 미안키도 해서 겸

        사겸사.

        (싫지 않은 농을 건다) 그래, 윤석아! 그렇게 공치사를 듣고 싶

        누?

덕출   헤헤헤. 누가 그렇대? 말인즉슨 그렇다는 말씀이시지.

        어찌됐든 이렇게 힘들게 나왔으니 눈총 줄 놈도 없겠다,

        허리띠 풀어놓고 한번 진탕 마셔보자구.

        자, 얘들아! 너희도 그 등 내려놓고 이리 와서 같이 앉자꾸나.

성진과 덕출, 기분 좋게 웃으며 술을 마시기 시작한다.

석이와 솔이, 한쪽에 무심히 앉는다.

덕출   자네 그 얘기 들었는가?

        담뱃가게 하는 장 서방한테 들렀다가 나도 거기서 들은 소린데

        푸줏간 하는 박 서방네 둘째아들 있잖은가.

성진   공부 잘해서 동경까지 유학 갔다 왔다는 그 애 말이지?

덕출　그려. 걔 말일세. 왜 신극인가 뭔가 한다고 박 서방 속을 그렇게도 썩이던.

성진　근데 걔가 왜?

덕출　며칠 전에 저 인도교 밑으로 뛰어내렸다지 뭔가.

성진　뭐야? 아니 왜 그랬대?

덕출　글쎄. 나도 자세한 내막이야 알 수 있나. 떠도는 얘기가 하도 분분해서. 누군지는 아버지와의 가정불화 때문이라고도 하고 또 누군 사랑하던 여자가 배신을 했기 때문이라고도 하는데. 근데 그 박 서방네 집을 몇 달 전부터 순사가 왔다 갔다 했다는 거야. 걔가 또 무슨 일을 벌이려 한 건 아닐까.

성진　그 녀석 참 어릴 때부터 똘방똘방해서 요 근방에 소문이 자자했잖은가. 동네 사람치고 걜 모르는 사람이 어디 있었나.

　　　나중에 한자리 크게 할 거라고 입을 모았었지.

　　　걔가 일본으로 공부하러 갈 때만 해도 다들 개천에서 용 났다고 했잖아. 그런데 어쩌다가 그런 짓을?

　　　(혀를 끌끌 찬다) 젊은애들이 혈기에 넘쳐서 그래.

　　　그래, 그 아들내민 어떻게 됐대?

덕출　어젠가 엊그젠가 겨우 저 살꽂이 다리 밑에서 시체를 건져 올렸다는데, 시체가 아마 그까지 떠내려갔던 모양이야,

　　　물고기에 뼈와 살이 뜯겨선지 아니면

　　　물살에 휘말리다가 어디 바우 같은 데 짓눌려서

　　　그런 건지 온몸이 만신창이였대.

도무지 사람 형체를 알아볼 수 없었다니 말해서 더 뭐하겠나.

지금 그 일로 저잣거리가 벌집을 쑤신 듯 발칵 뒤집혔는데,

자네 여태 그것도 모르고 있었어?

성진 　나야 뭐 이놈의 세상일에 관심 끊은 지 하도 오래 돼놔서.

덕출 　왜 그래?

자넨 나처럼 일자 무식쟁이도 아니고

그래도 소싯 적엔 글 꽤나 읽은 양반가 후손 아닌가.

성진 　수염이 석자라도 먹어야 양반이지,

누가 그깟 놈의 쓰잘데기 없는 양반집 자손이라고

그냥 밥을 떠 먹여준다던?

아무튼 아까운 사람이 죽었네 그려.

그것도 한창 힘써서 일할 새파랗게 젊은 나이에.

다 세상을 잘못 만난 탓이지.

그래도 그렇지. 죽기는 왜 죽어?

젊은것들은 살아야지. 어떻게든 살아남아야지.

(사이, 긴 한숨) 내 일간 박 서방네 집에 들러봐야겠어.

덕출 　박 서방네도 집안 꼴이 말이 아냐.

몇 년 전에 첫째가 형평사가 뭔가 하는 단체에 들어가

백정해방운동인지 뭔질 하다가 경찰서에 잡혀가서

한동안 보이질 않더니 정신이 좀 이상해져서 나왔잖아.

그래도 그놈이 그 집안 가업을 이을 거라

박 서방도 굳게 믿고 있었는데 그런 일이 생겼으니

마른하늘에 날벼락도 유분수지.

그 바람에 박서방 처는 화병이 나서 시름시름 앓다가

일 년을 못 넘기고 저승으로 갔고.

성진　그래. 내 그때 묏자릴 쓰면서 우리네 인생 살아 있어도

산 게 아니라고 박 서방 위로했던 생각이 나.

덕출　어디 그것뿐인가.

하나뿐인 막내딸년은 방직공장인가 뭔가에 다니다가

누구 꾐에 빠졌는 진 몰라도 아무 말도 없이 집을 나가 여지껏

소식이 없지.

들리는 풍문에 의하면 요새 새로 생긴 다방인가 뭔가에서

그 앨 봤다는 사람도 있고.

성진　좋은 일도 그렇지만 나쁜 일도 꼬리에 꼬리를 물고 온다더니

박 서방이 똑 그짝이구먼.

덕출　누가 아니라나. 그 집안 완전히 떡 해먹은 집안이라고 저잣거

리에 소문이 파다하게 났어.

성진　거참. 세상이 어떻게 될려고 이 모양인지 모르겠어.

덕출　그러게 말이야. 덕이 애들 한창 나이 땐 좀 나아지려나.

왜 그런 말도 있잖은가.

얼굴 반지르르한 계집애들은 색줏집으로 가고

젊은 놈들은 전쟁터로 끌려가고

글 좀 읽은 치들은 감옥으로 간다는.

이것도 저것도 아니면 박 서방네 집처럼 풍비박산이 나든지.

성진 우리 같은 늙다리들은 그냥 무덤으로 직행하는 거고?

참, 세상 허무하이!

그때 건너편 다리 위가 제법 환해진다.

인도교로 막 접어든 연등 행렬.

석이, 성진과 덕출이 눈치 채지 못하게 슬그머니 술자릴 빠져나온다.

솔이, 석이를 따라 나온다.

배 난간에 팔을 괴고 정신없이 인도교 쪽을 바라보는 석이.

석이를 물끄러미 바라보고 있는 솔이.

솔이 오빠! 왜 그랬어?

석이 내가 뭘? 난 잘못한 게 없다.

솔이 아무리 그래도 그렇지. 아저씨 말씀하시는데 꼬박꼬박 말대답

이나 하고.

석이 시비는 아버지가 먼저 걸었어.

솔이 오빠가 좀 참으면 안 되나?

서로 마음 상해서 좋을 게 뭐가 있다구.

(수박등을 가리키며) 요놈들 좀 봐. 지들끼리 얼마나 사이좋게

지내나. 오빠! 나 하는 대로 따라 한 번 해 봐라.

(갑자기 변사 흉내를 낸다) 평화를 노래하고 있던 백성들이

오랜 세월에 쌓이고 쌓인 슬픔의 시를 읊으려고 합니다.

(영화 〈아리랑〉의 영진의 목소리로) 여러분, 울지 마십시오.

이 몸이 삼천리 강산에 태어났기에 미쳤고 사람을 죽였습니다.

지금 이곳을 떠나는 나는 죽음의 길을 가는 것이 아니라

갱생의 길을 가는 것이오니 여러분, 눈물을 거두어주십시오.

석이   (어이없다는 듯 웃는다) 청산유수구나. 그건 또 뭐야?

솔이   예전에 저 종로에 있는 단성산가 어디서 했다는 영화라고 하

는데 가게에 오는 손님 중에 맨날 그 얘기만 하는 아주머니가

있거든.

그 아주머니 때문에 나도 이제 줄거리를 다 안다.

주인공이 사랑하는 동생을 구하려고 왜놈의 앞잡이를

낫으로 내리쳐서 죽이는 이야긴데.

그 주인공이 마지막 장면에서 일본 순사들에게 잡혀가면서

마을 사람들에게 남기는 말이라고 하더라.

주인공 역을 한 사람, 아, 그 사람 이름이 뭐라고 하더라.

아무튼 그 배우 눈빛이 죽인다더라.

그러니, 오빠도 한번 해 봐라.

덕이   그만해라. 지금 너랑 노닥거릴 기분 아니다.

솔이   (잠깐 뜸을 들이다가) 오빠야! 그러지 말고 나한테 장가와라.

내가 이뻐해줄게. 나, 밥도 잘하고 살림도 잘하니까 오빠는 그

냥 몸만 오면 된다.

횡재수다! 횡재수.

세상에, 나 같은 여자가 또 어딨나?

덕이   (여전히 어이가 없어서 픽 웃는다)

솔이   그래. 그렇게 웃으니까 얼마나 좋나.

        오빠는 웃는 모습이 제일 보기 좋다.

석이, 강물 속으로 빠져들 것처럼 한참을 말없이

강물에 비친 연등 불빛을 바라보고 있다.

밤 강물은 시체처럼 차고 고요하다.

솔이   오빠야! 무슨 생각하나?

석이   그냥.

솔이   엄마 생각?

석이   …….

솔이   오빠 맘 다 안다. 나한텐 숨길 필요 없다.

석이   넌 몰라.

솔이   내가 모르긴 뭘 모르나?

석이   저기 저 물 위에 어린 수십 가지 연등 빛이 내 속을 얼마나 흔
        들어놓는지.

        마음속에서 온갖 어지러운 생각들이 천 갈래 만 갈래 흩어지고
        종잡을 수 없는지 말이야.

솔이   …….

석이   도무지 날 주체할 수가 없어.

        강물을 물끄러미 바라보고 있으면 문득 저 속으로 뛰어들고
        싶은 충동이 일어서.

내 몸이 물밑 깊숙한 곳으로 끝없이 가라앉는 거지.

솔이 　조심해라, 오빠야. 물귀신에 홀리면 큰일 난다.

밤에 보는 물빛이 얼마나 곱나.

맘이 약한 사람은 순식간에 당한다.

덕이 　난 여길 떠날 거야.

솔이 　(석이의 얼굴을 빤히 쳐다본다) 오빠야! 그거 아나?

내가 아무한테도 말 안 했지만 울 엄마 보고 싶을 때면

여기 강가에 나와 비행기도 접어서 날리고 종이배도 띄웠던 거.

언제 어디서 들었는지 기억은 안 나도

늘상 어머니가 치던 다듬이질 소리가 귓가를 떠나지 않더라.

베틀에 앉아 베를 짜는 여인이랑 강가에 나와 빨래하는 여인

의 모습이 자꾸만 눈에 어른거리는 거야.

그렇게 나도 내 맘을 달랬다. 그러니 오빠도 힘내라.

오빠 곁엔 내가 있다. 가긴 어딜 간다고 그래.

침묵. 배의 흔들림.

봄에서 여름으로 건너가는 길목에 있는 무더운 밤의 알 수 없는 공기.

그 침묵의 무게를 뚫고 가슴 저 밑바닥에서 서서히 올라오는 취기와 허기.

성진의 입에서 느릿느릿 흘러나오는 시조 한 수.

"청산리 벽계수야 수이 감을 자랑 마라……."

높아졌다 낮아졌다 되풀이된다.

배의 움직임. 율동. 침묵.

성진   여보게, 덕출이! 자네 고깃배를 타고 밤바다에 나가본 적이 있나?

난 가끔 그런 꿈을 꿔.

내가 이 조막만한 목선을 타고 망망한 바다 한가운데까지 나가는 꿈 말일세.

내 얘기 하나 할까?

저 서해 염전에서 갓 캐낸 소금을 받아 이 배에 잔뜩 싣고

나루와 나루를 지나 강을 거슬러 올라오다 보면

밤낮의 풍경이 바뀔 때가 있어.

강바람이 부드러운 봄밤이나 풀벌레 울음 소리가

강 한가운데까지 밀려오는 가을밤이면 더 그렇지.

그런 밤이면 내가 타고 있는 이 황포돛배가 마치

하늘 위를 미끄러져 서쪽으로, 서쪽으로

정처 없이 흘러가는 듯한 착각이 들곤 하지.

그럴 때면 난 그런 상상을 해.

내가 싣고 왔던 배 위의 소금 가마니를 강물 위에 쫙 푸는 거야.

소금이 물 위로 하얗게 떠오르고 그럼 주위는 온통 소금밭이 되는 게지.

하늘에도 강물 위에도 심지어는 내 늙은 몸 위에도

소금꽃이 하얗게 피는 거야.

그 소금꽃으로 더러운 때가 덕지덕지 낀

내 몸과 맘을 깨끗하게 말리는 거지.

그때마다 그런 생각이 들어.

난 어디 먼 곳을 평생을 떠돌다 죽을 때가 가까워서야

제 집으로 되돌아오는 늙고 병든 나그네 같단 말이지.

우리네 인생도 그런 겐가?

덕출　왜 아니겠나?

인생이라는 게 앞만 보고 가는 거지,

뒤돌아본다고 그립던 시절로 되돌아갈 수도 없는 노릇 아닌가.

그렇게 이냥저냥 살다보면 좋은 일도 있고 나쁜 일도 있고.

성진　죽으면 그래서 편한 듯 싶으이.

영원한 안식을 얻을 수 있잖나.

편히 눈감는다는 말도 거기서 나온 거겠지

덕출　개똥밭에 굴러도 이승이 좋다는 말이 있어.

그래도 살만큼은 살아야지.

자네나 나나 맡겨진 책임이 있질 않나.

자네한텐 석이가 있고 내겐 솔이가 있고.

성진　그래. 자네 말이 옳아.

그래도 어떤 땐 죽지 못해서 살아온 건 아닌가 싶어.

한평생 악다구닐 쓰면서 빈껍데기밖에 안 남은 몸을 질질질

끌고 말이지.

그러고 보면 삶은 누리며 즐기는 게 아니라 견디며 채워가는

건가 싶으이.

내 육십 평생도 그렇게 흘러갔구먼.

덕출 　자기에게 정해진 길을 가기 위해 이 세상에 나는 게 인간 아니
　　　던가.
　　　석이나 솔이 걔들이 우리가 견디면서 채워간 만큼 누리면서 즐
　　　겁게 살아가겠지.
　　　아! 그러면 되는 게 아녀.

성진 　그렇구면. 듣고 보니 자네 말이 하나 그른 게 없어.
　　　요샌 갈수록 눈앞이 재물재물하고 침침한 게 세상이 다 흐리
　　　게 보여.
　　　자네 말대로 갈 때가 다 되긴 된 건가 싶으이.

덕출 　왜 그런 말을 해? 내 전에도 말했지.
　　　살아야 하는 이유를 모르는 것처럼 죽어야 할 이유를
　　　모르는 인간들도 많다고.
　　　갈 땐 가더라도 석이가 장가드는 건 봐야지.

성진 　아니, 아니야. 그건 내 욕심이지.
　　　나이를 먹고 이마에 주름살이 하나 둘씩 늘다보면
　　　매사에 흔들리던 맘도 다잡게 되고 하늘의 뜻도 자연히 알게
　　　되고 그러다 보면 귀에 거슬리는 것도 줄어들고 철이 든다고
　　　했는데
　　　옛말이 다 맞는 건 아닌가 싶어.
　　　난 어찌된 영문인지 나일 거꾸로 먹는 거 같아.
　　　요샌 누가 죽었다는 소리만 들어도 가슴이 철렁 내려앉고
　　　왜 이렇게 겁부터 나는 겐가.

세상사에 담담하고 초연해지기는커녕

산란스럽고 두려운 맘은 점점 더 커지고

어린애처럼 소심해지기만 하니.

나도 낼 모래면 예순이 아닌가.

나일 헛먹는 겐지.

덕출 그게 어디 자네만 그런 건가?

이승과 저승의 경계를 헤매고 있는 건 나도 마찬가질세.

특히 자넨 올해 조심해야 돼.

쉰아홉, 끝수야. 올핼 잘 넘겨야 한다고.

(주위를 한 번 둘러본다) 이거 우리끼리만 노닥거리고 있었구먼.

얘! 석아! 석아! 근데 자네 아들내미와 우리 딸내민

아까부터 어디다 저렇게 정신을 팔고 있는 겐가.

얘, 석아. (석이와 솔이 쪽으로 다가간다)

뭘 그렇게 넋 놓고 보고 있어?

석이 강물에 연등 불빛이 비치고 있어요.

덕출 그렇구나. (한참을 그렇게 석이와 강물에 반사된 연등 불빛을
바라본다)

연등은 원래 사람들 마음을 환하게 밝히기 위해서 켜놓는 건데
오늘은 그 연등이 강에도 뜨고 이 배 위에도 뜨고 덕이 니 맘
속에도 떠 있으니 아마도 온 세상이 다 환해지려고 그러는가
보다.

자, 그만큼 봤으면 됐다. 나하고 저리로 가서 앉자.

(석이와 솔이를 데리고 온다)

석이 너도 이리 와서 술 한 잔 받아라.

석이	(성진의 눈치를 본다)
성진	예 와 앉거라.
석이	(그때서야 움직이는 석이, 술자리에 끼어든다)
덕출	원래 술은 어른 앞에서 배우는 법이야.

열여섯이면 예전 같았으면 벌써 장가들어서 애를 낳아도 낳았을 나인데.

성진	석아! 니 엄마 보고 싶으냐?
석이	(갑자기 꺼낸 성진의 말에 놀라는 눈치, 그러나 말이 없다)
덕출	(뜻밖이라는 듯 성진의 얼굴을 빤히 쳐다본다)
성진	자, 나를 따라 해 봐라.

(수박등에서 흘러나오는 흐린 불빛의 그림자로 배 위에 호랑이, 용, 사슴, 학, 거북, 새부터 시작해서 꽃잎, 탑 같은 여러 가지 모양을 만들어 보인다)

예전에 니 에미와 달빛 아래서 심심하면 하던 놀이다.

석이, 솔이 (신기해하며 성진을 따라 그림자를 만들어본다)

성진	(술을 따라 석이에게 건넨다) 쭉 들이켜라.
석이	(성진이 주는 술잔을 받아 마신다)
덕출	우리 석이가 이제 보니 완전 술꾼일세.

(허허 웃는다) 너도 아버지한테 한잔 따라 드려야지.

석이 (자기가 마시던 술잔에 술을 붓는다)

성진　(석이가 따라준 술잔을 받는다) 내 너한테 잘못한 게 많다 (술
　　잔을 비운다)

덕출　석아! 이번엔 내 잔도 한 번 받아라.

석이　(덕출이 따라준 술잔을 받는다)

솔이　아빠! 나도 한 잔!

덕출　(솔이를 쥐어박는다)

성진　어이, 이봐! 덕출이. 자네에게도 꿈이 있었는가?

덕출　꿈이 없는 사람이 어디 있다던가?

성진　그렇지, 그렇지. 꿈이 없는 사람은 없겠지.

　　(혼잣말처럼 중얼거린다) 내게도 꿈이란 게 있었어.

　　어렸을 땐 글공부 열심히 해서 벼슬 한 자리 해야겠다는 생각

　　도 했었고, 세상 잘못 만나 동학 난리 때 일가친척들이 몰살을

　　당하고 나서

　　전국을 떠돌며 장돌뱅이로 돌아섰을 땐

　　이 판에서 크게 한번 성공하겠다, 그런 야심도 있었고

　　또 그렇게 정처 없이 떠돌다가도 정든 여자를 만나면

　　어엿한 집 한 채 짓고 토끼 같은 자식새끼 낳아

　　오순도순 한세상 보내고 싶은 욕심도 생겼었지.

　　그런데도 그 꿈이란 게 늘 먼 데서

　　날 물끄러미 바라보기만 하더라고.

　　먼저 찾아온 적은 한 번도 없었더랬어.

　　하루하루 사는 건 그 꿈에 비해 늘 보잘것없었고.

난 이제껏 빙빙 돌아온 셈이야.

호사다마라고 일이 순조롭게 잘 풀릴 때도

안 좋은 일이 생기지 않을까 늘 전전긍긍했었고.

그러다가 살날이 얼마 남지 않았다는 걸 깨닫게 되는 순간

오히려 정신이 번쩍 들더라고.

순간순간을 열심히 살아야지, 그렇게 말이야.

뒤늦게 철이 드는 겐지. 내가 너무 늦었나?

덕출   늦긴 왜 늦어. 늦었다고 생각할 때가 가장 이른 땐데.

맘먹은 대로 다 되면 그게 어디 인생이라든가?

원래 인생이라는 게 돌아가는 걸세.

나도 그랬어.

되는 일이 하나도 없어 어떤 땐

'내가 왜 이러고 사나, 이렇게까지 하면서 살아야 하나'

그런 생각도 안 드는바 아니었지만

그래도 어떡하나, 살긴 살아야지.

그렇게 자위하면서 예까지 온 게지.

성진, 비틀거리며 앉은자리에서 일어나 달빛 아래에서 너울너울 춤을 춘다.

배 안에 있는 사람들 모두 짐짓 성진을 외면한다.

그가 홀로 허공으로 뿌리는 손사위가 서글프다.

한참을 그렇게 달빛을 받으며 춤을 추던 성진,

힘이 빠졌는지 갑자기 제자리에 털썩 주저앉는다.

성진   덕출이 내 하나 물어보세. 사랑이라는 게 뭔가?

덕출   이 사람 또 왜 이러나. 취했구먼.

성진   장차 내 식구 될 우리 이쁜 며늘아가도 여기 있는데 한 번 물
        어보자.

        솔아! 도대체 사랑이라는 게 뭐여?

솔이   아저씨도 참.

성진   사랑 때문에 아프고 사랑 때문에 가슴 설레고

        사랑 때문에 잠 못 들고 사랑이 그런 게야?

        사랑이 부끄러울 수도 있는 겐가?

덕출   이 사람, 참 주책일세.

        다 늙어서 젊은애들처럼 무슨 사랑 타령이야.

성진   아니, 아녀. 내 전엔 사랑은 잠시 요란하게 퍼붓다 지나가는

        소낙비 같은 거라 생각했는데 고것 때문에

        이렇게 맘이 괴로울 줄은 몰랐어.

        (석이를 지그시 바라본다) 내 너한텐 입이 열이라도 할 말이
        없다.

        애비가 돼 갖고 부모 노릇도 제대로 못하고.

        니 에민 아무 잘못도 없다. 모든 게 다 내 탓이다. 내가 못난 탓
        이야.

        지금 와서 돌이켜보면 그때 내가 왜 그랬는지 실은 나도 잘 모
        르겠다.

        부부 사이는 전생의 원수지간이라는 말처럼 눈꺼풀이 뒤집혔

는지 눈에 보이는 게 없었어.

꼭 무슨 귀신에 홀린 것처럼 바깥으로 나돌기만 했었고

술만 먹으면 개 패듯 니 에밀 팼으니.

견디기가 힘들었을 게야.

오죽했으면 핏덩인 널 두고 집을 나가기까지 했으려고.

니 에미가 나한테 잘해주면 잘해줄수록 더 그랬지.

자격지심 때문이었을 게다.

니 에민 어디다 내놓아도 나무랄 데 없는 좋은 사람이었다.

그에 비하면 이 애빈 집도 절도 없는 가난뱅이 장돌뱅이였고.

별 볼일 없는 인간이었지.

그나마 성질이나 부릴 줄 알던 옹졸한 내가 이만큼이나 사람

구실을 하게 된 것도 따지고 보자면 니 에미 덕분이지.

니 에미야말로 정말 불쌍한 여자다.

좋은 데로 시집을 갔으면 한평생 호강하고 살았을 것을

서방 하나 잘못 만나 아예 신셀 망쳤으니.

너한테도 그렇고 니 엄마한테도 그렇고 못할 짓을 했어.

석이   (어깨를 약간씩 들썩거린다)

성진   역마살 긴 놈처럼 아까운 청춘, 장바닥에다 다 쏟아버리면서

그렇게 온 천지를 떠돌아다니다 마흔이 다 된 늙줄에 니 엄마

를 만났더랬다.

니 에미를 처음 봤을 때 거짓말 하나 안 보태고 내 가슴이 철

렁 했더랬지.

첫눈에 반한다는 게 내 경우를 두고 하는 말이었을까.

바로 이 사람이다 싶었어.

내 몸처럼 아껴주면서 살고 싶었다.

가진 건 없어도 마음 하나만은 남부러울 게 없도록 해주려고.

나도 그맘땐 남들처럼 어디 한군데 정착하고 싶은 생각도 있었고. 나무처럼 땅에다 뿌리를 내리고 붙박혀서 남은 인생 보내고 싶었지.

그때, 니 엄마가 내 앞에 나타난 게다.

니 엄마는 사랑스러운 여자였다.

늘 자기보다 주위 사람들을 먼저 챙겼지.

힘든 일이 있어도 싫은 내색 한 번 안 하고.

서푼어치도 안 되는 쓰잘데기 없는 넋두리도 군소리 한마디 없이 다 받아주는 바다처럼 품이 넓은 여자였어.

나이는 어렸지만 하는 행동은 어머니 같았지.

뜨거웠다. 니 엄마만큼 내 평생 그토록 날 사로잡았던 여자는 없었어. 하루라도 얼굴을 안 보면 못 배기고 몸살이 날 정도였으니까.

니 엄마가 내겐 전부였어. (멍하니 허공을 응시한다)

첫애인 널 가졌을 때 행복해 하던 그 모습, 아직도 눈에 선하구나.

그런 사람을 내가 망가뜨렸어.

나처럼 몹쓸 인간이 세상천지에 또 있으려고.

아무리 맘이 있어도 그때 내 처지로는 니 엄마한테 변변히 해
줄 것도 없고.
내 몸처럼 아끼고 사랑하던 여자에게 아무것도 주지 못하는
옹졸한 남편의 뒤틀린 심사가 엉뚱하게 폭발했던 게야.
그러면서 술과 도박과 여자에 나도 모르게 어느새 빠져들게
된 거고.
사랑이라는 이름으로 나를 갉아먹던 시절이다.
내 속에 갇혀서 다른 사람의 말도 잘 듣지 못하는 청맹과니 신
세 말이다.

배 안은 조용하다.
간혹 강 위를 스쳐 가는 바람 소리, 밤벌레 우는 소리만 들려올 뿐.

성진   (석이를 쳐다보며) 내가 널 죽이려고 했다. 넌 칠삭둥이였다.
그때부터였지. 니 엄마를 의심하기 시작했던 게.
지나치게 좋아한 게 오히려 독이 됐어.
어느 순간부턴가 니 에미가 아주 몹쓸 여자로 보여서 견딜 수
가 없더구나.
이 여잔 내게 너무 과분하다는 생각이 뒤집어졌지.
배신감 때문에 치를 떨면서.
그 다음부터는 눈에 보이는 게 없더라.
널 죽이려고 했다. 니가 내 자식이 아니라고 생각했다.

니 엄마랑 널 같이 이 강물 속에 빠뜨리려고 했어.

니 엄마가 결사적으로 매달리더라.

자기는 죽어도 좋으니까 너만은 살려달라고.

석이   (눈가에 눈물이 어린다)

성진   (옆에 있던 바구니에서 강보를 꺼낸다)

이게 니 엄마가 널 처음 이 세상에 받아냈던 그 피 묻은 강보다.

난 그날도 집에 없었고 귀돌 할멈이 산파 노릇을 했지.

몇 번인가 불태워버릴까 하다가 혹시나 해서 남겨뒀던 건데

작년에 내 도로 그걸 할멈한테서 받아 간직하고 있었다.

석이, 네겐 그 무엇보다 소중한 물건이지. (말끝을 잇지 못한다)

짐승도 상처를 입으면 자기 몸을 보호하기 위해

몇 달씩 굴속에 웅크리고 있는 법인데.

내, 벌써부터 알고 있었다.

니가 날 정말로 미워하는 게 아니라는 걸.

다가가고 싶었다. 그런데 그게 잘 안되더라. 그렇게 못했지.

석이, 니 입에서 니 에미 얘기가 나오는 게 두려웠어.

내 그렇게 속이 좁은 인간이다. 용서해라.

덕출   이 사람 참 딱혀이.

부모 자식 간에 누가 누굴 용서하고 말고 할 게 어디 있는가.

그런 말은 쓰지 않는 법이여.

석아, 안 그러냐?

솔이   아저씨, 제가 노래 한 자락 뽑을까요?

성진 (흐트러진 감정을 추스르며) 거, 좋지. 우리 솔이 그 고운 노래
한번 들어보자.

자네 딸내미 솜씨 한 번 보세.

덕출 그래. 너 좋아하는 윤심덕이 노래 한 자락 뽑아봐라.

솔이가 부르는 노래가 고즈넉하게 강가를 돌아 밤하늘로 올라간다.

성진 거 참 기가 막히다. 그 어미에 그 딸일세.

솔아! 너 정말 내 며느리 안 하련?

어떤가? 자넨. 석이, 너도 솔이 좋아하지?

덕출 이 사람 예전엔 내가 그렇게 성화를 부려도 쇠귀에 경 읽더
니만. 아, 나야 두말하면 잔소리지.

솔이, 이 녀석도 석이라면 꿈벅 죽는 시늉까지 하는 애니 두말
할 것 없고. 남은 건 석이 마음인데, 석아, 넌 어떠냐?

성진 저 녀석도 솔이 좋아하네.

서로 좋아하는 사인 가까서 눈빛만 봐도 아는 법이여.

석이와 솔이, 아무 말도 못하고 고개만 숙이고 있다.

덕출 석아! 너, 언젠가 이 아저씨한테 먼 곳, 아주 먼데로 가고 싶다
고 했었지?

그래, 그럼 그 맘을 이 수박등에 담아 강보에 싸서 물 위에 띄

우자꾸나.

내 맘이랑 솔이 마음도 같이 담으마.

지성이면 감천이랬는데 니 맘과 우리 맘이 강물을 따라 흘러

흘러서 니 에미 잠든 머리맡에까지 가 닿을 게다.

자, 이리 오너라.

석이, 눈물을 씻고 성진과 함께 강보에 싼 수박등을 물 위에 띄운다.

수만 개의 연등과 더불어 단 한 개의 연등이 물살에 따라 천천히 떠내려간다.

네 사람, 한참 동안이나 말없이 그 모양을 바라보고 있다.

성진   석이 내, 너한테 말할 게 또 하나 있다.

이제 이 배는 니 꺼다.

육십 평생에 내 것이라고 가져본 게 조막만한 이 목선이 처음

이었어. 그나마 그것도 남의 배를 빌려 탔었는데.

며칠 전에서야 그동안 푼푼이 모아뒀던 돈으로 값을 치르고

겨우겨우 온전한 내 소유로 만든 게야.

내 너한테 물려줄 거라곤 그나마 이거뿐이다.

이 배를 타고 니가 가고 싶은 데로 가거라.

그게 이 세상 끝이라도 말이다.

덕출과 석이, 놀라서 성진의 얼굴을 쳐다본다.

이때 남산 위에서 불꽃이 터진다.

한강의 밤하늘 위로 아름답게 터지는 폭죽.

네 사람, 아무 말 없이 일어서서 밤하늘을 올려다본다.

어디선가 와 하는 사람들의 함성이 들려올 뿐, 주위는 고즈넉하다.

석이, 성진의 어깨에 가만히 자신의 몸을 기댄다.

덕출과 솔이, 옆에서 그 모습을 흐뭇한 표정으로 지켜본다.

불꽃이 환하게 강 전체를 비추자 강 한가운데 밤톨 만하게 떠 있는

밤섬의 모습이 한눈에 들어온다.

밤섬 주변 백사장엔 모닥불을 피우고

고기를 잡는 고깃배의 모습도 간간이 눈에 띈다.

성진   저 불빛들 좀 보게.

       멀리 보이는 민가의 불빛처럼 사람 목숨도 저런 식으로

       갑자기 하나 둘 꺼져 가는 게 아닐까?

덕출   그려. 다들 그렇게 나이 들면서 죽어가는지도 모르지.

       쓸쓸한 일이긴 하지만 말일세.

성진   자네, 지금부터 한 백 년쯤 후엔 세상이 어떻게 변해 있을까,

       그런 상상해본 적 있나?

덕출   아닌 밤중에 홍두깨라더니 갑자기 웬 뚱딴지 같은 소리야?

       글쎄, 십 년이면 강산이 한 번 바뀔 시간인데

       하물며 백 년 후라니. 많이 달라지긴 달라지겠지.

       완전히 다른 세상이 될지도 모르고.

       하늘과 땅만큼 차이가 날까?

다른 건 모르겠지만 지금보다야 세상 살기는 훨씬 더 편해져

있겠지.

우리 같은 늙다리들도 지금보다 훨씬 더 오래 살 거고.

아니면 성진이 자네와 생김새도 똑같고 목소리도 똑같고 하는

짓도 똑같은 옹고집들이 여기저기 널려 있을지도 모르고.

헤, 헤, 헤. 그냥 농으로 한번 해본 소리네.

성진 사람하고는 ……. 자네, 저기 저쪽 밤섬을 한번 보게나.

난 한번씩 일 나갈 때마다 저 밤섬을 보면서 위안을 삼는다네.

저 밤섬에 해마다 철새가 날아들어 겨울이면 청둥오리들이

백사장을 까맣게 뒤덮곤 하지.

그 철새들은 날이 가고 달이 가도 언제나 어김없이

겨울이면 저기 밤섬으로 날아들어.

사람도 마찬가지야.

우리들 사는 모습도 그렇지 않은가.

금방 금방 변하는 게 있으면

아무리 오랜 세월이 흘러도 변하지 않는 것도 있지.

집이라는 것, 가족이라는 것, 정이라는 게

그래서 더 소중한 것 같으이.

그런 깨달음을 저 작은 섬이 내게 준다네.

난 그래서 밤섬을 좋아하지.

늘 변함없이 정겨운 모습,

낮에 봐도 아름답지만 밤에 봐도 기가 막히지 않은가.

저 모습이 몇 십 년, 몇 백 년이 흘러도 변치 말았으면 싶어.

덕출 사람들이 어쩌지 않는 한 자연은 항상 그대로지.

우리 곁에 머물러 있으면서 위안을 주고.

변하는 건 인간사라구.

태어나는 사람이 있으면 죽는 사람이 있고

낡은 시대가 가면 새 시대가 오고.

하지만 그래도 변함이 없는 게 있지.

자네 말처럼 나와 자네가 가도 솔이와 덕이가

이 땅 위에 굳건히 발을 붙이고 살아갈 테니까.

저 녀석들이 살아갈 때는 달라질지도 모르지만,

우리 삶이라는 게 인내의 연속 아닌가.

그게 또 인생의 섭리고.

성진 세월 가면 이 시절도 잊혀질 날 올까.

이 흉악한 날들 말이야.

덕출 잊혀지겠지. 암, 잊혀지고말고.

잊혀질 건 잊혀지고 남을 것은 남을 테고.

상처가 아문 자리에도 새살은 돋고 꽃은 피어나겠지.

밤하늘엔 수십 발의 불꽃들이 피어올랐다가 다시 사그라진다.

성진 저 축포가 우리 같은 하루살이 인생들 구제하러 내려오는

하늘님의 신호였으면 좋겠어.

덕출   (혼잣말처럼 중얼거린다) 난 저 놈의 불꽃만 보면 속이 울렁거려.

          저것들이 사람 속을 다 뒤집어놓고 환장하게 만들거든.

          (옆에 있던 석이에게) 석아! 그렇게 아버지한테 기대 있지만 말고,

          니 아비를 한번 업어봐라.

성진과 석이, 덕출의 느닷없는 제안에 어리둥절해한다.

덕출   그렇게 멀뚱거리고 서 있지 말고 내 말대로 한번 해봐.

석이   (영문을 모른 채로 덕출의 말대로 등을 돌려 성진을 업는다)

덕출   (성진을 향해) 이 사람, 어떤가? 자네 아들내미한테 업힌 기분이.

          (석이를 향해) 어떠냐? 생각보다 가볍지?

          솔이를 업는 것보다 더 가벼울 게야.

          너희들이 부쩍부쩍 크는 만큼 나와 니 애빈 점점 작아지는 게다.

          몸도 그렇고 마음도 그렇고.

          이젠 니가 자주 좀 업어드려라.

성진   (허허 웃는다) 우리네 인생이 마치 저 불꽃놀이 같아.

          언젠가 한번 눈부시게 타올랐다 곧 스러지고 마는.

          그렇게 흔적 없이 사라지니까 더 아름다운 게지.

          자네나 내게도 저런 시절이 있었나.

          아마 있었겠지. 하지만 그건 이미 지나갔어.

          (석이와 솔이를 향해) 이젠 니들 차례다.

          여러 가지 일들이 있겠지만 그 우여곡절들을 헤치고 나면

앞으론 너희들 세상이 눈앞에 펼쳐질 게야.

한 번을 타오르고 스러지더라도 맘껏 있는 힘을 다해

불꽃을 피어 올려야 해.

아들, 아버지를 업은 채 어둠 속에서 두 눈을 빛내며 밤하늘을 올려다보고 있
다. 덕출과 솔이, 그 사이에 끼여 조그맣게 노래를 흥얼거리기 시작한다.
폭죽 소리 점점 더 크게 울릴 즈음 막이 내린다.

단순한 사실주의 작품이라기보다는 환상적 리얼리즘에 가까운 작품.
연극평론가 **김미혜**

"1930년대 마포 새우젓장수 역입니다. 제가 안국동이 고향인 서울 북촌 토박이지요. 서울 토박이들은 경우 바른 사람들이었어요. 미안한 건 못 견디는 양심이랄까. 서울 사람들을 보통 서울 깍쟁이라고 그러지만 그땐 서울 인심이 지금처럼 모질지 않았어요. 정도 많았고. 그런 의미에서 변화는 필요하지만 이미 갖고 있던 소중한 가치들은 그대로 간직하며 살았으면 좋겠어요. 모든 게 변하는 세상에서 가치 있는 것을 한 켠에 지켜가면서 사는 삶의 아름다움이 이 작품에는 배어 있어요. 제가 이 작품을 선택한 이유입니다."
《조선일보》 **김명환** 기자, 배우 **오현경** 인터뷰 중에서

"사실주의 연극입니다만 특별한 사건이나 반전이 있는 작품은 아닙니다. 그저 서정시처럼 자연스럽게 흘러가는 그런 연극이지요. 한 편의 시처럼 흐르는 극입니다."
《동아일보》 **주성원** 기자, 배우 **오현경** 인터뷰 중에서

연극은 1930년대 서울 마포 지역을 배경으로 소박하게 살아가던 사람들의 가슴 아픈 이야기를 담았다. 객지에서 온 성진은 젊은 시절 "무지렁이 같다"고 쫓아낸 벙어리 아내를 찾기 위해 새우젓 행상을 하면서 전국을 떠돈다. 그러나 아내를 찾지 못하고, 그럴수록 미안하고 안타까운 마음은 커져만 간다. 뚜렷한 극적 반전 없이 잔

잔하게 흘러가는 연극은 경기민요 〈한강수〉를 연결고리로 사용해 '퀼트'처럼 소박한 장면 장면을 꿰어 나간다.

《경향신문》 **이상주** 기자

1930년대 한강 마포나루를 배경으로 고단한 삶을 살아가는 민초들을 주인공으로 한 연극이다. 극은 성진과 석이 간의 세대 갈등, 석이가 어머니와 아버지 사이에서 고민하며 정체성을 찾아가는 과정, 석이와 솔이의 사랑을 세 축으로 놓고 진행된다. 작품의 궁극적인 초점은 차츰차츰 늙어가는 두 노인, 성진과 덕출의 외로움과 쓸쓸함에 있다. 1930년대라는 식민과 근대화의 격변기를 살았던 순박한 사람들의 아름답고 처량한 인생사.

《연합뉴스》 **김경희** 기자

1930년대 마포나루 늙은 소금장수와 새우젓장수 가족의 갈등, 반목, 화해 등 신산한 인생살이를 그리면서 사랑과 우정, 자연과 생명에 대한 의미를 되새기게 한 작품이다.

《문화일보》 **김승현** 기자

3. 13월의 길목

일시 2009년 12월 3일~2010년 1월 3일

장소 서울 행복한 극장(현 미마지아트센터 물빛극장)

주관 극단 수

연출 구태환

출연 차유경(인화 역), 김정은(선재 역), 박윤희(동호 역), 이동준(영수 역), 황세원(정희 역), 이서림(난주 역), 양보람(가실 역), 손성연(가실 역), 유우재(수현 역), 서강우(남자 역), 임지환(남자 역)

드라마투르그 김혜순

무대 디자인 이은규

조명 디자인 구태환

의상 디자인 임예진

음악 김태근

분장 김선희, 방지영

사진 김호근

조연출 이진구

조명 오퍼레이터 송기중

음향 오퍼레이터 이상준

그래픽 디자인 이유진

기획/홍보 코르코르디움

2009 서울문화재단 무대공연작품 지원 선정작

몇 년 전 한 해가 저물어가는 세밑의 어느 날, 평소에 절친했던 배우 형의 주선으로 대학로 어느 작은 소극장에서 열리는 파티 자리에 초대받아 간 적이 있었다. 정서가 통하는 사람들끼리 풍선 터트리기로 시작해 그림 전시, 시 낭송과 기타 연주, 노래와 춤, 마임 등을 즐기면서 따뜻하고 편안한 시간을 나누었던 그 자리가 참으로 행복했었다.

그날 그 자리에 초대받은 사람들은 무대 위에 올라가 자신이 간직하고 있던 내밀한 사연들을 숨김없이 털어놓았고 그렇게 허물없이 가졌던 친교의 시간과 황홀했던 밤은 기억 속에서 오래오래 잊히지 않았다. 같은 인물, 같은 상황 밑에서 다른 주제가 펼쳐지는 천일야화 같은 이야기를 희곡으로 써보고 싶다는 생각은 그날의 따스했던 기억으로부터 출발했다.

이 작품은 한 세상에서 다른 세상으로 건너가는 사람들에 관한 이야기이다. 우리 모두는 이 지상에서 각자의 역할을 맡아 주어진 길을 가고 있을 뿐이다. 어느 날 자신이 맡은 역할에 피로를 느끼고 어떤 식으로든 상처를 받은 사람들은 주변의 가까운 이들과 더불어 또 다른 시간과 공간 그 너머의 세계를 꿈꾸기 시작한다. 겉으로 보기엔 아무 이상이 없는 멀쩡한 사람들이지만, 이들은 자살이나 자살에 가까운 죽음을 선택할 만큼 세상의 중심으로부터 소외받고 외면당하고 버림받아 한쪽 구석으로 몰려 있는 상태다. 그러하기에 이 세상의 아웃사이더들이 꾸는 꿈은 더 열렬하다.

이 작품은 이 세상의 구석에 대한 이야기이다. 카페 '13월의 길목'은 이 카페를 찾아오는 사람들에게 유년 시절의 그리운 집이자 마음의 은둔처 역할을 한다. 어렸을 때 그 속에 들어가 잠들곤 하던 오동나무 장롱이나 참나무 궤처럼 오래된 먼지의 입김이 서려 있는 책상 서랍 혹은 추억의 무늬가 아로새겨져 있는 다락방 같은 느낌이 드는 곳이다. 그래서 사람들은 이 아늑하고 따뜻한 공간에 모여 영혼의 상처가 난 부위를 서로 어루만지고 다독이며 위로한다. 마치 신부 앞에서 고해성사를 하듯 사람들은 이 공간 안에서 자신의 속내를 털어놓고 자신의 분신과도 같은 타인의 이야기에 귀 기울인다. 마음이 따뜻한 사람들의 정서적 교류가 충만한 곳, 그곳이 다름 아닌 이 세상에 오직 단 하나뿐인 카페 '13월의 길목'이다. 그들의 겨울 이야기는 밤이 새도록 끝없이 이어진다.

우리 사회에서도 점점 늘어나고 있는 우울증은 21세기의 신종 질병으로 앞날이 구만리 같은 젊은 청년들 사이에서도 널리 퍼져 있다. 우울증은 세계 어디를 막론하고 문명사회가 품고 있는 근원적인 질병이다. 우울증을 앓고 있는 사람들이 한자리에 모여 서로가 서로를 이해하고 위로하는 시간을 갖는다면 어떨까? 이 작품에 대한 기본적인 착상은 그렇게 현대 사회가 안고 있는 환부를 직시하는 것으로부터 시작됐다.

도대체 '현대인의 마음'이란 무엇일까. 뜨겁지도 차갑지도 않은 뜨뜻미지근한 관계, 상처받기를 겁내고 마찰을 두려워하면서도 결국은 서로가 서로에게 한걸음 더 다가가기를 간절하게 갈망하는 이중적인 심리가 자본주의 문명을 살아가는 현대인의 초상에 스며 있는 건 아닐까. 각자가 외롭고 쓸쓸한 섬처럼 고립돼 있기에 그들은 마음을 열고 소통할 수 있는 공간을 더욱더 열렬히 원하는 건지도 모른다.

희곡의 전체 무대인 '카페'는 길 잃은 춥고 쓸쓸한 영혼들의 아늑하고 작은 집이다. '집'이라는 공간은 그곳에 살았던 많은 사람들의 온갖 목소리들과 냄새로 버무려진 추억을 간직하고 있는 보금자리이다. 인간의 생애는 그 집에서 태어나 자라고 꿈을 꾸고 사랑을 하며 어디론가 떠났다가 다시 돌아오고 결국 나이를 먹고 성숙해지면서 완성되어 가는 것이리라. 그러니까 누군가 머물렀다 간 자취나 흔적은 사라지는 것이 아니라 집이 존재하는 한 거기 그대로 남아 있다. 나는 이 세상의 가장자리에서 숨을 쉬고 있는 한 채의 집을 생각했다.

13월의 길목

— 우울증을 앓는 동시대인들을 위하여

때

어느 추운 겨울 저녁에서 밤

곳

소극장 겸용 작은 카페

나오는 사람들

선재 – 카페 주인, 연극배우

동호 – 지방 방송국 기자, 선재의 친구

난주 – 여행자, 선재의 친구

가실 – 동사무소 직원, 소설가 지망생

인화 – 번역가, 대학 강사

수현 – 대학생, 기타리스트

영수 – 사진작가

정희 – 가정주부

남자 1

남자 2

1장

어둠 속에서 목소리가 들려온다.

선재   요효. 나의 소중한 요효.

당신을 어찌하면 좋을까요?

당신은 점점 변해가고 있어요.

영문은 모르겠지만 저와는 다른 세계의 사람처럼 변해가고 마는군요.

저 사람들, 내게는 알아들을 수 없는 저 사람들의 말.

언젠가 저를 화살로 쏘았던 그 무서운 사람들과 다름없는 사람이 되어가고 있어요.

어떻게 된 거예요?

당신을 어떻게 하면 좋아요?

저는, 전 정말 어떻게 하면 좋아요?

당신은 저의 생명을 구해주셨죠.

아무런 보상을 바라지 않고 다만 날 불쌍히 여겨 화살을 뽑아주셨지요.

그것이 너무나 고마웠기에 전 당신 곁으로 왔던 거예요.

그러곤 저 옷감을 짜서 드렸더니 당신은 어린아이처럼 좋아하셨지요.

그래서 전 고통을 참아가며 몇 장이고 몇 장이고 짜서 드렸던
거예요.

그것을 당신은, 그때마다 '돈'이라는 것과 바꿔왔지요.

전 당신이 '돈'을 좋아하셨기에…….

그래서 이제, 당신이 좋아하는 그 '돈'이 많이 모였기에

이제부터는 당신과 둘이서 오순도순 이 작은 집에서 행복하게

살고만 싶은 거예요.

당신은 여느 사람들과는 다른 사람. 내 세계의 사람.

이 넓고 넓은 벌판 한 곳에 조용히 단둘만의 세계를 꿈꾸며

밭을 갈고 아이들과 놀면서 언제까지고 살아가고 싶었는
데…….

그런데 웬일인지 당신은 저로부터 점점 멀어져 가고 있어요.

어떻게 하면 좋죠?

난 정말로 어찌하면 좋단 말인가요?

- 기노시다 준지, 〈유즈루(석학)〉* 중 츠우의 대사

무대 밝아지면 선재, 쑥스러운 표정으로 바로 돌아온다.

선재의 연기를 넋 놓고 앉아 황홀하게 감상하고 있던 가실, 박수를 친다.

가실   언니, 최고예요.

선재   말이라도 고맙다. 그런데 예전만큼 안 나오는 것 같아.

가실   왜요? 제가 처음 봤을 때보다 훨씬 좋은걸요.

선재   그래? 난 그전보다 못한 것 같은데. 나이는 못 속인다니까.

가실   언니가 한 츠우 역 얼마나 멋있었는데요.

선재   그건 내가 연기를 잘해서가 아니라 작품 자체가 좋아서 그래.
        너도 희곡 읽어봤지?

가실   그럼요. 희곡도 좋지만 언니 연기도 일품이었어요. 군더더기가

● 일본 근대극의 아버지로 불리는 기노시다 준지의 대표적인 희곡. '석학'은 우리말로 번역하면 '저녁에 하
늘을 나는 학'이다. 순수한 청년 요효가 화살을 맞은 학 츠우를 구해주면서 벌어지는 학 여인과 인간 사
이의 비극적인 사랑과 점점 물욕에 찌든 인간상으로 변해가는 남편에 대한 고뇌를 그리고 있는 작품이
다. 구비전승되는 설화의 세계에서 글감을 빌려와 희곡을 썼던 최인훈과 작품 경향이 비슷하다.

없잖아요.

선재   고맙구나. 아직까지 날 알아주는 건, 실이 너 뿐이다.

가실   오늘 이거 해줄 거죠?

선재   글쎄. 연습은 한 번 해봤는데 영 쑥스러워서.

가실   꼭 하세요. 사람들이 모두 좋아할 거예요, 틀림없이.

선재   그럴까?

해질 무렵 카페 안.

왼쪽에 사람 서넛이 앉을 수 있는 바가 있고 그 옆에 주방으로 통하는 작은 문.

중앙에 탁자와 의자가 놓여 있고 그 뒤쪽으로 도시락을 데워 먹을 수 있는 조

개탄 난로.

오른쪽은 출입구고 출입구 옆으로 큰 유리창이 나서 밖을 내다볼 수 있으면

좋겠다.

유리창 옆에 크리스마스트리 하나.

출입구 밖은 화장실.

카페 벽엔 그림과 사진 몇 점 그리고 연극 포스터가 걸려 있어서

카페 주인의 신분과 취향을 엿볼 수 있을 듯.

바 옆에 구식 턴테이블, 그 위에 매달려 있는 스피커.

주방과 바에서 무언가를 만들고 있는 두 사람, 선재와 가실.

그 한편에 난주, 움직임이 없는 정물처럼 창가에 우두커니 앉아

밖을 내다보고 있는데.

선재 그나저나 다들 늦네.

가실 그러게요.

가실, 벽에 걸려 있는 시계를 바라본다.

가실 차가 많이 막히나 봐요.

선재 아직도 비 와?

가실 그런 것 같은데요.

선재, 주방에서 샐러드가 담긴 접시를 들고 나온다.

선재 하필이면 오늘 같은 날, 비가 와.

가실 그러게요. 눈도 아니고.

선재 난 꼭 그렇더라.

      약속만 잡으면 그날 날씨가 안 좋든지, 무슨 일이 생기거든.

가실 상관있나요. 밖에서 하는 것도 아닌데.

선재 그렇긴 해도. 기분이 안 나잖아. 나오기도 귀찮고.

가실 겨울비는 좀 그렇죠?

      이런 땐 정말 함박눈이 펑펑 쏟아져야 되는 건데.

선재 눈까진 아니더라도 비는 …… 괜히 우울해지잖아.

가실, 동의한다는 듯 고개를 끄덕인다.

선재   이러다가 천둥번개까지 치면 정말 볼만하겠다.

       (갑자기 생각난 듯) 그 친군 정말 거기서 만난 거야?

가실   누구? (웃는다) 아, 수현이요? (다시 웃는다) 예.

선재   너도 참. 뭐라 그랬더라?

가실   '피뢰침'•요.

선재   그래, 맞다. 피뢰침. 벼락을 맞으러 돌아다니는 사람들. (웃는다)

가실   언니, 웃지 마세요. 우리들은 심각하다구요.

선재   그래, 그래. 그런데 정말 벼락을 맞은 사람들은 있고?

가실   그럼요. 벼락을 맞은 흔적이 생긴 부위도 얼마나 다양한데요.

       머리, 어깨, 무릎, 팔, 다리, 가슴에 생긴 사람까지 있어요.

선재   그래? 그럼 너도 맞은 적 있니?

가실   (우물쭈물) 전 아직 …… 그래도 꼭 한 번은 맞아보고 싶어요.

선재   왜?

가실   그냥 …… 그러고 나면 세상이 좀 다르게 보일 것 같아서요.

선재   세상이 다르게 보인다 …… 너도 사는 게 지겹고 재미없나 보
       구나.

       (가벼운 한숨) 그런다고 어디 세상이 달라지기야 하겠니?

       그래, 그 친군 오늘 누구랑 온다고?

가실   친하게 지내는 선생님요.

선재   선생님?

● 김영하의 단편소설 〈피뢰침〉에서 인터넷 동호회의 이름을 빌렸다.

가실   예. 스페인 문학을 번역하는 분이라고 했는데 저도 자세히는

              모르겠어요.

선재   (고개를 갸웃한다) 그 친구, 대학에서 천문학을 공부한다고

              그러지 않았었나?

가실   아 참, 언니도 수현이 한 번 본 적 있죠?

              그 녀석 전공은 천문학인데 음악을 더 하고 싶어해요.

              스페인으로 기타 배우러 갈 준비도 하고 있는 걸요.

선재   (유심히 가실의 얼굴을 바라본다) 너, 그 친구한테 관심 있구나.

가실   (깜짝 놀란다) 제가요?

선재   그래. 요즘 입만 열면 그 친구 얘기잖아.

가실   언니가 먼저 꺼냈잖아요.

선재   아니, 오늘 말고. 평소에 말이야.

         걔 얘기만 나오면 얼굴에 화색이 돌더라.

가실   에이, 그냥 동생이죠. 나이 차도 많이 나고.

선재   몇 살인데?

가실   스물 여섯요.

선재   네 살 차이면 딱 좋네.

         그 친구 귀엽더라. 얼굴도 곱상한 게 미소년 같잖아.

         그런 친구들이 또 누나 같은 여잘 좋아하거든. 잘해봐.

가실   (정색을 하며) 아니라니까요, 언니.

선재   (놀린다) 너, 점점 더 수상하다.

가실   (울상) 언니도 참.

선재   하하. 아니면 그만인데 왜 그래?

         (창가에 앉아 있는 난주에게 눈길이 머문다)

         그런데 쟤는 아까부터 왜 저러고 있니? 청승맞다, 청승맞아.

가실   글쎄요. (부른다) 난주 선배님.

난주, 가실이 부르는 소리를 듣지 못한다.

선재   저년 또 병이 도졌군. 야, 난주야. 양난주.

난주   (깊은 잠에서 깨어난 듯) 응. 나 불렀어?

선재   너, 거기서 뭐해? 밖에 불이라도 났어?

         (혼잣말) 어디다 정신 빼고 있는 건지.

         누가 보면 금방 실연이라도 당한 사람인 줄 알겠다.

         (혀를 찬다) 할 일 없으면 여기 와서 일이나 거들어라.

난주, 마지못해 일어나 바 쪽으로 걸어온다.

난주   왜?

선재   왜긴 왜야? 너 혼자 창가에 멍하게 앉아 있으니까 그러지.

난주   선재야. 금방 창 밑으로 호박마차 한 대가 지나갔다.

선재   너, 또 졸았구나.

난주   아니, 정말이라니까. 금방 지나갔어.

선재   (한심한 표정) 알았다, 알았어.

가실   그 마차 혹시 일곱 마리 하얀 생쥐들이 끌지 않았어요?

난주   너도 봤구나?

선재   얘들이 점점. (가실을 향해 장난치지 말라고 눈을 찡긋거린다)

         오늘은 또 어느 나라로 갔다 온 거야?

         러시아? 터키? 브라질? 이집트? 아니면 남태평양 한복판?

난주   왜 사람 말을 안 믿니? 진짜라는데.

선재   (웃으며) 그래, 그래. 누가 뭐라든? 알겠다고.

난주   (누그러지며) 뭐 할까?

선재   하긴 뭘 해. 가실이랑 가게나 보고 있어.

　　　　　나 좀 나갔다 와야겠다.

가실　　　어디 가시게요?

선재　　　슈퍼에 좀 다녀오려고.

　　　　　아무래도 고기랑 과일이 좀 부족한 것 같아.

가실　　　절 시키세요. 제가 다녀올게요.

선재　　　아니, 넌 여기서 난주 좀 보고 있어. 정신 좀 차리게 해라.

　　　　　나이 값도 못하고 하루 종일 멍해 있는 꼴이라니.

난주　　　내가 뭘 어쨌다고?

선재　　　몰라서 묻니?

　　　　　아휴. 됐다, 됐어. 너랑 입씨름하느니 내가 아예 말을 말아야지.

　　　　　실아, 나 금방 갔다 올게.

선재 나간다.

난주　　　쟤는 늘 나만 가지고 그래. 못 잡아먹어서 안달이라니까.

가실　　　걱정돼서 그런 거죠.

난주　　　너도 내가 답답해 보여?

가실　　　아니요. 그냥 …….

　　　　　그런데 조금 불안해 보이긴 해요.

　　　　　선배님 얘기할 때 보면 늘 생각이 딴 데 가 있는 것 같거든요.

난주　　　그래?

가실　　　네. 어떤 때 보면 꿈꾸는 몽상가 같고요.

난주	몽상가? 몽상가는 너지.
가실	저요?
난주	그럼. 널 보면 내가 다 안타깝다야.
가실	선배님. 저, 아니거든요.
난주	뭐가 아니야? 내 눈엔 그렇게 비치는걸.
가실	선배님. 저, 정말 아니거든요.
난주	그래, 그래. 아니라고 해두자. 별것도 아닌 것 같고.
	그런데 넌 선재한텐 언니, 언니 하면서 나한텐 꼭 선배님이라
	고 하더라.
가실	(주저한다) 익숙하지 않아서 그래요.
난주	뭐가? 내가 선재보다 더 어려워?
가실	아니, 그건 아닌데……. 아무래도 …… 선재 언니는 연극을 보
	다가.
난주	알아, 알아. 선재 연기에 반해서 이 카페에 오게 된 거.
	그 얘긴 수십 번도 더 했다야.
	그래도 선배님, 선배님 하니까 거리감 느껴지잖아.
	앞으론 언니라고 해.
가실	알았어요, 난주 언니.
난주	그 봐. 얼마나 듣기 좋니?
	그래, 요즘은 뭐 좀 썼어?
가실	아니요. 그냥, 뭐 …… 잘 안 돼요.
난주	저번에 들려준 텔레파시로 글 쓰는 로봇 소년 이야긴?

가실	아, 그거요. 그냥 …… 좀 쓰다 말았어요.
난주	왜? 재밌던데. 꼭 네 얘기 같던데.
가실	예?
난주	너도 그 로봇 소년처럼 늘 미안해라는 말을 입에 달고 살잖아.
	사람 사는 게 다 거기서 거긴데 뭐가 그렇게 미안한지.

가실, 침묵.

난주	자신감을 가져라, 좀.
	앞으로 엎어져 코가 깨지는 한이 있어도 씩씩하게 살아야지
	맨날 니 속으로만 움츠러들면 보는 사람들 속 터진다야.
	아니, 아니다. 내 코가 석잔데 내가 너한테 이런 말할 처지가
	아니지.

그때 한 손에 클래식 기타를 든 수현, 왼손에 케이크 상자를 들고 있는 인화
등장

수현	누나.
가실	아, 수현아.
수현	저희들이 좀 늦었나요?
가실	아니, 아니야. 아직 아무도 안 왔어.
수현	저, 예전에 한 번 뵌 적 있죠?

난주   그래요? 난 사람을 잘 기억 못해서 ……

      어쨌든 잘 왔어요. 이쪽으로 앉으세요.

두 사람, 중앙에 있는 테이블 의자에 앉는다.

기타와 케이크 상자를 내려놓는다.

난주   밖에 눈이 오나 봐요?

      아깐 비가 내렸는데…….

수현   진눈깨비 같아요.

      누나. 저, 이쪽은 내가 예전에 말한 우리 선생님.

가실   안녕하세요.

인화   안녕하세요. 말씀 많이 들었어요.

가실   아, 예.

인화, 입고 있던 코트를 벗는다.

수현   누나. 이 코트 좀.

가실   어, 그래.

수현   (난주에게) 그리고 이거.

가실   뭐야?

수현   고구마 케이크 하나 사왔어요. 우리 선생님이 고르셨거든요.

잠깐 어색한 분위기.

난주   뭐, 따뜻한 차라도 한 잔 드시겠어요?

인화   아, 예.

수현   코코아 있으면 주세요.

        선생님, 괜찮죠?

인화, 고개를 끄덕인다.

가실   언니. 제가 할게요.

난주   넌 그냥 앉아 있어.

        그럼 말씀들 나누세요.

난주, 주방으로 사라진다.

가실   이렇게 같이 와주셔서 고맙습니다.

인화   아, 예.

수현   내가 선생님한테 누나 얘기도 많이 했어.

인화   소설 쓰신다고…….

가실   아니에요, 무슨 소설은. 그냥 취미 삼아 써보는 건데.

인화   아, 예.

가실   저, 말씀 낮추세요. 선생님.

수현   그래요, 선생님. 가실이 누난 제 친구나 다름없어요.

인화   그래도…….

가실   그냥 수현이한테 하는 것처럼 편하게 대해주세요.

선재, 두 손에 과일과 먹을거리 등속이 담긴 비닐봉투를 들고 들어온다.

선재   누가 왔니?

가실   아, 언니.

수현   안녕하세요.

선재   누구? 아, 수현 씨?

수현   예. 예전에 한 번 가실이 누나랑 놀러왔다가 인사드린 적 있죠?

선재   그래요. 기억나요. 반가워요. 그동안 잘 지냈어요?

수현   예. 누님도 잘 지내셨죠?

선재   (인화 쪽을 힐끗 바라본다) 같이 오신 분은 …….

       (가실과 눈짓을 교환한다) 아, 저기 뭐, 차라도 한 잔?

가실   난주 선배님이 준비하고 계세요.

선재   아, 그래.

난주, 주방에서 나온다.

난주   (선재를 보고) 벌써 갔다 왔어?

       (수현과 인화가 앉은 테이블에 코코아 두 잔을 내려놓는다)

좀 진하게 탔는데 입맛에 맞으실지 모르겠어요.

인화   고맙습니다.

두 사람, 코코아 한 모금을 마신다.

수현   아, 맛있는데요.

난주   다행이네요.

선재   그럼, 다른 분들 오실 때까지 얘기 좀 나누고 계세요.

선재, 비닐봉투를 들고 주방으로 들어갔다가 나온다.

난주, 바로 와서 코코아를 들고 온 쟁반을 선재의 손에 건넨 후

입구 쪽에 걸려 있는 벽시계를 바라본다.

난주   (혼자 중얼거린다) 그런데 얘는 왜 이렇게 늦어?

선재   (옆에서 듣다가 무심코) 오기로 한 사람 있어?

난주   아, 뭐. (얼버무린다)

선재   누군데?

난주   내가 아는 사람. (조금 뜸 들이다가) 너도 아는 사람.

선재   나도? 누구? 선우 씨?

난주   아니.

선재   그럼?

난주   …….

선재   누군데 그래? 내가 미리 알면 안 되는 사람이야?

난주   (말끝을 흐린다) 그건 아니고 ……. (한참 머뭇거리다가 마지

       못해) 동호.

선재   응, 누구라고?

난주   벌써 잊었어?

선재   동호 형?

난주   그래. 내가 말 안했니?

선재   동호 형이랑 연락하고 지냈던 거야? 그동안 …….

난주, 대답하지 않고 선재의 시선을 피해 어디론가 전화를 건다.

선재   너, 미쳤구나.

난주   아, 여보세요. 어디니?

선재   나한테 한마디 의논도 없이…….

난주   왜 이렇게 늦어?

선재, 어이없다는 듯 난주를 쳐다본다.

난주   응. 응. 그래. 알았어. 빨리 와.

난주, 전화를 끊는다.

영수, 조용히 문을 열고 들어와 문 앞에서 카페 안 정경을 찍는다.

선재   제정신이야?

난주   (아무렇지도 않다는 듯) 왜?

선재   동호 형은 왜 오라고 했어?

난주   언제까지 안 보고 살려고?

선재   누가 너더러 그런 걱정까지 하라디?

난주   신경 꺼. 내 손님이니까.

선재   여긴 내 카페야.

난주   그래서?

선재   만나고 싶으면 다른 데서 만나.

난주   너, 웃긴다.

선재   웃기는 건 너야. 난 그 사람 얼굴 보고 싶지 않으니까.

선재와 난주, 주방 쪽으로 가자 어색한 분위기.

인화   (주위를 둘러본다) 카페가 참 예뻐요.

가실   언니가 아기자기한 걸 좋아하세요.

인화   좀 전의 그분?

수현   배우세요. 가실이 누나도 연극 보러 갔다가 알게 됐대요.

       무슨 공연이었지? 누나?

가실   (수현의 말을 한 귀로 흘려보내며) 옛날 다방 같죠?

인화   아니, 굉장히 현대적인데요.

수현   여기 처음 왔을 때도 그랬지만 전 좀 묘한 느낌도 들어요. 선생님.

인화   저 그림이 여기도 걸려 있네.

가실과 수현, 인화가 쳐다보는 벽 쪽으로 고개를 돌린다.

가실   바스키아●요?

인화   아니, 그 옆에요.

가실   아, 〈그대 안의 풍경〉●● 말씀하시는 거죠?

인화   황주리를 알아요?

가실   저, 그 화가 좋아하거든요.

수현   가실이 누나도 선생님처럼 그림 보는 거 좋아해요.

인화   (수현 쪽을 한 번 바라본 후) 그래요?

가실   아니에요. 그냥 가끔씩 퇴근하면 가까운 미술관에 가요.

           머리 식히려고요.

수현   거짓말. 그럼 '피뢰침'에 올린 그 많은 그림은 다 뭐야?

인화   (호기심 어린 눈빛) 직장이 따로 있나 봐요?

가실   동사무소에 다녀요.

- 1980년대 초반 미국 뉴욕의 미술계에 혜성처럼 등장해 신표현주의라는 새로운 조형언어로 자신의 작품 세계를 구축했던 흑인 화가. '낙서화가'라는 애칭을 갖고 있다. 브루클린의 전형적인 흑인 가정에서 태어나 27세의 젊은 나이에 요절했다. 즐겨 다룬 소재는 대중문화와 만화 캐릭터, 죽음, 계급투쟁 등으로 재즈 가수나 스포츠 스타 같은 흑인 영웅들을 모델로 삼았다. 특히 길거리 미술을 예술로 승화시킨 작가로도 유명하다.
- ● 풍부한 상상력과 유머가 깃든 그림으로 독특한 회화 세계를 선보인 서양화가 황주리의 대표작.

인화   아, 예.

잠시 어색한 분위기, 흐른다.

인화   (그림을 바라본다) 한 자루의 촛불을 중심으로 다른 옷으로
        갈아입은 수많은 나의 얼굴들.
        꼭 우리들의 모습 같죠, 자화상을 들여다보는 것처럼.

가실   (꿈꾸듯) 전 왠지 그 그림을 볼 때마다 슬픈 마음이 생겨요.
        아픔의 흔적 같은 게 느껴져서.

수현   전 꼭 한 편의 만화를 보는 것 같은데요. 장난스럽기도 하고.

가실   저 그림은 선재 언니가 참 아끼는 건데.

인화   배우 하신다는?

가실, 고개를 끄덕거린다.

가실   학교 다닐 때 그림을 그리셨거든요.

인화   어쩐지 …… 들어오다가 얼핏 봤는데 카페 이름이 '13월의 길
        목'이더라고요.
        여긴 촛불이 어울리는 곳 같아요.

가실   (인화와 수현에게 양해를 구한다) 저, 잠깐만요.
        김 선생님.

가실, 먼저 영수를 알아보고 일어나 입구 쪽으로 간다.

수현과 인화, 입구 쪽으로 몸을 돌린다.

영수   아, 우리 귀여운 가을 소년.

선재와 난주, 얘기를 멈추고 문 쪽을 바라본다.

영수, 인화와 수현에게 간단히 목 인사를 건네고 가실과 함께 바로 간다.

영수   좀 늦었습니다. 12월을 찍다 보니…….

선재   (난주와 다투던 불편한 기색을 감추며) 어서 오세요, 선생님.

난주   (반갑게) 추우시죠? 여기 스토브 곁으로 오세요.

영수, 스토브 곁으로 다가간다.

난주   어머, 많이 젖으셨네.

        감기 드시겠어요. (벽에 걸려 있는 수건을 건네준다)

같은 시각, 중앙 테이블.

인화   다른 손님인가 봐.

수현   그런가 본데요.

인화   어제 친구들 모임은 잘 했어?

수현   예. 오랜만에 만나서 그런지 반갑던데요.

       다들 바빠서 이맘때쯤이나 얼굴 한번 볼 수 있을까 말까니.

인화   또 술 많이 마셨겠네?

수현   새벽까지 펐어요.

       안 그래도 머리가 띵한 게 어제 좀 무리했나 봐요.

인화   자기 몸은 자기가 챙겨야지.

       혈기 왕성하다고 함부로 몸 굴리면 나중에 고생해.

수현   예, 알았습니다.

같은 시각, 바.

영수   선재 씨, 이거 좀.

영수, 어깨에 메고 있던 카메라 가방에서 포도주 한 병을 꺼내 올려놓는다.

영수   한 잔만 줘요. 몸을 좀 덥혀야 될 것 같아서.

선재, 잔에 포도주를 부어준다.
같은 시각, 중앙 테이블.

수현   선생님은 요즘 다른 작품 작업은 안 하세요?

인화   안 그래도 며칠 전부터 단편소설 번역 하나 하고 있어.

이번엔 또 얼마나 걸릴지.

수현   어떤 작품인데요?

인화   우리나라엔 좀 생소한 작가야.

        아메리카 원주민 출신의 작가인데 작품이 참 좋더라.

        번역 끝내면 보여줄게 읽어봐. 제목이 '물'이야.

수현   제목만 들어도 느낌이 오는데요.

인화   그렇지? 그런데 잘될까 걱정이다.

수현   선생님 잘하실 수 있어요. 지금까지도 그랬고요.

인화   그 말을 들으니 힘이 나는데.

두 사람, 얼굴을 마주 보고 말없이 웃는다.

같은 시각, 바.

가실   뭐, 좀 찍을 만한 거라도 건지셨어요?

영수   집에서 나와 정처 없이 걸었는데

        결국 제가 좋아하는 골목 몇 군데를 서성거리게 되데요.

        그래서 좀 어슬렁거리다가 왔습니다.

난주   우산도 안 쓰시고요?

영수   진눈깨빈데요, 뭐.

난주   눈도 아니고 비도 아니고 진눈깨비라니…… 좀 을씨년스럽
        죠?

선재   연말이 다 그렇지 뭐.

가실   한 해가 저물어가니까요.

난주   그래도 전 좀 화사했으면 좋겠어요. 그래야 또 내년을 기약하죠.

영수   날씨가 미래와 관계가 있다는 그 말이죠? 난주 씨는.

난주   꼭 날씨 탓만은 아니고…….

      이맘때쯤이면 크리스마스도 끼었는데 왠지 모르게 쓸쓸해져요.

      기분 탓인가? 저만 그런 건가요?

영수   원래 끝이라는 게 그런 건가?

      망년회라 안 그러고 송년회라 그래도 마찬가지죠.

      한 해의 마침표를 찍는다는 게 두렵기도 하고 무섭기도 하고

      그런가?

같은 시각, 중앙 테이블.

인화   준비는 잘 돼?

수현   뭐, 그냥. 그럭저럭.

인화   내년 스페인 문학의 밤은 어쩌지?

수현   기타 쳐 줄 사람이 없어서요?

인화   너 같은 녀석이 또 한 사람 나타나지 않을까?

수현   그게 뭐, 흔한 일인가요?

인화   하긴 그렇다. 천문학 공부하다가 문학 수업 들으러 오는 학생
      은 드물지. 특히 요즘 같은 세상에선.

같은 시각, 바.

가실   그리고 보면 사람의 마음이라는 게 참 요상해요.

영수   만화경 같지, 매번 달라지니까.

가실   같은 사람, 같은 풍경을 봐도 다 다르잖아요.

영수   어떨 땐 여기서 보는 게 좋지만 시간이 지나면 바뀌고.

가실   느낌이 변하니까요.

난주   느낌이 변한다기보다는 다른 면이 드러나는 거겠지.

같은 시각, 중앙 테이블.

수현   스페인에 가면 선생님이 입에 침이 마르도록 얘기하셨던

       그곳에 가장 먼저 가보려고요.

인화   푸른 언덕과 계곡들, 해안의 절벽, 오래된 교회와 돌로 만들어

       진 십자가들.

수현   그리고 옛날 성을 둘러싼 안개와 숲의 전설들.

       거길 생각하면 늘 꿈을 꾸는 것 같아요.

인화   순례자들은 바다를 건너와

       별빛 가득한 길을 따라 여행을 떠나고

       세상의 모든 별들은 하늘에서

       주홍빛으로 물든 밤의 이야기들을 들려주네.

수현   선생님 얘기만 듣고 있으면 술도 안 먹었는데 늘 취하게 돼요.

잔 없이 건네주는 술 같아서.

음, 〈겨울 이야기〉*라는 만화에 나오는 주인공 하나가

입버릇처럼 하는 말이 있거든요. "내년 봄에는 스페인에 갈 거야."

같은 시각, 바.

영수   "아, 오라! 사람들이 서로 변할 시간들이여."

            (사이) 우리 난주 씨가 좋아하는 바람구두를 탄 사나이 랭보

            가 남긴 말인데.

            어때요?

난주   1854년에 태어나서 1891년에 죽었죠.

선재   그것까지 기억하고 있어?

가실   난주 언니는 여행자시잖아요.

영수   그래, 우리 난주 씨 몸속엔 랭보 같은 집시의 피가 흐른다 이거지.

선재   (연극대사를 읊듯) 태양은 기울고 별빛은 너무 멀리 있네.

            바람은 창문을 흔들고 거리엔 때늦은 찬비가 질척거리네.

            길은 보이지 않고 희망은 등 뒤에 있네.

가실   (박수) 와. 언니. 멋있어요.

●   꿈이 아닌 현실의 치열함을 보여줬던 일본 청춘 만화를 대표하는 작가 하라 히데노리의 데뷔작. 우유부
단한 입시준비생인 히카루가 재수, 삼수를 하는 과정에서 여주인공인 시오리와 나오코 사이에서 갈팡질
팡하는 삼각관계를 그린 러브스토리. 학원가를 배경으로 일본 전역에서 모여든 온갖 군상들의 애환과
슬픔을 담담한 필치로 따뜻하게 그려냈다.

영수   누구예요?

선재   글쎄, 누구더라. 잘 기억이 안 나네요.

같은 시각, 중앙 테이블.

인화   여긴 참 이상해.

       처음 와보는 곳인데도 편안한 게. 따뜻한 느낌이 나.

수현   밖이 추워서 그렇겠죠.

인화   그런가?

수현   오늘 좋은 분들이 많이 올 겁니다.

       여기 누님들도 다 좋고요.

수현, 의자 옆에 세워 둔 기타를 어루만진다.

수현   선생님. 어떤 시 들려주실 거예요?

인화   글쎄.

수현   어차피 제가 반주할 건데 미리 알고 연습도 좀 했어야 되는 것

       아닌가?

인화   (수현을 놀리듯) 즉흥적인 무대가 더 자연스러운 법이예요.

갑자기 주위가 조용해진다.

인화와 수현, 바에서 벌어지는 일에 신경을 쓴다.

영수	이런 땐 다들 위로가 필요한 거니까 쓸쓸한 사람들끼리 모여서 한잔 쭉. (술 마시는 시늉) 어때요?
난주	선재야. 기분도 그런데 노래 좀 틀어봐. 칙칙한 거 말고 크리스마스 캐럴 같은 거 말고 좀 신나는 걸로.
선재	뭐 틀까요? 김 선생님 뭐 좋아하시더라?
영수	글쎄, 마땅히 생각나는 게…….
난주	김 선생님이야 뭐, 늘 〈축제의 노래〉 아니면 〈웨딩케익〉이시니까. 오늘은 다른 걸로 바꿔요.
선재	아, 트윈폴리오?
난주	〈호텔 캘리포니아〉나 〈캘리포니아 드림인〉으로.
가실	둘 다 캘리포니아라는 지명이 들어가네요.

	캘리포니아가 살기 좋은가 봐요?
난주	몰라. 안 가봐서.
	선생님은 가보셨어요?
영수	나도 아직 …… 그런데 아주 따뜻하대.
가실	캘리포니아라는 곳이 있긴 있는 걸까요?
난주	(가실의 말을 건성으로 듣는다) 이글스, 마마스 앤 파파스 틀고 트윈폴리오도 틀죠.
선재	시간도 많은데 듣고 싶은 건 다 듣지 뭐.

선재, 먼저 이글스 음반을 턴테이블에 올려놓는다.

난주, 벽시계를 잠깐 쳐다본 후 일어선다.

난주	나, 잠깐 나갔다 올게. 얘기들 나누고 계세요.
가실	언니. 어디 가시는 거예요?
난주	응. 요 앞에 잠깐.

난주, 나간다.

영수	이거, 우리끼리만 얘기하고 있었나?
	저기, 다른 일행이 있는 것 같은데.
가실	아 참, 선생님. 선재 언니, 우리 저쪽에 가서 합석해요.

세 사람, 수현과 인화가 앉아 있는 중앙 테이블로 자리를 옮긴다.

가실   선생님. 이쪽은 신수현이라고 인터넷 동호회에서 만난 친구고요.

        그리고 수현이와 같이 오신 번역가 선생님.

        여긴 '13월의 길목'에 자주 오시는 사진작가 김 선생님.

        세계 여러 나라에 사진 찍으러 많이 다니신대.

수현, 인화 안녕하세요.

영수   반갑습니다.

가실   선재 언니…….

선재   아, 이선잽니다. 잘 오셨어요.

인화   초대해주셔서 고맙습니다.

선재   아니에요. 전 장소만 빌려주는 건데요, 뭐.

인화   그림 그리셨다고…….

선재   예? 아, 아니에요. 그냥 취미로 잠깐.

영수   아닙니다, 선재 씨. 내가 보기엔 상당한 수준이에요.

        그림 보는 안목도 그렇고 이 카페를 보세요. 뭔가 독특하잖아요.

선재   전문가는 선생님이시잖아요.

        좋은 사진 작품도 많이 갖다주시고.

영수   내가 무슨 예술간가요?

        그냥 사진 찍는 거 좋아하고 여기저기 돌아다니기 좋아하는

        딴따라지.

        안 그런가, 우리 소설가?

가실, 그냥 웃는다.

수현   스페인도 가 보셨어요?

영수   스페인? 가 봤죠.

              투우와 정열의 나라. 폐허로 변해버린 옛 유적들.

              그러나 뭐니뭐니해도 거긴 이국적인 아가씨들이 매력적이야.

              세상의 날렵함과 추악함에 아직 물들지 않은 싱싱한 아가씨들.

수현   우리 선생님도 스페인 문학을 전공하셨거든요.

가실   수현인 스페인으로 음악 공부 하러 갈 생각이고요.

영수   아, 그래요? 그럼 대학에서…….

인화   아, 예 강의도 좀 하는데 주로 번역을 하고 있어요.

영수   아, 그럼 학자시네요. 대단하십니다.

              전 공부하시는 분들이 존경스러울 때가 있어요.

인화   선생님은 예술가시잖아요.

영수   아닙니다. 조금 전에도 얘기 드렸지만 전 그냥 꾼일 뿐이에요.

              진정한 예술가들은 따로 있죠. 자신의 작품 앞에서 축제를 벌

              일 수 있는 사람들은 따로 있어요.

인화   번역도 창조적인 일은 아니에요.

영수   그래도 공부는 아무나 하는 게 아니죠.

              어쩌면 그게 가장 어려운 일인데.

수현   맞아요.

선재, 슬며시 대화에서 빠져나와 바를 거쳐 주방으로 들어간다.

영수   수현 씨라고 했나? 음악 공부라면 어떤?

가실   기타요.

영수   아, 진정한 예술가는 여기 계셨구먼.

        좋아하는 기타리스트 있어요?

수현   세고비아랑 장고 라인하르트, 아, 그리고 신중현도요.

영수   훌륭하시구먼. 다들 진짜배기 예술가들이지.

그때 문을 열고 동호가 들어온다.

그러나 아무도 눈치 채지 못한다.

동호, 카페 안을 한 번 둘러본 후 조용히 바로 가서 앉는다.

영수   수현 씨가 치는 〈알함브라 궁전의 추억〉은 어떨까?

        한번 듣고 싶은데.

수현   (쑥스러워 하며) 아직 더 쳐야 되는 걸요.

영수   나중에 기회가 되면 여기서 작은 음악회 열어도 되지 않을까?

가실   좋은 생각이에요, 선생님.

난주가 들어온다.

난주   (중얼거린다) 도대체 어딜 간 거지?

난주, 바에 혼자 앉아 있는 동호를 발견한다.

동호 곁으로 다가가는 난주.

난주 어떻게 된 거야? 언제 왔어?

동호 어, 조금 전에

난주 형 찾느라 한참을 헤맸잖아.

    (사이) 여기 이러고 있지 말고 자, 저쪽으로 가자.

난주, 동호를 데리고 일행이 있는 쪽으로 와 인사한다.

난주 방송국에 근무하는 선배예요, 지방에서 올라오느라 좀 늦었어요.

동호 최동홉니다.

모두 아, 안녕하세요.

잠깐 어색한 분위기.

난주 그런데 선잰?

가실 어, 어디 가셨지?

    금방 옆에 계셨는데. 주방에 들어가셨나?

영수 나, 김영수요.

난주 우리 가게에 오시는 사진작가 선생님.

    단골이셔.

동호   아, 예.

가실   이가실입니다.

난주   선재가 아는 동생. 친동생이나 다름없지.

　　　 역시 우리 가게 단골이고 이쪽은······.

가실   제 친구고요. 그 옆에 계신 분은 같이 오신 선생님.

수현   신수현입니다.

인화   서인화예요.

동호   아, 많이들 모이셨네요.

어색한 침묵.

사람들, 서로의 얼굴을 쳐다본다.

난주, 분위기를 살핀다.

난주   얘는 어딜 갔지?

　　　 (주방을 향해 소리친다) 선재야.

선재, 주방에서 얼굴을 내민다.

영수   그럼 이제 올 사람은 다 온건가요?

그때, 숨을 헐떡거리며 카페 안으로 정희 들어온다.

2장

어둠 속에서 라틴 댄스 음악이 흐른다.

사람들의 박수 소리, 환호성, 휘파람 소리.

무대 밝아지면 춤을 마무리하고 있는 정희와 영수 커플.

두 사람 어색한 표정을 지으며 자리로 돌아온다.

동호   아! 인생 멋지게 사시네.

수현   정말 대단한데요.

난주   탱고는 언제 또 배우셨어요?

정희   파티용이에요. 지루할 때마다 조금씩…….

영수   자, 술들 먹읍시다.

가실   그런데 두 분 처음에 어떻게 만나게 되셨어요?

정희와 영수, 서로를 곁눈질한다.

묘한 분위기.

선재   하도 닮으셔서 …… 모르는 사람들은 남맨 줄 착각하겠어요.

난주   원래 부부는 닮는다잖니.

정희, 영수의 눈치를 본다.

정희   제가 독일에서 유학하고 있던 어느 날이었는데요.

             포도 위로 낙엽이 지고 있었으니까 …… 가을이었던 것 같아요.

             그날은 참 이상했어요. 햇볕은 따듯하고 바람도 없고.

             기쁨도, 슬픔도 아무런 감정도 느껴지지 않는 거예요.

             갑자기 그런 생각이 들더라구요.

             이런 날 죽으면 참 좋겠다.

수현   죽기 딱 좋은 날 말이죠?

정희   예. 문을 열어놓고 베란다에서 차를 마시며 바깥 풍경을 바라

             보고 있는데 어깨에 카메라를 멘 허름한 차림의 웬 낯선 남자

             하나가 집안으로 들어오는 거예요. 그러더니 이층 제 침대로 올

             라와 그대로 잠이 들어버리더라고요.

             그게 이 사람이었어요.

영수   그땐 문이 열려 있으면 빈집인 줄 알고 아무 데나 들어갔어요.

정희   한나절을 그렇게 죽은 듯이 자다가 저녁때쯤 부스스 눈을 떠서

             이 사람 한다는 첫마디가 뭐였는 줄 아세요?

사람들, 호기심 어린 눈빛.

정희   "나, 배고파."

영수   사진을 찍다 보면 영혼도 마르고 배도 고프고 그래서…….

사람들, 웃는다.

선재   그렇게 해서 만나신 거예요?

정희, 고개를 끄덕인다.

수현   믿기지 않는데요. 꼭 영화 속의 한 장면 같아서.

정희   다들 그래요. 우리가 거짓말을 한다고.

선재   난 충분히 그럴 수 있을 것 같은데.

         왜 그런 때 있잖아요.

         평범하고 익숙한 삶에 때로는 아주 낯선 환상이 끼어드는 경우.

인화   너무 멀리 떨어져 있어서 눈에 보이지 않는 신기루 같은 거 말

         이죠?

수현   그래도 꼭 영화 같잖아요, 선생님.

탁자 위에 있는 술들이 오고 간다.

수현   결혼하신 지는 얼마나 되셨어요?

정희, 망설인다. 당황한 기색이 역력하다.

영수, 딴 곳을 바라본다.

정희   같이 산 지요? 꽤 됐지요.

         (잠시 침묵) 저희들 식 안 올렸어요.

주위, 갑자기 조용해진다.

정희   혼인신고 없이 그냥 동거하고 있어요.

         그게 서로 자유롭잖아요.

수현   아, 예.

동호   꼭 결혼할 필요 있나요, 뭐.

인화   그럼 아이도 없으시겠네요.

정희   아인 일부러 안 가졌어요.

         이 사람도 나도 한 번뿐인 인생, 즐기며 살자는 쪽이기 때문에.

동호   잘하셨어요. 애가 있어 봤자 골칫덩어리죠, 뭐.

선재   (말을 돌린다) 그런데 왜 이렇게 늦으셨어요?

         전 김 선생님 혼자 오셨구나 생각했는데.

정희   이 사람이 지나가는 말로 같이 갈까 그랬는데 제가 낯가림도

         심하고 그래서 좀 망설였어요.

동호   에이, 전혀 안 그럴 것 같은데요.

영수   (말을 돌린다) 우리 최 기자님은 선재 씨, 난주 씨와 친구라고

         그랬는데.

동호   아, 예.

인화   처음엔 별로 말씀이 없으셔서 전 원래 과묵하신건가 그렇게

         생각했어요.

영수   고향 친구들인가요?

동호   아니, 대학에서 만났습니다.

난주   교내 방송국에서 알게 됐어요.

동호   제가 피디였고, 이 친구가 아나운서였습니다.

영수   선재 씨는?

난주   선잰 연극반이었는데, 제가 나중에 소개해줬어요.

정희   아, 그럼 두 분이 먼저 알게 된 사이시네요.

수현   과 친구는 아니셨구나.

동호   원래 학교 방송국이라는 데가 워낙 수공업적인 데라 피디가

        기자처럼 취재도 하고 원고도 쓰고 선곡도 하고 다 합니다.

영수   그래도 재밌으셨겠는데.

동호   재미야 있죠. 수업도 안 들어가고 방송국에 죽치고 살 때가 많

        으니까.

난주   선배는 유능한 피디였어요.

        왜 그런 사람 있죠.

        나중에 사회에 나가서도 잘할 것 같은 사람.

        동호 형은 주위에서 다들 피디가 딱 맞는다고 그랬거든요.

영수   그대로 됐잖소.

인화   기자하고 피디는 다르죠.

영수   하는 일은 달라도 같은 방송 계통인데.

가실   방송국 사람들은 다들 비슷하게 보여요.

동호   저보단 난주가 더 재주가 많았죠.

가실   난주 언니 그래서 스튜어디스 하셨잖아요.

다들 놀란다.

영수   난주 씨. 정말인가?

난주   뭐, 잠깐…….

인화   지금도 하세요?

난주   아니요. 대학 졸업하고 아주 잠깐 나간 적 있어요.

영수   아, 그랬구나. 난 그건 몰랐어요. 어쩐지 난주 씨 몸에서 비행
         기 냄새가 나더라구요.

그동안 말이 없던 선재, 한마디 툭 거든다.

선재   난주 스튜어디스 제복 입었을 때 얼마나 예뻤다구요.

인화   그랬을 거 같아요.

수현   그런데 스튜어디스는 왜 그만두신 건가요?

난주   갑갑했어요. 어느 날부턴가 제복을 입고 있는 내 모습이 견딜
         수 없는 거예요.

동호   아까 김 선생님이 말씀하신 비행기 냄새라는 건?

영수   아, 그런 게 있어요.
         사진을 찍다 보면 어떤 사람에게 따라다니는 냄새 같은 게.

인화   냄새라면 어떤?

영수   글쎄. 바람 냄새라고 해야 하나?
         비행기라는 녀석은 공기의 저항을 가르며 떠오르는 친구라

서⋯⋯.

마치 사람 같잖아요.

수현   사람요?

가실   쌩 텍쥐페리도 똑같은 말을 했어요.

모두 가실을 쳐다본다.

가실   (당황한 듯) 아니, 비행기가 마치 자기 분신 같다고.

정희   비행기 조종사라서 그랬겠죠?

인화   가실 씬 쌩 텍쥐페리 좋아하나 보다.

가실   아, 예.

수현   선생님은 가실이 누나한테 관심 있는가 봐요?

인화   하는 일은 재미있어요?

동호   아, 가실 씨 동사무소 다닌다고 그랬던가?

난주   참 난 주민등록증 잃어버렸는데, 동사무소 가야 하니? 구청에

        가야 하니?

가실   저한테 오시면 돼요.

정희   정말 답답하겠다.

난주   그래서 글 쓰는 거지?

영수   우리 가을 소년 요즘 쓰고 있는 거 있지 않나?

인화   가실 씨가 왜 가을 소년이죠?

선재   이름이 그렇잖아요. 느낌도 그렇고. 그래서 선생님이 지어준

별명이에요.

인화   아, 예.

정희   나도 가실 씨가 궁금하네.

저도 예전에 글 쓰고 싶었거든요.

그래서 학교 다닐 때 몇 자 끄적거리기도 했구요…….

참, 남자 친구 있어요?

가실   아니요. 없어 보이죠?

(웃는다) 친구도 별로 없어요.

어릴 적 소꿉친구 한둘 정도…….

그리고 한 친구는……. (말을 하다가 멈춘다)

동호   가실 씨는 친구를 만날 의향이 없으신 건가요?

선재   뭐 좀 더 가져올까요?

정희   치즈랑 과일 샐러드요.

선재, 일어나 주방으로 들어간다.

난주   쟤는 아까부터……. (동호의 표정을 살핀다)

영수   그럼 난주 씨가 최 기자를 선재 씨한테 소개해준 건가?

난주   예. 그런데 자연히 알게 된 거나 마찬가지예요.

동호   방송국 친구들이랑 연극반 친구들이 좀 친합니다.

일 년에 한 번씩 큰 행사를 해서.

인화   방송제 같은 거 말이군요.

동호   잘 아시네요. 서로 도움을 많이 받죠.

　　　　방송제 땐 그 친구들이 와서 조명 같은 거 달아주고

　　　　연극 공연 할 땐 우리가 음악 녹음해주고.

　　　　행사할 때마다 도와주러 몇 번 왔다 갔다 하다가 자연스럽게

　　　　친해지게 됐어요.

영수   선재 씨, 학교 다닐 때는 어땠어요?

동호   씩씩했죠. 바람기도 좀 있고.

영수   바람기요?

동호   아, 농담입니다.

난주   자의식도 강하고.

동호   완벽주의자죠.

정희   그럼 피해 의식도 있었을 거 같은데.

영수를 뺀 사람들, 모두 정희를 쳐다본다.

정희   아, 제 말은 완벽주의자들이 보통 그렇다고 해서.

동호   미래에 대한 불안감이 더 컸죠.

정희   실례지만 결혼은 하셨어요?

동호   아, 예. (잠깐 주저하다가) 한 번 했다가 곧바로 헤어졌습니다.

주위, 갑자기 조용해진다.

동호　조건을 보고 결혼했다가 양심에 찔려서 이혼했습니다.

난주　서로 맘이 안 맞았던 거죠, 뭐. 사람 사는 게 다 그렇잖아요.

영수　(말을 돌린다) 방송 기자들은 이맘때쯤이 가장 바쁠 것 같은
　　　데요?

동호　지방인데요 뭐, 특별히 바쁠 게 있나요?
　　　그냥 좀 여기저기 기웃거리고 있습니다.
　　　제가 없으면 안 되는 일도 좀 있고.

인화　서울에는 자주 올라오세요?

동호　그럼요. 며칠 전에도 여기 스포츠 신문사에 있는 기자 녀석이
　　　불러서 강남에 있는 룸살롱 거, 뭐더라, 아무튼 거기 가서 폭탄
　　　주 좀 삼켰는데요.
　　　아, 죄송합니다. 제 말이 좀 거칠었습니까?

인화　아니, 아니에요.

영수　강남이면 물이 좋잖소. 강북하고는 비교가 안 되지.

동호　때깔 괜찮던데요.

난주　지난번에 봤을 때보다 얼굴은 더 좋아진 것 같은데?

동호　요즘 자꾸 몸이 처지는 것 같아서 운동 시작했거든. 사건 현장
　　　누비려면 아무래도 체력이 돼야 하는데 배가 나오는 것 같아서.

가실　현장 취재 하시다 보면 끔찍한 사건 같은 것도 많았을 것 같은
　　　데요?

정희　맞아요. 요즘은 별의별 일들이 다 벌어지니까.

동호　한 번은 좀 무료해서 동료들과 회사 안에서 고스톱 판을 벌였

는데 그때 사건이 터졌어요. 판 다 걷어치우고 부리나케 달려 갔죠. 아파트 현관 들어설 때부터 피 냄새가 진동하는데, 야, 이건 완전히 회를 떴더라구요, 그것도 여자가. 순간 이건 분명 히 치정 살인이겠다 싶었죠. 느낌이 확 들어오는 때 있잖아요.

영수   끔찍하군.

난주   우리 재미없는 얘긴 그만하고 돌아가면서 노래하고 즐겁게 놀 아요. 김 선생님 내외분이 춤추셨으니까……. 수현 씨. 기타 가 져왔죠?

정희   저희들이 한 번 더 출까요?

수현   우리 선생님과 제가 준비한 게 있거든요.

주위의 환호성.

인화   뭐, 별 건 아니고 제가 최근에 번역한 시 한 편 준비했어요.

가실   (박수 친다)

수현   제가 기타 반주를 하고요.

정희   선생님이 시 낭송 해주시는 거예요?

난주   기대돼요, 선생님.

두 사람, 테이블 옆에 마련된 간이 무대로 나가는 동안
선재, 안주를 가지고 주방에서 돌아온다.
수현의 기타 반주에 맞춰

인화, 시(파블로 네루다의 〈100편의 사랑소네트〉 중에서)를 낭송한다.

인화   사랑이여, 키스에 이르기까지 얼마나 머나먼 길인지,

        당신과 함께하려고 움직이라는 외로움이라니!

        비와 함께 뒹굴며 우리는 단 둘이 길을 간다.

        허나 당신과 나, 사랑이여, 우리는 함께이다,

        우리 옷에서부터 우리의 뿌리에 이르기까지.

        오로지 당신과 나 단 둘이 있을 수 있을 때까지.

        내 사랑이여, 나는 당신을 이토록 사랑할 수 없으리!

        그러나 내가 당신을 안을 때 나는 존재하는 모든 것을 안다.

        모래, 시간, 비의 나무, 모든 게 살아있고

        그래서 나도 살아 있을 수 있다.

        당신이 하는 모든 건 꽃으로 가득하고, 땅으로 풍부하다.

        당신의 눈길이 물로 가면, 물결이 인다.

        당신의 손길이 흙으로 가면, 씨앗들이 부풀어 오른다.

        당신은 안다 당신 속에서 진흙을 위한 공식처럼

        결합된 물과 흙의 깊은 본질을.

        쓰디쓴 사랑이여, 가시투성이 열정의 덤불 속

        가시관을 갖고 있는 제비꽃,

        슬픔의 창, 분노의 화관,

사랑이 섬들을 건너간다, 슬픔에서 슬픔으로,
눈물로 수분을 삼으며, 그건 뿌리를 내린다.

"나와 함께 가요" 내가 말했는데,
아무도 어디인지 몰랐고,
내 고통이 얼마나 고동치는지 몰랐다,
내게는 카네이션도 뱃노래도 없었고,
사랑이 드러내놓은 상처만 있었다.

나는 다시 말했다. "나와 함께 가요"
마치 내가 죽어가는 듯이,
그리고 내 입속에서 피 흘리는 달,
또는 피가 침묵으로 솟구쳐 오른 걸 아무도 보지 못했다.
사랑이여, 이제 우리는 그런 가시 있는 별을 잊을 수 있다!

당신을 사랑하기 전에, 사랑이여, 내 것은 아무것도 없었다.

시 낭송이 끝나자 앙코르가 들어오고 그들은 노래(정태춘, 박은옥의 〈사랑하
는 이에게〉) 한 곡을 더 부른다.
노래가 끝나자 선재, 정희, 가실 잔잔하게 박수.
두 사람, 자리로 돌아온다.

정희   두 분 참 잘 어울려요. 부러워요.

선재   누가 보면 연인인 줄 알겠어요.

가실   (말없이 술을 마신다)

정희   호흡도 척척 맞고. 두 분 정말 강의실에서 만난 것 맞아요?

수현   (쑥스럽게 웃는다) 예.

인화   우리 수현인 원래 전공이 천문학인데 문학에 관심이 있었나 봐요.

정희   천문학이라면 별자리?

수현   아, 예. 꼭 그런 건 아니고 제가 공부할 땐 하늘과 사람의 관계에 대해서 더 많이 생각했던 것 같아요.

정희   천문학이요?

수현   예. 옛날엔 별자리를 보고 사람의 운명을 미리 내다봤다고들 하잖아요.

정희   아, 서양의 점성술처럼요?

수현   천문학을 공부하면서 전 천문학이 오히려 인간의 관계에 대해서 설명해준다는 느낌을 받았어요.

선재   인간관계라면 사람이 만났다 헤어지고 또 다시 만나는 그런 거 말이죠?

인화   태어나고 죽는 것까지도 포함될 테죠.

수현   우주나 영혼, 인연 같은 말들요.

어떻게 보면 굉장히 주술적인 느낌도 묻어나고요.

우주의 생성과 기원에 대해서는 여러 가지 학설이 있지만 중

국에서는 내가 이 우주의 중심이라는 생각도 일찍부터 존재했
었던 것 같아요. (인화를 쳐다보며) 그러니까 사랑하는 사람을
만나면 또 하나의 다른 소우주를 발견하는 거죠.

선재　　하늘에서 인간이 살아가는 삶의 지혜를 엿본다, 참 운치 있는
　　　　말이네요. 수현 씨 말을 듣고 있으면 수현 씨가 과학 계통의
　　　　공부를 한 사람처럼 안 느껴져요. 오히려 열렬한 문학청년 같
　　　　아요, 생각하는 것도 그렇고.

정희　　그래서 스페인 문학도 들을 생각을 한 거겠죠?

인화　　다른 과 학생이 들어와서 열심히 하면 관심이 가게 돼요.

특히나 수현인 이과 계열 학생이었으니까 특별했죠.

가실   (인화에게) 서 선생님은 스페인 문학이라면 시 아니면 소설?

인화   소설도 좋아하지만 주로 시를 번역해요.

가실   어떤 시인 좋아하세요?

인화   보르헤스도 좋지만 옥타비오 파스*를 좋아해요.

       릴케처럼 한평생 시인으로 산다는 게 뭔지를 고민한 사람이죠.

정희   아, 독일 시인 릴케 말이죠?

인화   정희 씬 독일에서 공부한 적 있어서 잘 알겠네요.

       "시는 계시이고 춤이고 대화이며 기도이고 고백이다."

       파스가 남긴 말이에요. 황홀하죠?

       (가실을 향해) 가실 씬 스페인 문학에도 관심이 많은가 보다.

       좋아하는 작가가 있어요?

가실   전 네루다 시가 참 좋던데. 〈일 포스티노〉**라는 영화는 열 번

       도 더 넘게 봤는걸요.

       아, 그리고 로르까요. 시도 좋지만 〈피의 결혼〉이나 〈베르나르

       도 알바의 집〉 같은 희곡도 멋져요. 선재 언니가 좋아하는 극

       작가죠.

● 라틴아메리카를 대표하는 멕시코의 시인이자 작가. 사랑으로부터 촉발된 초현실주의적 이미지와 예술
  적인 창조성에서 발현된 상상력으로 고독한 실존을 투명하게 응시하는 작품들을 남겼다. 대표작으로
  시론서인 《활과 리라》, 시집 《흙의 자식들》이 있다.
●● 필립 느와레, 마씨모 트로이시 주연으로 1994년에 제작된 마이클 래드포드 감독의 영화. 지중해의 작은
  섬에 근무하는 우편배달부와 칠레를 대표하는 시인 파블로 네루다의 우정을 그린 작품으로 시에 대한
  감성과 이해가 잘 묻어난다.

선재	서른여덟의 아까운 나이에 암살당했잖아요.
인화	선재 씬 배우니까 아무래도 문학에 관심이 많겠군요.
선재	아니에요. 전 그냥 좋아하는 희곡만 좀 읽는 편이고 독서광은 가실이죠.
가실	아니, 저도 그냥 좋아하는 독자 수준이에요.
인화	직장이 따로 있으면 소설은 언제 써요?
가실	일쩍 자고 주로 새벽에 일어나서 써요. 새벽엔 정신이 맑거든요. 그리고 주말엔 촛불 켜놓고 밤새도록 쓰기도 하고요.
인화	가실 씨가 쓴 소설 한번 보고 싶은데 언제 한번 보여줄래요?
가실	아직 습작 수준이라서. 나중에 제가 좋은 작품 쓰면 보여드릴게요.
정희	저도 좀 보여주세요. (짓궂게) 촛불 켜 놓고 쓴 작품 꼭 한 번 읽어보고 싶으니까.
수현	(정희를 향해) 저, 제가 뭐라고 불러야 될지…….
정희	저요? 뭐, 편하게 부르세요.
수현	아주머니도 좀 그렇고.
인화	선생님이라고 불러야 되는 게 아닐까?
정희	선생님은 무슨 선생님이에요. 그냥 편하게 정희 씨라고 하세요.
수현	아, 예. 그런데 독일에는 무슨 일로 가신 건가요?
정희	아, 처음엔 그냥 여행 간 거였어요. 한 일 년 정도만 있을까 했는데 그러다가 눌러앉게 된 거죠.

이 년 정도 그곳에서 아무 생각 없이 살다가 왔어요.

인화   거기서 김 선생님 만나신 거고요?

정희   그렇죠.

선재   두 분 좋아 보여요.

정희   그래요? 저 사람을 만난 게 행운이라고 해야 할지 아니면 불행
이라고 할지.

선재   이렇게 같이 모임에 나오셔서 춤도 추시고, 좋잖아요.
집에서도 자상하시죠?

정희   아, 예. 워낙 밖으로 다니는 시간이 많아서.
(사이) 서로 얼굴 맞댈 시간도 별로 없어요.

인화   독일에서 공부하셨으면 따로 일 같은 건 해보실 생각 없으세
요?

정희   처음엔 그런 생각 안 했던 것도 아닌데 그냥 집에 있는 게 편해
서……. 그런데 요즘은 가끔씩 제 일을 가지고 싶다는 생각을
해요.

가실   궁금한 게 있는데요.
죽기 딱 좋은 날이란 게 무슨 뜻이에요?

정희   아, 그거요.

선재   누구나 한 번쯤 죽고 싶다는 생각을 해 보지 않나?

정희   어느 한순간 집착도 미련도 다 버리고 내 몸을 탁 놓아버려도
좋겠다는 생각이 들 때가 있어요. 특히 오늘 같은 날.

인화   김 선생님은 어쩌시고요?

두 분 서로 사랑하시잖아요.

정희　글쎄, 사랑이라는 게…….

수현　첫눈에 반하는 게 사랑일까?

　　　시간이 지나면서 스며드는 게 사랑일까?

사람들, 호기심 어린 눈길로 수현을 바라본다.

수현, 당황한다.

선재　수현 씨. 그럼 지금 누군가를 사랑하고 있다는 말?

　　　(가실을 향해) 혹시?

가실　아, 언니. 정말 아니라니까요.

선재　그럼 선생님?

가실　(인화를 향해 말을 돌린다) 선생님도 스페인에서 공부하셨죠?

인화　아, 예. 한 오 년 정도.

가실　어디에 계셨어요?

인화　마드리드요. 그런데 스페인은 다 좋아요.

　　　바르셀로나나 톨레도 같은 북부 지방도 좋지만 남부 지방으

　　　로 내려가도 고색창연한 풍광이 펼쳐지거든요.

　　　안달루시아 지방인 그라나다나 코르도바처럼요.

영수　〈세비야의 이발사〉라는 유명한 오페라 아시죠?

　　　거기가 무대인 세비야도 끝내줍니다.

선재　말만 듣고 있어도 한 번 가보고 싶어지는데요.

인화   선재 씬 연극배우니까 꼭 한 번 가보세요.

         많은 영감 같은 거 받아서 돌아오실 거예요.

수현   12월에 스페인에 가봐도 좋을 것 같아요.

         요즘처럼 추운 겨울에요.

정희   그런데 하필 스페인 문학을 공부하실 생각을 하셨어요?

인화   아, 예. 고등학교 때 선택한 제2외국어가 서반아어였어요.

         보통 불어나 독어이기 쉬운데. 그렇게 생각해보면 운명인 거죠.

가실   스페인하고 잘 맞으세요.

인화   그래요? (고개를 갸웃한다)

선재   왜요?

인화   스페인은 정열적인 나라잖아요.

         그런데 전 그렇지 못하거든요.

정희   안 그래요, 선생님. 제가 보기엔 숨은 열정 같은 게 느껴지는데요.

인화   아니에요, 전 많이 우유부단한 편이에요.

선재   일은 재밌으세요?

인화   번역이라는 게 엄청난 중노동이죠.

         지금은 나이가 들어서 그 정도는 못하지만 젊었을 땐 일 년에
         열 권 씩도 했어요.

         한순간도 쉬지 않고 계속 돌아가는 모터 달린 기계처럼.

         그러다 보면 저 혼자 시간이 정지된 방에 갇혀버린 듯한 느낌
         도 들어요.

         제 주변의 모든 것은 흘러가는데 저 혼자 머물러 있는 듯한 느낌.

선재   스트레스 많이 받으실 것 같아요.

인화   그럼요. 하지만 뭐, 제가 선택한 일이니까 쓸데없이 세탁기를
      돌린다든가 화분에 물을 준다든가 그러면서 대부분 속으로
      삭이죠.

정희   뭐가 가장 힘드세요?

인화   번역이 잘 안 될 때요.

      작가의 작품을 온전하게 옮기지 못했다는 느낌이 들 때 좀 힘
      들어요.

      다른 나라 말을 우리말로 옮기는 데엔 한계가 있는 것 같아요.
      특히 시는 더 그렇고요.

      시가 품고 있는 고유한 운율과 리듬감을 살려야 되는데 그게
      쉽지 않거든요.

      그냥 최선을 다하는 거예요. 어쨌든 인내를 필요로 하는 작업
      이니까.

      그렇지만 저도 책상 앞을 떠나면 한 사람의 여자죠.

정희   선생님도 그런 거 느끼세요?

인화   그럼요. 나이가 들면 들수록 점점 더 내가 여자라는 자각이 생
      기는 걸요.

      번역가의 생활이라는 게 냉정하게 말하면 일이에요. 공부도 많
      이 해야 되고요.

      힘들고 지겹고 떨쳐내버리고 싶고 그러면서도 한편으로는
      재밌고 행복해서 눈물도 흘리고 그렇거든요.

그 안에 인생의 모든 것이 들어 있는 것 같기도 해요.

그런 면에서 배우하고도 통하는 면이 있죠.

배우는 다른 사람의 인생을 대신해서 사는 거잖아요.

선재　그렇지도 않아요. 무대 위의 삶이랑 실제 생활은 다르거든요.

인화　그래도 극장에 오는 사람들에게 꿈과 환상을 심어준다는 게
　　　얼마나 중요한 일인데요.

선재　선생님. 길에서 혼자 중얼거리는 사람 있죠?

　　　예전엔 제가 꼭 그랬어요.

　　　미친 사람처럼 대사를 외면서 거리를 걸을 때도 그렇고.

　　　버스에서 그러고 있으면 주위 사람들이 다 저만 쳐다봐요.

수현　그래도 연극을 하고 있다는 자체가 좋으신 거죠?

선재　그렇다고 해야 하나?

　　　모르겠어요. 한때는 그랬던 것도 같은데.

　　　연습실이 집 같고 집이 오히려 낯설어질 만큼 무대에 서는 게
　　　좋았던 때가 있었어요.

　　　그런데 지금은 아니에요.

가실　언니. 그래도 무대에 서면 자유로워지잖아요.

　　　내가 아닌 다른 사람이 된다는 게 얼마나 멋진 일인데.

수현　그럼요.

선재　말하기 좋아하는 사람들은 배우는 실제 삶은 단지 허깨비일
　　　뿐이고 진짜 삶은 무대 위에 있다고들 그러잖아요.

　　　연기에 살고 연기에 죽는다고요.

그런데 오히려 난 더 초라해지던데.

실제 생활로 돌아오면 무능력한 생활인일 뿐이라서.

스타나 일급 배우라면 몰라도요.

인화　그래도 연극 현장엔 생생한 열정 같은 게 살아있을 것 같은데.

선재　그래서 배우들이 연극판을 못 떠나나 봐요.

그렇게 생활고에 시달리면서도 연극을 계속하는 걸 보면.

그것도 일종의 중독이겠죠.

가실　연극은 도가니 같아요, 그 속에서 무언가가 드글드글 끓고 있는.

정희　한 번도 존재한 적이 없고 그 누구도 들어본 적이 없지만

어딘가에 꼭 있을 것만 같은 이야기?

가실　극장에 가면 그런 이야기들을 만날 수 있을 것만 같아요.

정희　사람들이 늘 현명한 말만 하는 것도 아니잖아요.

한곳에 머물다가도 훌쩍 어디론가 떠나기도 하고

모든 게 복잡한 것 같은데 어떻게 보면 참 간단하고.

그런 게 사는 거잖아요.

저 같은 일반인이 봐도 연극엔 그런 매력이 숨어 있을 거 같아요.

영수　그렇게 따지면 연극의 매력은 사라지는 데에 있다는 생각도

드네요.

선재　언젠가 한 번 찬란하게 꽃을 피우고 시간의 저편으로 서서히

사라지는 것들.

덧없이 사라지기 때문에 아름다운 것들 있잖아요.

인화　저는 잘은 모르지만 매일 새롭게 태어나고 다시 죽으면서

자신의 몸을 바꾸는 무당이나 영매 같은 존재들 있잖아요.

그게 배우 같아요. 영혼을 홀리는 사람들이요.

그러고 보니 아까 수현이가 말했던 천문학 이야기하고도 통하

네요.

가실   선재 언니. 그거 보여주세요.

선재   뭐? 아, 됐다. 얘.

수현   뭔데요?

가실   선재 언니 오늘 모임에서 보여주려고 준비한 게 있어요.

다들 오시기 전에 연습까지 했는데요.

인화   뭔데요?

선재   아니에요. 뭐 별것 아니에요.

정희   그러니까 더 궁금해지네.

선재   뭐, 별것도 아닌데.

하도 옛날에 한 거라 민망해요.

가실   예전에 언니가 공연했던 연극이요.

학 여인 이야긴데 정말 아름다운 작품이에요.

거기서 언니가 주인공 역을 맡았어요.

수현   와, 멋있겠네요. 꼭 보여주세요, 궁금해요.

선재   아니에요, 지금은 나일 먹어서 예전 같지 않아요.

볼만한 게 못 돼요.

인화   공연이라면 선재 씨가 젊었을 때?

정희   지금도 젊잖아요. 여자 나이 삼십대 중반이면 한창 일할 나인데.

선재   저, 위로해주시는 거죠?

         여배우에겐 치명적인 나이죠.

         주변의 친구들은 대부분 다 결혼하고 저만 남았어요.

정희   그래도 선재 씬 무대 위에서 관객들을 만나잖아요.

         그게 얼마나 매력적인 일이야.

선재   저, 연극한 지 꽤 됐어요.

         이젠 들어오는 작품도 별로 없고요.

인화   그럼 이 카페는?

선재   그냥 노는 것보단 나을 것 같아서 차렸는데

         장사도 잘 안 되고 언제 문 닫을지 알 수 없어요.

         하긴 카페를 해서 좋은 단골들이 생기긴 했지만.

주위, 조용해진다.

선재   남자들은 나이가 들어도 기회가 오지만 여자들은 점점 줄어들죠.

         이십대 때는 여자가 훨씬 잘했는데도 시간이 지나면 상황이

         바뀌거든요.

         그거 아세요? 배우들은 오래 쉬고 있으면 집 밖으로 안 나오

         게 돼요.

         연극을 계속 해야 하나 말아야 하나 그런 고민에 빠지게 되는

         거죠.

정희   선재 씨 따라다니는 남자들 많았을 것 같은데?

수현 그래요, 누님. 이국적인 멋이 있어요.

선재 (웃으며) 남자들이야 많았죠.

      그런데 뭐, 누가 이런 직업 가진 여잘 진심으로 좋아하나요?

      같은 배우라면 몰라도. 그것도 다 한때죠.

인화 그러면 좋아하는 사람은 있었구나.

선재 (웃는다)

정희 어떤 사람이었어요?

선재 그냥, 뭐……다 지나간 얘긴걸요.

인화 그러니까 더 궁금해지네.

선재 (남의 일 얘기하듯) 별거 아니에요.

      그냥 저랑 너무 비슷해서. 비슷해서 힘들었죠, 뭐.

      서로 자신의 잘못을 인정 안 하는 거죠.

수현 그래도 사랑이 얼마나 대단한 건데요.

선재 (웃는다) 사랑만으로 모든 게 해결되는 건 아니더라고요.

      지나고 나니까 그게 사랑이었는지도 잘 모르겠고.

      전 기다리는 걸 잘 못 견디는 스타일이거든요.

      수더분한 성격이 못 되는걸요.

정희 그래요? 안 그럴 거 같은데요.

인화 이 모임은 어떻게 생각하게 되신 건가요?

선재 그냥……서로 마음이 통하는 사람들끼리 모여서

      꼭 한 번은 즐거운 시간 갖고 싶었어요.

      살다 보면 그런 기회가 별로 없잖아요.

선재의 말이 끝난 후 잠시 어색한 침묵.

난주   (출입구 쪽 유리창으로 눈을 돌리다가) 아, 눈이 내리네요.

사람들, 난주의 말에 다들 창밖을 바라본다.

정희   첫눈이죠?

영수   아까는 진눈깨비에 비가 내리더니…….

         언제부터 오고 있었지?

인화   첫사랑 같은 첫눈.

         참 조용하네요.

선재   이런 날은 따뜻한 온돌에 배 깔고 누워 군밤이나 까먹어야 하

         는데.

난주   누군가 보고 싶어지는데요. 어디론가 가고 싶기도 하고.

가실   김 선생님. 우리 나가서 첫눈 구경해요.

수현   네, 그래요. 선생님께서 우리 단체 사진도 찍어주시면 좋겠네요.

영수   그거 좋은 생각인데요. 그럼, 다들 나갈까요?

사람들, 다 같이 영수를 따라 밖으로 나간다.

선재만 남아 출입구 쪽 창문을 통해 바깥을 보고 있다.

잠시 후 동호 들어와 선재 곁으로 간다.

동호   왜 날 피해?

       오랜만인데……반갑지 않아?

선재   (잠시 침묵) 사내들이란 다 똑같아. 과시욕만 앞서서.

동호   내가? 뭘?

선재   더이상 복잡한 관계 만들지 말아줘. 둘만의 비밀은 두 사람만
       간직해야지.

동호   궁금했어. 보고 싶기도 했고.

선재   그래? 그럼 이제 됐네.

       여긴 형 같은 사람이 올 데가 아니야. 돌아가.

동호   선재야.

동호, 선재의 손을 잡으려 한다.

선재, 그 손을 완강하게 뿌리치고 밖으로 나간다.

선재를 따라 나가려던 동호 포기하고, 바 옆의 간이 의자에 가 앉는다.

난주, 조용히 들어와 바에 앉아 있는 동호 쪽으로 간다.

난주   혼자 뭐해? 여기서.

동호   가게 괜찮은데. 생각보다 좋다야. 듣던 거보다 좋아.

난주   선재가 큰맘 먹고 마련한 건데 장사는 잘 안 돼.

동호   그런데 전체적으로 인테리어 칼라가 좀 약하다. 화이트도 보
       이고. 좀 짙은 연두색 없나?

       (허세를 부린다) 얼마 전에 내가 차를 하나 새로 뽑았는데 말

이야.

액셀 밟는 맛이 기가 막히거든.

오늘 날씨만 좋았으면 그냥 단번에 날아왔을 텐데.

서울엔 쓸데없는 차들이 워낙 많아서…….

동호, 가죽점퍼 주머니에서 양담배를 꺼내 문다.

동호 나, 술 한 잔 주라. 이 가게에서 가장 비싼 걸로.

난주 데낄라 줄까? 진토닉도 있는데.

동호 요즘은 통 입맛이 없어서 말이야. 술도 잘 안 땡기고.

나이가 들어선지 웬만한 싸구려는 입에 안 맞네.

조니 워커 블루나 발렌타인 21 같은 거 없어?

그런 거 좀 갖다놔. 잘 나갈 텐데.

난주 잭 다니엘 괜찮아? 여긴 그거밖에 없어.

동호 그래, 그거라도 한 잔 줘.

난주, 양주 한 병을 꺼내 동호 앞에 놓는다.

난주 혼자 지내기 심심하진 않아?

동호 (움찔한다) 뭐, 심심할 시간이 없다.

(속을 들킨 듯) 너도 잘 알잖아.

나도 기자질을 하고 있지만 기자들 하는 짓이라는 게 뻔한 거.

(말을 돌린다) 넌 어때?

난주 나야, 뭐, 늘 그렇지. 그냥 시간이 흘러가는 대로 살아.

동호 요즘도 아르바이트 하니?

난주 뭐, 가끔씩……. 그것도 오래는 못 하겠더라.

동호 너도 참 웃기는 놈이다. 그 좋은 직장 때려치우고…….

너, 내가 있는 데로 안 내려올래?

우리 방송국에 음악 프로 하나 맡을 사람이 필요한데 너, 한번 해봐라.

난주 됐어. 이 나이에 무슨…….

동호 재주가 아깝다, 인마. 왜 그러고 사냐?

난주 누구에게나 다 각자의 인생이 있는 거야. 안 그래?

   난 어디 한군데 박혀서는 숨 막혀서 못 살 것 같아. 다 팔자지.

동호 그렇다고 난주 네가 니 생각대로 세상을 자유롭게 떠돌면서

   살 수 있는 것도 아니잖아.

   시간 금방 지나간다. 내일 모레면 마흔이야.

   지금은 몰라도 나중에 후회할걸.

난주 그래도 어쩌겠어. 할 수 없지.

동호 (유들유들하게) 그러지 말고 나한테 시집이나 올래?

난주 내가 미쳤니? 설령 가고 싶다 해도 시집갈 밑천도 없다야.

동호 누가 너더러 혼수 장만하래? 그냥 몸만 와.

   다른 사람은 몰라도 난주 넌 내가 최고로 모신다.

난주 어렵하겠어. 미안한 말인데 난 홀아비 냄새나는 사람은 딱 질

   색이거든.

동호 너, 그러다가 나중에 후회한다. 다시 한 번 생각해봐.

난주 신소리 그만하고. 술이나 마셔.

동호 (고개를 돌려 선재 쪽을 바라보며) 선잰 내가 온 게 영 못마땅

   한가 보다?

난주 왜? 무슨 일 있었어?

동호 (얼버무린다) 일은 무슨…….

난주	오랜만에 보니까 어색하겠지.
	선재 보니까 어때?
동호	그냥 …… 그렇지 뭐.
난주	아직도 선재 좋아하는구나?
동호	무슨 소리야? 다 옛날이야기지.

밖에서 환호성과 박수 소리 들린다.

동호	잘들 노시네.
난주	보기 좋잖아. 다들 즐거운 표정들인데.

그때 영수, 밖에서 들어와 눈을 턴 후 바로 온다.
동호 옆자리에 앉는 영수.

영수	난주 씨, 나도 잔 하나만 줘요.
난주	아, 예. 선생님.

난주, 술잔을 새로 내 오기도 전에 동호, 자신이 마시던 술잔을 비우고 영수에게 건넨다.

동호	한잔 받으시죠.

영수, 동호가 준 술잔을 받아 한입에 털어 넣는다.

영수   두 분이서만 몰래 데이트하시는 거요?

난주   데이트는요.

동호   사진은 좀 찍으셨습니까?

영수   아, 예. 다들 눈이 오니까 난리에요.

동호   좋아 보이십니다.

영수   사실은 저것들 뻔하다 그런 생각 하고 있잖소.

동호   (속내를 들킨 듯 주춤한다)

영수   나한테도 그러지 않았소? "똥 폼 잡지 마라."

난주   선생님. 저도 한잔 해야겠는걸요.

난주, 잔을 하나 내와 자기 잔에 스스로 술을 따른다.

영수   난주 씨. 많이 마신 것 같은데.

난주   저, 멀쩡해요. 별로 안 마셨어요.

영수   우리 최 기자님은 사는 게 재밌으신가?

동호   사는 게 재밌는 사람들도 있나요?

영수   그런가?

동호   그건 넌 왜 사냐고 묻는 거랑 똑같죠. 답이 없는 거죠.

영수   답이 없다, 답이 없다, 그 말이 맞겠구먼.

난주   이제 보니까 저보다 선생님이 더 많이 드신 것 같은데요.

영수   최 기잔 모랫바닥에서 낚시 해본 적 있소?

동호   (잔에 술을 따라 마신다)

영수   난 말이오. 이 세상의 빈집이란 빈집은 다 한 번씩 찾아가 본

            것 같아.

            참 쓸쓸해요. 사람 관계도 마찬가진 것 같아.

            시간이 지나면 모든 게 푸석푸석해지니까.

동호   인간은 참을 수 없는 순간이 오면 오히려 웃게 된다고들 그러죠.

            왜, 영화에서도 도망가던 범인이 궁지에 몰리면 나중엔 모든

            걸 포기하고 춤을 추잖아요. 그것도 아주 즐겁게요.

영수   최 형은 보기보다 낙천적이야.

난주   얘는 낙천적인 게 아니라 냉소적인 거예요, 선생님.

영수   무중력 상태에 떠 있으면 아예 몸의 감각이 없어져요.

            온몸의 세포가 마비된다고나 할까? 그런 경험 해본 적 있소?

            마찰이 없을 때의 텅 빈 마음 같은 것. 어때요? 최 기잔.

            나와 비슷한 데가 있는 것 같은데.

동호   내가, 내가 아닌 것 같죠.

영수   최 기자도요?

동호   저라고 뭐 다를 게 있겠습니까?

영수   난 집에서 샤워를 하다가 가끔씩 거울을 볼 때면 아찔해집니다.

            거기 아주 이상한 인상의 사내 하나가 서 있는 거요.

            난쟁이 같은 사내 말이오.

            어느 한 순간 거울에 비친 그런 내 모습이 낯설어서 못 견디겠

어요. 마치 내가 아닌 다른 사람을 바라보는 것처럼.

동호   김 선생님.

(자신의 손목시계를 가리키며) 이 시계, 언제부턴가 멈춰져 있

습니다. 과거의 어느 순간엔가 딱 정지해버린 거죠.

고장 난 시계를 차고 다니는 사람 보셨습니까?

난주   (약간 취한 목소리) 넌 그만하면 성공한 거야.

공부 잘하고 똑똑하고 리더십 강하고 게다가 미래 지향적이고.

영수   난주 씨, 사진작가의 체온은 몇 도나 될까?

난주   글쎄요. 보통 사람이랑 같지 않을까?

그래도 좀 다를 것 같긴 한데 ……. 조금 높든지 아니면 오히

려 낮을 수도 있고.

영수   (껄껄 웃는다) 이래서 내가 난주 씨를 좋아한다니까. 좋아요,

좋아.

난주   "진실한 사람은 결코 맹세하지 않는다." 인도 속담이었나?

선생님. 전 그 말 참 좋아하거든요. 맘에 들어요.

영수   "삶을 설계하지 않고 보험에 들지 않고."

그런 게 내 인생관인데 그 인도 속담 꼭 날 두고 한 말 같구려.

동호   작년 봄에 제주도에 며칠 출장 갈 일이 있었는데

왜 섬 외곽을 도는 해안도로 아시죠?

거길 자전거 빌려서 한 바퀴 돈 적이 있습니다.

그런데 제 눈에 바로 들어온 게 뭔 줄 아십니까?

새나 짐승들 짓이겨진 시체요.

　　　　　자동차에 치여 그대로 말라붙은 거죠.

　　　　　저게 바로 내 모습 같다는 생각이 들었습니다.

　　　　　저, 화장실 좀 다녀오겠습니다. 어디냐?

난주　　　출입구 나가서 바로 옆쪽.

동호, 밖으로 나간다.

영수　　　난주 씨. 저 친구 굉장히 염세적인데요. 엄청나게 단단한 것 같

　　　　　기도 하고.

　　　　　뭔가 있는 것 같은데 도무지 보여주질 않는데?

난주　　　재가 원래 좀 복잡해요, 선생님. 인생이 꼬여서 그런 거죠.

　　　　　인간은 다 그렇잖아요. 단순하면서도 복잡하고 또 복잡하다

　　　　　가도 한없이 단순한 것 같고. 그래서 미워할 수도 없고. 난 그

　　　　　래서 동호가 좋더라.

　　　　　아, 머리 아파. 전 복잡한 거 싫어요.

영수　　　철없이 노는 우리들 모습이 역겨운 건가?

난주　　　아니라니까요. 저 인간 신경 쓰지 말고 저랑 한잔 해요, 선생님.

난주, 영수와 술잔을 부딪친다.

난주　　　선생님, 저도 고민이 하나 있는데요. 들어주실래요?

영수　　　우리 난주 씨 고민은 뭔가?

난주   웃으면 광대뼈가 튀어나오는 거요.

영수   (계면쩍게) 나는 심각해지면 이마가 들어갔다 나왔다 해요.
       (시범을 보인다)

난주   (깔깔거리며) 정말 웃겨요, 선생님. 다시 한 번 해보세요.

영수, 다시 한 번 한다.

난주   브라보. 우리 선생님 최고야. 선생님, 저랑 춤출까요?

영수   난주 씨, 오늘 많이 마신 것 같은데. 취했어요.

난주   나 안 취했어요. 말짱해요. 그러지 말고 저랑 춤춰요.

난주, 영수의 손을 끌고 카페 중앙으로 나가 품에 안긴다.

느릿느릿 천천히 원을 그리며 춤을 추는 두 사람.

영수   왜 이렇게 많이 마셨어요?

난주   (느닷없이 불쑥) 선생님. 저, 인도에 가고 싶어요.

영수   난주 씨. 가고 싶으면 가면 되는 거지 뭐가 문제야?

난주   (아스라한 눈빛) 인도에서는 강가에서 사람들이 죽은 이들의
       시체를 태우기도 하고 몸을 씻기도 하고 그 물에 빨래도 한다
       죠?

영수   그 사람들한텐 그게 일상이니까.
       사는 것과 죽는 것 사이의 경계가 없는 거지.

갠지스 강은 기가 세서 거길 들르는 여행자들은 하루에도 몇 번 씩 앓아눕는데요.

난주   내가 어디에서 왔는지, 누구인지 알 수만 있다면 전 호되게 아파도 좋아요.

영수   그 사람들이라고 그걸 다 알겠어요?

단지 잊고 사는 거겠지. 물론 깨달은 사람들은 좀 다를 테지만.

영수의 품에서 빠져나와 마치 자신이 비행기가 된 것 같은 모습을 취한다.

난주   아, 떠나고 싶다. 모든 걸 훌훌 털어버리고 날아가고 싶어요.

나도 비행기가 되고 싶어요.

영수   여행이라는 건 어디론가 떠나기 위해 꿈을 꾸고 있을 때가 행복한 거죠. 부푼 기대와 설렘을 안고요.

그런데 막상 그곳에 가보면 별거 없어요.

사람 사는 덴 다 거기서 거기니까.

그건 난주 씨가 나보다 더 잘 알 텐데.

난주   그러니까요, 선생님. 그러니까 더 슬프잖아요.

다시 바로 돌아오는 두 사람.

영수   (말이 없다가) 내가 예전에 어디서 본 기억이 나는데

인도에서는 누구든지 천부적인 재능을 타고난 음악인이래요.

그래서 작은 악기 하나만 있으면 밤새도록 춤추고 노래하고

그러면서 신나게 논다고 그래요.

우리도 그렇게 놀까?

난주   인도에 가면 저도 강가에 나가서 제 몸을 깨끗하게 씻고 싶어요.

물 위로 너울너울 떠내려가는 꽃배를 보고 싶어요.

깨끗하게 정화된 인간의 육신을 실은 꽃배 …….

(갑자기 흐느낀다) 선생님. 왜 이렇게 힘들죠?

영수   (당황한다) 왜 그래요, 난주 씨? 무슨 일 있어요?

난주   그냥 뭐가 뭔지 잘 모르겠어요.

하루하루가 지나가는 게 안타까워요.

영수   (침묵)

난주   잘 모르겠어요. 전 소심해요, 겁도 많고 …….

어떻게 해야 될지 잘 모르겠어요.

선생님. 저 예전에 좋아했던 사람이 있었어요. 그런데 ……

(바 위에 얼굴을 묻으며 알 듯 모를 듯한 소리)

사람이 여러 번 살 수 있다면 참 좋겠어요.

그럴 수만 있다면 전 지금처럼 살지는 않았을 거예요.

좀더 멋있게, 온갖 허세와 사치란 사치는 다 부리며 …….

영수, 난주가 술에 취해 엎드려 있는 모습을 멍하니 바라보다가 호주머니에서
담배 한 개비를 꺼내 문다.

잠시 후 일어서서 카페를 한 바퀴 돌아보며 서성거린다. 그러다가 벽에 걸려

있는 한 장의 사진(듀안 마이클의 〈사후 영혼의 여행〉*) 앞에 가서 선다.

화장실에 갔다 오던 동호, 사진을 보고 있는 영수와 마주친다.

동호   뭐하십니까?

영수   아, 예. 사진 좀 보고 있어요.

동호   난주는?

영수   (바 쪽을 가리킨다) 오늘 좀 많이 마신 것 같아요. 평소보다
         많이.

동호   (바 쪽을 바라본다)

두 사람, 말없이 사진을 바라본다.

영수   이 사진 보면 볼수록 신기하지 않아요?

동호   (벽에 걸려 있는 사진을 들여다본다) 글쎄요, 전 잘 모르겠는
         데요. 어떤 사진인가요?

영수   인간이 죽고 난 후의 세계를 담아본 거요.

         사후 영혼의 여행이라고나 할까, 뭐 그런 내용인데 흥미롭지

● 현실을 있는 그대로 찍는 사진에서 벗어나 철두철미한 주관성과 비밀스러운 상상력에 의지해 인간의 내
   면세계를 탐구한 시퀀스 포토(Sequence Photo)의 살아있는 전설로 일컬어지는 미국의 사진작가 듀안
   마이클의 연속 사진으로 공간을 동일하게 고정시키고 시간의 흐름만을 표현했다. 〈사후 영혼의 여행〉
   외의 대표작으로 〈우연한 만남〉, 〈사물은 기묘하다〉, 〈할아버지의 죽음〉 등이 있다. 듀안 마이클은 '진실
   을 찍는다는 것은 아무것도 찍지 않는 것이다'라는 유명한 말을 남기기도 했다.

않소?

동호   전 죽은 후의 세상엔 별 관심이 없어서.

두 사람, 말없이 사진을 바라본다.

영수   아, 뭐, 그렇게 심각한 주제가 있는 건 아니고 그냥 이야기를
담은 겁니다. 이야기 속의 이야기, 이야기를 말하는 이야기. 그
러니까 내가 사진을 찍는 방식하곤 다르지, 난 관찰자에 불과
하니까. 그런데 이상하게 난 이 작품이 맘에 들어요.

두 사람, 말없이 사진을 바라본다.

동호   사진 찍으러 주로 어딜 다니시는데요?

영수   분쟁 지역이죠. 아니면 자연재해가 발생한 곳이나.
아무튼 문제가 있는 곳으로만 갑니다.
거기선 지금 이곳에서 상상할 수조차 없는 별의별 일들이 다
일어나요.
난 신을 믿지 않지만 그런 장면을 목격할 때마다
신의 존재에 대해서 생각하게 됩니다.
저 위에서 우리를 내려다보고 있는 어떤 존재 말입니다.

두 사람, 말없이 사진을 바라본다.

영수   이 사진도 그래서 좋아하는 건지도 모르겠소. 스스로에게 질
        문을 던지고 있거든. 신이란 무엇인가, 우주와 영원이란 무엇
        인가 그런 종교적인 것들 말이오.
        우리들 삶은 이 사진처럼 풀리지 않는 수수께끼, 미스터리로
        가득 차 있는 거겠지만.
동호   세상에 영원한 게 있나요? 시간이 흐르면 다 변하는 거죠.
영수   그렇죠? 최 기자.

두 사람, 말없이 사진을 바라본다.

동호   전 군이 내가 이해하고 해석할 수 없는 것까지 받아들이면서
        살고 싶진 않습니다.
영수   그래요. 나도 이젠 그저 정확하게만 보려고 합니다. 말 그대로
        관찰자지.
        지금 여기 모인 사람들, 최 기자도 그렇고, 내겐 모두 마찬가지요.
동호   사람과 사람 사이엔 적당한 거리가 필요하죠.

가실, 선재 들어온다.

영수   더 신나게 놀다오지? 거리를 뛰어다니는 모습이 산책 나온 강
        아지 같던데.
가실   강아지라뇨? 선생님.

영수   우리 가을 소년 즐거워하는 모습 보기 좋던데.

선재   그런데 난주는?

영수   아, 난주 씨. (바를 가리킨다) 술에 취해서 자고 있어요. 오늘

        난주 씨 좀 이상해요.

선재   그래요?

인화와 수현 들어온다. 서로 옷에 묻은 눈을 털어준다.

인화   두 분 여기서 난주 씨랑 무슨 얘기 하셨어요?

영수   아, 뭐 별 얘기 안 했어요.

        난 여기 최 기자와 난주 씨가 데이트하는 게 샘나서 그냥 끼어

        든 거고.

인화   (창밖을 바라보며) 정희 씨는 밖에 버려두시고요?

영수   그 사람 혼자 뭐하고 있어요? 안 들어오고?

인화   아, 저기 들어오네요.

정희 들어온다.

영수   (과장된 몸짓) 아, 우리 사랑하는 정정희 여사.

선재   안 그래도 저희들이 좀 물어봤어요. 김 선생님, 집에선 어떠시

        냐고.

영수   그랬더니 이 사람 뭐래요?

수현   밖으로만 다니셔서 얼굴 볼 시간이 없으시다고.

동호   아이고. 많이 섭섭하셨겠네. 김 선생님 앞으로 잘하셔야겠습니다.

영수   (장난 섞인 어조) 예, 알아 모시겠습니다. 명심하겠습니다.

다들 서로 왁자지껄하다가 잠시 후 고요한 침묵 속으로 빠져든다.

사람들, 말없이 창밖을 바라본다.

가실   아, 눈이 많이 내리네요. 첫눈치고는.

정희   그러게요.

사람들, 잠시 창밖으로 쏟아지는 함박눈을 바라본다.

모두들 아련한 추억에 젖어든다.

선재   참 좋죠. 눈 오는 모습.

수현   아, 예.

인화   난 어떤 땐 창가에서 하루 종일 이렇게 눈 오는 거 보고 있을 때도 있어요.

가실   저도 그래요. 가슴속 상처가 다 덮어지는 것 같아서.

동호, 바에 엎드려 있던 난주를 깨운다.

동호   자, 자. 우리 분위기도 살릴 겸 뭐, 신나는 게임이라도 할까요?

      진실 게임 같은 거.

인화   아니면, 각자 재미있는 이야기 하나씩 하는 것도 좋겠네요.

선재   재미있는 이야기요?

인화   왜 우리 어릴 적 시골에서 겨울밤이면 군밤 까먹으면서

      무서운 옛날이야기 많이 했잖아요.

정희   좋아요. 그럼 누가 먼저 시작할까요?

      가실 씨가 아무래도 글을 쓰니까 먼저 해봐요.

수현   그래 누나, 재미있는 이야기 좀 해봐.

정희   가실 씨, 소설 쓴다고 그랬죠?

가실   아, 예. 그냥 작가 지망생인데요, 뭐.

정희   재밌는 얘기 하나만 들려줄래요?

가실   아. (잠깐 생각한다) 이건 재밌는 얘긴 아닌데 …… 그냥 한 번

      들어보실래요?

동호   이왕이면 재미있는 걸로 해줘요.

선재   아니야, 가실아 너 하려는 이야기 해봐. 궁금하다.

수현   기대되는데요.

모두들 가실을 쳐다본다.

가실   옛날 어느 마을에 친구가 없어서 늘 혼자였던 아이 하나가 있

      었거든요.

밥도 혼자 먹고 잠도 혼자 자고 놀기도 혼자 노는 그런 꼬마였어요.

그러다 그 아이가 초등학교에 들어가 처음으로 친구가 생겼어요.

처음 생긴 아이의 친구는 손이 참 따뜻해서 인간 난로로 불렸어요.

친구하고는 반대로 아이의 손은 차가웠거든요.

왜 사람들은 손이 차가우면 마음도 차갑다고 하잖아요.

그런데 그 친구는 아이의 손이 시원해서 좋다고 했어요.

두 사람은 그때부터 친구가 됐어요.

아이와 다르게 친구의 손바닥엔 주름이 가득했어요, 이상했죠.

학년이 바뀌고, 아이는 또 다른 친구를 사귀게 돼요.

그 친구들은 늘 셋이 함께였어요.

아이는 그 친구들하고도 친하게 지내고 싶었어요.

혼자는 심심하니까, 외로우니까.

어느 날 새로 사귄 친구들은 손이 따뜻했던 아이의 친구와 싸움을 했어요.

머리를 서로 잡아당기고, 서로 때리고 …….

아이는 한 발 뒤에 물러서 있었어요, 비겁하게.

그러다가 새로 사귄 친구 중 한 명이 아이를 가리키면서 말했어요.

"너도 얘가 싫다고 했지? 말해봐, 그치?"

아이는 그때 "응. 난 쟤 손이 쭈글쭈글한 게 할미손 같아서 싫어" 그랬거든요.

정희   (딴 생각에 잠긴 듯 무심코) 그 아이 참 못됐네.

가실   (잠시 침묵, 곧 울먹인다) 예 …… 다시 만날 수 있다면 ……
미안하다고 말하고 싶어요. (정희의 손을 잡는다) 왜 그런지
이맘때쯤이면 죽은 친구 생각이 나요. 친구 손이 꼭 이랬어요.
할머니 손 같았거든요.

사람들, 당황하며 놀라서 가실을 바라본다.

정희   아, 그랬구나. (가실을 가만히 안으며 달랜다) 가실 씨. 괜찮아
요. 이젠 지난 일인걸.
괜찮아요, 괜찮아. (한참 등을 어루만진다)
나도 얘기 하나 할까요?
어느 집에 한 여자가 있었어요.
집을 비운 남자가 돌아오길 기다리며 잠만 자는 바보 같은 여
자 말이에요.
그 여자는 …… 자고 일어나면 늘 밤이에요. 사방이 캄캄하죠.
그러면 화장대 불을 켜고 옷장에 있는 옷을 몽땅 꺼내서 입어
보고는 내일은 꼭 이 옷을 입고 외출해야지 하고 다시 잠이 들
거든요.
그런데 다음날 일어나면 또 밤이에요. 재밌죠?

모두들 멍한 표정으로 정희를 본다.

영수 좀 불편해 한다.

선재   (분위기를 수습하려는 듯 주변을 둘러보다가) 이번엔 제 차례
인가요?

예전에 제가 본 영화 중에, 아, 제목이 〈하얀 방〉이었던가?

아무튼 그 목소리를 한 번만 들으면 반하고 마는 아주 유명한
여자 가수가 있었어요. 그런데 어느 날 갑자기 교통사고를 당
해 죽게 돼요.

평소에 이 가수를 멀리서 흠모하던 작가 지망생 청년은 장례
식장에 가게 되고……. 거기서 베일로 얼굴을 가린 까만 상복
을 입은 낯선 여자를 만나게 되죠.

그녀는 굉장히 슬프게 울거든요.

나중에 알고 봤더니 그 여자가 목소리의 진짜 주인공이었고
죽은 가수는 그냥 입만 벙긋벙긋했던 거죠.

장례식장에서 만난 이 여자와 청년이 서로 좋아하게 되고…… .

그러면서 자연히 자기 얘길 하게 되고 …… 서로 비밀을 털어
놓게 되죠.

이 여자한테는 자기만의 방이 하나 있었던 거예요.

울고 싶을 땐 울고 화가 날 땐 맘껏 소리도 지를 수 있는 밀실
말이에요.

남자를 믿고 여자는 그 방을 보여주고요.

그런데 남자는 비밀을 지키지 못하고 그 사실을 언론에 공개
하게 되고…….

기자들이 몰려오는 거죠.

그걸 본 여자는 하얀 방에 들어가서 문을 잠그고 손목을 끊어
자살을 해요.

주위가 갑자기 조용해진다.

선재   검은 옷을 입은 여자의 손목에서 흘러나오는 붉은 피로 하얀
        방이 물드는 거죠.

        전 그 마지막 장면이 지금도 잊히지 않아요.

인화   하얀 방이 그 여자에겐 이 세상에 하나밖에 없는 구석이었을
        텐데.

수현   구석이요?

인화   그래. 집이 이 세상 안에 있는 우리들의 구석이고 그 집이 바로
        우리들이 살았던 최초의 세계라는 말을 남긴 철학자도 있거든.

가실   누구나 기억하는 유년 시절의 그리운 집 말이죠?

인화   그렇죠. 그 여자한테 하얀 방은 영혼의 안식처니까 그 안식처
        는 지켜줘야죠. 사랑하는 사람이라면 특히.

동호   그 자식은 사랑이 뭔지를 몰랐던 거군.

선재   아마 그 여자는 그 방에서 꿈을 꾸고 노래를 하고 그랬겠지.
        그러다가 방이 공개되자 더는 견딜 수 없게 된 거고.

정희   (혼잣말) 마음의 쉼터는 어떤 식으로든 은둔처의 모습을 하고
        있으니까.

인화   버림받은 것 같은 느낌이 드는 이런 겨울밤엔 더 그렇죠.

정희   우리 어렸을 때요. 그 속에 들어가서 웅크려 있던 오동나무 장
        롱이나 참나무 궤 생각나요? 친구들과 숨바꼭질할 때도 그 조
        그맣고 어두컴컴한 곳에 자주 숨었죠. 그러다가 깜박 잠이 들
        기도 하고. 잠에서 깨어나면 그 어둠이 무서워서 울기도 하고,
        그래도 그곳이 참 편하고 좋았거든요.

수현   어머니 뱃속에 있을 때처럼요?

정희   그래요. 추억의 무늬가 아로새겨져 있는 듯한 느낌이 드는 곳
        있잖아요. 오래된 먼지의 입김이 서려 있는 책상 서랍처럼.
        음, 뭐랄까, 가득 차 있으면서도 텅 비어 있는 공간이라고나
        할까.
        지금 생각하면 그곳이 세상과 나 사이를 이어주는 문이었던
        거 같아. 통로이기도 했고.

인화   영화 속의 여자는 그 통로를 잃어버렸던 거군요.

동호   그러니까 스스로 목숨을 끊을 수밖에 없지, 누구라도.

선재   이 카페도 그러고 보면 우리들의 구석이죠.

가실   그래서 지금 우리가 모여 있는 거고?

영수   그러니까 지금 우리가 있는 공간이 나인 셈이지.
        이 카페 '13월의 길목'이 나란 말이지?

수현   우리는 거기 모여 13월로 가는 길을 찾고 있는 거고요.

선재   갑자기 쓸쓸하고 외로운 기분이 드네요.

가실   아, 지하실과 다락방이 있는 아늑한 집이 그립다.

인화   (어느 책에서 읽은 소설 한 구절을 혼잣말처럼 중얼거린다)

        집이 없는 사람들은 이 겨울을 어떻게 나나요?

        애정이 없는 사람은 어떻게 추위를 견딜까요?

        겨울이 와도 돌아갈 곳이 없는 사람들.

        집도 없고 아무런 애정도 없고 또 놀아가 누울 곳마저 없는 그

        런 사람들.

정희   (슬며시 웃는다) 죽기 딱 좋은 날이죠?

                        3장

캄캄한 어둠 속에서 카페 문이 열리고 남자 두 명이 들어온다.

카페 안에 있던 사람들은 그대로 정물처럼 앉아 있다.

정희   또 귀찮은 사람들이 왔네요.

영수   그러게요.

난주   이제 이 놀이도 그만해야 하나봐.

선재   (두 손으로 박수를 짝짝 친다) 자, 모두들 고생하셨습니다. 연

극은 끝났어요.

동호   어느새 돌아갈 시간이 가까워졌네요.

마음의 준비는 되셨죠?

남자1   뭐라고 했어?

남자2   아니? 아무 말도 안 했는데.

남자1   사람 소리가 났는데, 준비 …… 어쩌고 하면서?

남자2   무섭게 왜 그래?

난주   잠깐 동안 머물렀다 곧 되돌아가리라 생각했는데 …… 의외로 길어졌어요. 이제 정말 여행을 떠나는 겁니다. 언제 다시 돌아올지도 모르는 머나먼 항해.

영수   이 별에서 제각기 맡은 역할을 충실히 수행하느라 힘드셨죠? 이 메마르고 팍팍한 땅에서 두 발을 디딘 채 하루하루 살아가느라 몸도 마음도 지쳤을 텐데. 그 모든 걸 홀홀 털어버리고 떠날 시각이 다가오고 있습니다.

인화   마지막으로 할 말 없으세요? 정든 별과의 작별이 눈앞에 다가옵니다.

남자1   웃음소리 같기도 하고. 좀 으스스한데 빨리 보고 나가자.

남자2   여기 …… 카페였나 봐?

두 사람, 입구 쪽에 쓰여진 카페 이름을 본다.

남자1   13월의 길목? (고개를 갸웃거린다) 이름도 참.

남자2   13월?

남자1   동네 사람들이 그러던데. 여기 귀신들 산다고.

남자2   귀신은 …… 얼어 죽을.

         (그래도 겁이 나는지 주변을 둘러본다)

         하긴 느낌이 좀 야릇하다. 폐허로 변해버렸는데 사람의 온기가

         남아 있는 거 같고. 아직도 사람이 살고 있는 것처럼.

남자1   정말 사람이 살고 있는 건 아닐까?

남자2   에이, 설마. 그럼 그건 귀신들이게?

남자1   그럴 수도 있지 않아?

         이 세상 어딘가엔 죽은 사람들이 모여 사는 곳이 있을 것 같지

         않아?

가실   섭섭하시죠? 저도 막상 떠나려고 하니 발길이 안 떨어지네요.

수현   잠수함 같기도 하고 우주선 같기도 한 이곳이 좋았던 거죠.

         그러나 이젠 이 별에서 저 별로 공간 이동을 할 때.

동호   한 시절이 끝나고 또 다른 시절이 눈앞에 펼쳐지는군요.

         자, 다들 눈을 감고 아무것도 모른 채 그저 황홀했던 시절로

         되돌아가볼까요. 우리의 마지막 꿈이 남아 있었던 때.

남자1	예전엔 꽤 괜찮은 카페였나 보네. 운치도 있고.
	인테리어랑 여기 걸려 있는 그림들이랑……. 이거 가지고 갈까?
남자2	재수 없게 뭐하러? 다음 주가 철거지?
남자1	좀 쓸쓸하다. 사람이 산다는 게 뭘까?
남자2	왜 이러시나?
남자1	잘 모르겠네. 산다는 게 뭔지, 죽는다는 건 또 뭔지.
남자2	누군 알면서 사나?
남자1	이 세상에 영원한 게 있을까?
남자2	쓸데없는 소리 말고 빨리 나가자. 어차피 허물 거 뭐하러 조사
	하라는 건지.
	대충 보고서 쓰고 가자고.

남자들 나가려 한다.

선재	들리세요? 약속한 날이 다가오고 있다고 누군가 속삭이는 소리.
	시간이 얼마 남지 않았어요. 함박눈이 내리면 우리도 그 뒤를
	따라 나서야 해요.

두 사람, 발걸음이 떨어지지 않는 듯 나가다가 뒤를 돌아본다.

그들이 나가고 난 뒤 어둠 속에서 유쾌하게 터지는 웃음소리.

카페에 다시 불이 환하게 켜지면 아주 깊고 오랜 잠에서 깨어나는 듯한 그들.

마치 이 세상 사람이 아닌 것처럼 멍하니 앉아 있다.

그때 "우리, 불 끄고 촛불 켜요" 하는 소리가 들리고

실내는 촛불이 흐르는 은은한 분위기로 바뀐다.

누군가 아주 잠시 동안만이라도 정말 각자가 하고 싶은 대로 하자고 제안한다.

사람들, 그 말을 듣고 각자 자유롭게 움직인다.

가령 수현과 인화, 영수와 정희는 실내를 가로지르며 가볍게 춤을 추고

난주와 가실은 창가에 서서 밖을 내다보며 수다를 떤다.

선재는 바로 가서 턴테이블에 음반을 올려놓고 동호와 얘기를

나누며 카페 안 정경을 흐뭇하게 바라본다.

카페의 오디오를 통해 그들이 주고받는 대화가 흘러나온다.

선재   눈이 내리네요.

정희   첫눈이죠?

영수   언제부터 내리고 있었지?

수현   첫사랑 같은 첫눈.

가실   생각나는 사람 있구나?

인화   참 조용하네요.

선재   이런 날은 따뜻한 온돌에 배 깔고 누워 군밤이나 까먹어야 하
         는데.

난주   아니면 함박눈을 밟으며 산책이나 하든가.

영수   누군가 보고 싶어지는데요.

난주   어디론가 가고 싶기도 하고.

선재   그래도 우리는 여기 있잖아요.

어느 정도 분위기가 무르익을 때쯤 사람들 동작이 서서히 정지 상태로 변하고 가실이 간이 무대로 나와 연극을 하듯 독백 상태로 책을 읽는다.

가실   아르헨티나로 비행하던 첫날 밤,

들판 여기저기에 드문드문 흩어져 있던 불빛들이

마치 별처럼 홀로 반짝이던 그 어두운 밤의 인상이 언제나 눈에 선하다.

그 보금자리 속에서 사람들은 읽고 생각하고 무언가를 털어놓는 것이다.

외딴집에서는 아버지와 아들이 끝이 없는 이야기를 주고받을 것이다.

어떤 이들은 사랑을 속삭이고 있을 터이고 아주 얌전한 시인과 부드럽고 엄격한 교사, 그리고 소박하고 단정한 목수의 등불은 저마다의 기적처럼 꽃으로 화르르 피어났을 것이다.

그러나 이 살아 있는 별들 가운데에는

얼마나 많은 닫혀진 창들이, 얼마나 많은 꺼진 불들이,

얼마나 많은 잠든 사람들이 있을 것인가 ······

이 지상 어느 곳, 검은 전나무들과 보리수들이 자라는 정원 하나와 내가 사랑하던 옛집이 한 채 있었다.

그 집이 먼 곳에 있든 가까이에 있든 그것은 중요하지 않았다.

어디에든 있기만 하면 나의 밤은 그 집의 존재로 가득차곤 했다.

나는 그 집의 아이였다.

그 집에서 울리던 목소리들과 그 현관들의 서늘함과

그곳에서 묻어나는 온갖 냄새들에 대한 추억을 가득 간직한

아이였다.

- 생텍쥐페리, 〈인간의 대지〉* 중에서

그들의 몸이 하나, 둘, 셋 어둠 속 허공 위로 떠오른다.

어느 한순간 모두 사라진다.

막이 내린다.

● 《어린왕자》로 국내에도 잘 알려진 프랑스의 비행기 조종사이자 행동주의 소설가인 생텍쥐페리가 자신
의 경험을 토대로 집필한 서정적이고 사색적인 산문으로, 작가 자신이 미리 쓴 유서로 불리기도 한다.
대서양을 횡단하다 홀연히 하늘 저편으로 사라진 생애를 암시하듯 생텍쥐페리는 '산다는 것은 천천히
태어나는 것이다' 같은 철학적인 잠언을 남기기도 했다. 《어린왕자》, 《인간의 대지》 외의 대표작으로 《야
간비행》, 《남방우편기》, 《전시조종사》 등이 있다.

조용해서 더 와 닿는 아련한 슬픔. 연극 〈13월의 길목〉에서는 이렇다 할 사건, 사고
가 벌어지지 않는다. 갈등이 생겼다가 해결되는 구조도 찾아보기 힘들다. 대신 한
카페를 배경으로 인물들의 소소한 대화가 교차한다. 여기까지만 보면 일상의 단면
을 옮겨놓은 듯한 극사실주의 연극이겠거니 싶을 것이다.

그러나 이 작품에는 히든카드가 숨겨져 있으니, 바로 마지막의 반전이다. 인물들이
'모던'하다고 칭찬하는 카페가 왜 촌스럽고 허름해 보였는지, '턴테이블'에서는 왜
때 지난 노래들만 흘러나왔는지, 사람들의 의문스러운 태도에는 어떤 이야기가 숨
겨졌는지, 카페 이름이 왜 '13월의 길목'인지 한꺼번에 깨닫게 된다. 의아함을 느끼
게 한 부분들이 모두 복선이었던 것이다.

혹시 눈치가 빨라서 이 정도 힌트만 보고 반전의 내용을 예측했다 해도 '김샜다'고
생각해선 안 된다. 이 연극은 요즘의 대사극들에서는 보기 드문 언어구사력을 자
랑하기 때문이다. 삶과 죽음, 사랑에 대한 순수한 고민과 갈망을 담은 대사들은 시
적이고, 아예 기타 반주에 맞춰 시 낭송이 이뤄지기도 한다.

현수정 공연 칼럼니스트

진눈깨비처럼 흩날리는 사랑, 추억, 희망. 연극 〈13월의 길목〉에는 주인공, 사건, 클
라이맥스가 없다. 현실에 발붙이지 못한 사람들과 그들이 나누는 일상 대화가 있
을 뿐이다. 평온해 보이는 껍질은 평범한 질문을 받고 조금씩 부스러진다. 숨겨둔
상처와 이루지 못한 꿈이 서서히 드러난다. 지루한 일상을 견디는 이들은 마찰 없
이 적당한 거리를 유지한다. 어느 관계도 확실하지 않다. 엇갈린 시선, 지나간 사랑

과 바라보기만 하는 사랑, 입에서만 맴도는 희망…. 메마른 겨울같이 살아가는 현
대인의 자화상이다.

《동아일보》 **조이영** 기자

인간미 넘치는 연극 〈13월의 길목〉은 지극히 평범한 사람들이 서로를 보듬어 안는
사연을 낮은 목소리로 들려준다. 연말 어느날 밤이다. 틈틈이 글을 쓰는 동사무소
직원, 지방 방송국 PD, 사진작가, 여행가 등 한 카페의 단골들이 모여 펼치는 연말
파티장이다. 기억 속에서 서로는 얽혀 있고, 이야기를 펼쳐가면서 서로를 보듬어 가
는데, 때마침 첫눈이 내린다.

《한국일보》 **장병욱** 기자

연말 어느 밤 카페를 찾은 평범한 사람들의 상처와 소박한 희망을 감성적으로 그
린 작품이다. 시 한 편을 보는 듯 따뜻하면서도 독특한 분위기로 담은 연극이다.

《아시아투데이》 **전혜원** 기자

13월의 길목

강일중 《연합뉴스》 공연전문기자

〈13월의 길목〉. 연극 제목은 이 세상의 어느 '구석'에 있는 카페의 이름입니다. '13월'이라는 시간은 어떤 시간일까요? 또 그 '길목'은 과연 어떤 공간일까요? 세밑의 어느 시간에 이 카페에 모인, 각기 다른 일을 하고 있는 일단의 남녀는 저마다의 아픔과 회한과 그리움의 말들을 털어냅니다. 상처난 마음을 위로라도 받고 싶어하는 듯한 심정으로 말이지요. 또 어디론가 훌쩍 떠나고 싶어하는, 그러나 실현될 수 없을 듯한 여행에 대한 기대를 드러내기도 합니다. 카페는 이들에게는 마음의 안식처인 셈이지요. 그러나 그렇게 속마음을 털어낼 수 있는 사람들과 함께 시를 낭송하고, 연극과 예술에 대해 논하고, 어디론가의 여행을 꿈꾸면서도 각자는 자신의 구석에서 고독감을 떨쳐내지 못합니다.

작품이 참 아름답습니다. 작가는 상처를 안은 채 무기력하게 살아가는 사람들의 모습을 부드러운 시선으로 비춥니다. 연출은 그들 보통 사람들의 외로운 마음을 정물화처럼 관객 앞에 섬세하게 그려내지요.

무대 왼쪽은 13월의 길목 카페 안의 술을 마시는 바 공간입니다. 중앙은 손님들이 차나 와인 등을 마시며 두런두런 얘기를 나눌 수 있는 카페의 홀 공간. 오른쪽 뒤에는 조그만 무대가 있고 그곳에서는 시낭송이나 기타 연주가 펼쳐지게 되지요.

『한 해가 저물어가는 어느 날 저녁. 13월의 길목에 사람들이 하나둘씩 모여든다. 전성기가 지난 연극배우인 카페 주인 선재(김정은), 그의 단짝 친구로 늘 어디론가 떠나고 싶어하지만 그렇게 못하는 몽상가 난주(이서림), 이들의 친구로 선재와는 아픈 사랑에 대한 기억을 갖고 있는 지방 방송국 기자 동호(박윤희), 동사무소 직원으로 어릴 적 친구에 대한 죄책감을 갖고 있는 작가 지망생 가실(양보람·손성연), 천문학을 전공했으면서 기타 공부를 하러 스페인에 가고 싶어하는 수현(유우재), 그의 선생으로 스스로 정체되어 있다는 생각에 사로잡혀 있는 번역가 인화(차유경), 폐허로 변한 분쟁 지역을 찾아다니다 자신 속에 숨어 있는 폐허를 발견하는 사진작가 영수(이영준)와 그와 동거하며 변화없는 생활에 답답해 하는 정희(황세원). 산 사람인지, 죽은 사람인지 알 수 없는 그들은 어느 순간 다른 세상을 꿈꾸기 시작한다.』

이 연극은 주인공이 따로 없습니다. 등장인물 모두가 각자의 아픔이나 외로움을 거의 같은 분량으로 털어냅니다. 이 세상 사람 누구라도 저마다의 아픔을 갖고 있다는 것을 나타내기라도 하는 것처럼 말이지요. 문학과 연극과 음악과 그림이 주요 화젯거리가 되는 카페의 모임에 동사무소 직원 가실을 등장시키는 것도 보통 사람들에 대한 작가의 따뜻한 시선을 반영하는 것 같다는 느낌입니다.

등장인물들의 아픔을 드러내는 대사는 최대한 절제되어 있습니다. 어조가 높아지는 일도 없이 대사는 잔잔하게 흘러갑니다. 난주가 카페 모임에 동호를 초청한 일을 놓고 난주와 선재가 서로 언성을 높이는 장면은 무대 밖에서 소리로만 처리됩니다. 한편에서 기타 반주와 함께 시낭송이 이뤄지고, 때로는 웃음이 터지는 분위기 속에서도 한 구석에서 그늘이 있는 얼굴 표정으로 앉아 있는 등장인물들의 이미지는 극 전반의 고독하고 무기력한 느낌을 상승시키는 효과를 냅니다.

언젠가 문학을, 연극을, 음악을, 그림을 또는 여행을 사랑하는 이들과의 소통을 꿈꿨던, 지금은 삶에 지쳐 있는 사람들에게 이 작품을 권합니다. 연극을 보았을 때의 느낌을 반추하기 위해 대본과 프로그램에 나와 있는 작가의 글, 작품 속 예술작품이나 작가에 대한 소개를 한 번 읽어보는 것도 좋겠지요.

보이지 않는 끈을 따라 사라져가는, 그곳을 갈망하는 섬들

김혜순 극작가

그렇다. 없다. 주인공도, 사건도, 갈등도 없다.

현실에 착근하지 못한 사람들이 나누는 일상적인 대화, 에피소드, 시적인 대사가 있을 뿐이다. 〈봄날은 간다〉로 동아연극상 작품상을 수상한 바 있는 최창근 작가의 신작 〈13월의 길목〉을 극단 '수(秀)'의 구태환 연출이 행복한 극장(2009. 12.2.~2010.1.3.)에서 공연했다.

이 작품은 한 인물을 중심으로 전개되지 않고 다중심적으로 진행된다. 주인공, 극적인 사건, 갈등, 플롯, 통일적 주제, 극의 뚜렷한 동인(動因)도 없는 〈13월의 길목〉은 무엇을 향한 길목이었을까?

공연이 끝나고 객석의 조명이 들어오고 관객이 다 빠져나간 후에도 자리를 뜨지 못했다. 흔히 강한 감동을 받은 경우가 그럴 것이다. 그러나 이번 공연은 필자에게 감동과 함께 극작(劇作)에 대한 고민과 질문을 안겨준 만만치 않은 작품이었다.

12월 어느날, 난로가 놓여 있는 아늑한 카페에서 이 카페의 주인이자 연극배우였던 선재(김정은 분)는 친구들과 조촐한 연말 파티를 준비한다. 동사무소 직원이자 소설가 지망생 가실(손성연 분)과 전직 스튜어디스 출신인 백수 난주(이서림 분)가 연말 파티를 돕는 동안 초대받은 사람들은 하나둘씩 카페 안으로 들어와 대화를 나눈다.

가실이 짝사랑하는 수현(유우재)은 천문학 전공을 포기하고 스페인으로 기타 유학을 떠나려 한다. 그는 스페인 문학 번역가 인화(차유경)와 함께 다정하게 노래와 시 낭송을 하는데 이들을 바라보는 가실의 시선은 쓸쓸하기만 하다. 선재의 옛 연 인이었던 지방 방송국 기자 동호, 사진작가 영수, 영수와 동거하는 전업주부 정희 가 차례로 등장하면서 파티의 분위기는 첫눈과 함께 무르익는다.

파티의 마지막 순간, 무대는 어두워지고 카페 문이 열리면 랜턴을 든 공사장 인부 두 명이 들어온다. 파티를 즐기던 사람들은 인부들의 등장에 개의치 않고 각자 자 기의 시선을 가지고 정물처럼 앉거나 서서 이야기를 나눈다.

동호   어느새 돌아갈 시간이 가까워졌네요.
           마음의 준비는 되셨죠?
인부1   뭐라고 했어?
인부2   아니? 아무 소리 안 했는데.
인부1   무슨 사람 소리가 났는데, 준비……어쩌고?
난주   잠깐 동안 머물렀다 곧 되돌아가리라 생각했는데……의외로 길어졌어요.
           언제 다시 돌아올지도 모르는 머나먼 여행.

이들이 파티를 했던 장소는 오래전에 폐허가 된 〈13월의 길목〉이라는 카페였고 석 고처럼 멈춰 있던 인물들은 인부들이 퇴장하면 하룻밤 귀신들의 파티가 끝난 것처 럼 무대 밖으로 천천히 떠난다. 이들은 바로 자살을 하기 위해 모였던 것이고 다른 세계로 떠나기 전 주인공이 없는 아니 그래서 모두가 주인공일 수 있는 파티를 함 께한 것이다. 주인공이 없다는 것은 작가가 어떠한 인물도 비난하거나 옹호하고 싶은 마음이 없기 때문일 것이다.

인물들은 적극적인 관계에 들어오지 못하고 '지금', '이곳'에서 어정쩡하게 고립되어 있다. 섬처럼 떠도는 그들의 삶은 '현재', '여기'라는 동일한 물적 토대 위에 바탕을 두고 있으나 '현재', '여기'는 싸움과 사랑에서 오는 분노나 환희보다 관계의 공허 함과 삶의 막막함이 조용히 도배되어 있는 시공(時空)이다.

카페에 모인 사람들은 '지금', '여기'가 아닌 '저기'나 '그곳' 혹은 '그때'나 '언젠가'를 꿈꾸지만 막상 현실에서는 특이한 일상을 살지 못한다. '지금, 이곳'을 떠나기를 원하는 '타 공간에 대한 갈망'은 때로는 실존의 계기를 마련하기도 하지만 어떤 의미에선 삶의 치명적인 장벽이 되기도 한다.

극은 일상적인 모습을 보여주고 있지만 그 누구도 바라는 바를 이루지 못한다. 소설에서건, 연극에서건, 직장에서건, 가정에서건, 사랑에서건 그렇다. 지극히 평범하고 지루한 일상을 견디며 매일 매일이 안타깝고 허전하기만 하다. 바라는 바와 실제 처한 상태가 현격하게 부조화를 보이는 삶을 살며 그들은 마찰 없이 적당한 거리만을 유지한다. 전쟁터와 성지(聖地)를 다니며 사진을 찍는 영수는 서울이 아닌 지방 방송국에서 일하는 것에 패배감을 갖고 있는 동호에게 이렇게 묻는다.

영수   무중력 상태에 떠 있으면 아예 몸의 감각이 없어져요.
      온몸의 세포가 마비된다고나 할까? 그런 경험 해본 적 있소?
      마찰이 없을 때의 텅 빈 마음 같은 것.
      (중략)
동호   사람과 사람 사이엔 적당한 거리가 필요하죠.

마찰은 두 개의 물체가 어쨌거나 우선 만나야 발생할 수 있다. 마찰 없는 관계, 적당한 거리를 유지한 관계 속에 갈등은 구축되기 어렵다. 갈등이나 사건 없는 이야기로 플롯을 짜기란 더욱 난감한 일이다. 하지만 등장인물들 사이에 마찰이 없다는 것뿐이지 욕망과 갈망이 없다는 건 아니다.

그들은 타인과의 갈등보다 각자의 갈망으로 더 고통을 받는다. 인물들의 관계는 어느 하나 확실하지 않지만 비교적 서로의 입장을 이해하려고 애쓰며 소통의 단절은 일어나지 않는다. 지금을 살아가는 우리들이 그렇게 어려워하는 소통이 그들에게 가능할지라도 그들의 갈망은 채워지지 않는다. 인생의 주인공이 아닌 조연이나 혹은 아직 무대 위에 발을 올려놓지 못한 배우 지망생처럼 그들은 일상에서 각자의 무대가 있으리라고 믿는 그 어딘가를 끊임없이 그리워하고 알고 싶어한다.

난주   (느닷없이 불쑥) 선생님. 저 인도에 가고 싶어요.

         (중략)

난주   인도에서는 강가에서 사람들이 죽은 이들의 시체를 태우기도 하고

         몸을 씻기도 하고 그 물에 빨래도 한다죠?

영수   그 사람들한텐 그게 일상이니까.

         사는 것과 죽는 것 사이의 경계가 없는 거지.

난주   내가 어디에서 왔는지, 누구인지 알 수만 있다면 전 호되게 아파도 좋아요.

작가는 "우주를 조율하는 자연의 섭리와 생명의 순환주기 속에서 삶과 죽음은 따로 분리되어 있지 않다. 아니, 어쩌면 그 둘 사이엔 경계가 없는지도 모른다. 한 세상에서 다른 세상으로 옮겨가는 것, 지금 여기보다 조금 더 나은 어떤 이상향을 꿈꾸는 것. 그것은 어쩌면 아주 오래전부터 인류가 스스로 습득해온 삶의 고유한 방식이자 존재 이유일 것이다"라고 말한다.

'한 세상'도 '다른 세상'도 모두 우주에 속하지만 그 우주에는 중심이 없다. 역으로 한 사람 한 사람이 소우주이고 그 우주의 중심이 될 수 있다. 이처럼 극은 중심적인 인물 없이 각각의 인물이 자신의 중심이 되어 각자의 이야기를 안고 보이지 않는 끈을 따라 천천히 흘러간다. 시작과 끝을 알 수 없는 끈의 진동은 섬들을 흔들고 밀고 당기면서 서로 만나게도 하고 떠나게도 한다. 그 끈의 정체는 알 수 없다. 인연, 운명, 우연, 혹은 종교라 해도 좋다. 그렇지만 그 무엇도 정답이라 할 수 없다. 중요한 건 어쩌면 '답'이 아닌 '문제'에 있거나 그 '문제'를 질문하는 방식에 있는지도 모른다. 창작이라는 것은 세상에 없는 것을 만들어내는 것이 아니다. 기존의 형식이나 관점에서 벗어나 다른 관점에서 보는 데서 비롯되는 것이며 궁극적으로 자신이 던진 질문을 찾기 위해 자신의 내면에 있는 정수를 끄집어내는 '두려운 여정'이다.

〈13월의 길목〉에서 작가는 익숙한 연극성의 규범에 대한 관념을 버리고 자신이 바라본 세상을 '두려운 여정'을 통해 체득한 자신의 틀로 이야기하고자 했다. 그의 이야기는 "이야기 속의 이야기, 이야기를 말하는 이야기"이며 이것은 연극의 본질에 대한 질문과 맞닿아 있다.

그의 연극 방식은 먼저 허무는 것이다. "연극은 이래야 한다"라는 것을 비워내고 "연극이, 삶이 꼭 이래야만 하나? 이럴 수도 있지 않나?"라는 질문으로 이야기 화소들을 성글게 엮어내었다. 작가는 '무(無)'의 상태까지 허물고 내려가 튀어나온 익숙하지만 낯선 '유(有)'를 끄집어내어 자연스럽게 무대 위에 올려놓았다. 아니 다양한 답을 향해 열어놓았다. 답이 보이지 않는 이 연극은 보이지 않는 끈을 타고 무대에 흐른다. 없을 것 같은 연극이다.

그러나 있다. 그런 연극이……지금, 여기에…….

넘칠 듯 말 듯, 가장자리 ― 폭설의 시간

이용임 시인

눈이 내리는 시간만큼은 모든 것이 조용하다. 심지어는 심장도 잠시 움직이는 것을 잊은 것 같다. 따뜻한 물 한 잔을 손에 들고 바라보는 눈 내리는 풍경. 눈은 모든 것을 덮고 감기고 차가운 손가락을 들어 입술 위에 올린다.

그러다 그 눈발 사이로 검은 새 한 마리라도 튀어나온다면. 사람의 그림자가 어른거린다면. 어느 입술과 입술 사이 한숨처럼 새어나오는 휘파람 소리라도 들린다면. 그때 우리는 비로소 용서라는 말의 뜻을 이해하게 될지도 모른다.

13월은 없는 시간이다. 어린 여가수가 애인을 기다리며 부르는 노래에도 13월은 없다. 그녀는 끝나지 않는 기다림으로 무한정 12월을 연장해나갈 뿐. 그렇다면 13월은 옛 책에 나오는 레테와도 같은 것일까. 어느 젊은 시인이 이야기했던 봉도와도 같은 것일까.

한 해를 떠나보내기 위해 사람들은 이곳에 모인다. 사랑하는 사람들과 사랑이 사라져가는 사람들과 사라져가는 사랑을 기다리는 사람들과 사라진 사랑을 상처로 끌어안은 사람들과 기억으로 새겨 넣은 사람들과 추억으로 되부르는 사람들. 그들은 그곳에서 서로를 바라보며 이야기하지만 말들은 허공에서 실종될 뿐이다. 마치 폭설의 하늘을 건너가는 밤처럼. 하얗게 지워져버리고 마는 검정처럼.

이제 우리는 사랑에 대해 생각한다. 왜 사랑에 대해 생각할 때 우리는 이윽고 고개를 떨구게 되는가. 뭉그러진 발톱을 한없이 바라보게 되는가. 나의 육체가 이렇게 낯설게 느껴지는가.

나는 밤을 건너 몰래 당신의 침실로 찾아갔네. 잠든 당신의 손가락에 빛나는 은실을 감아주었네. 발자국도 지워버리는 겨울을 지나고 이윽고 나는 너덜거리는 은실을 보며 생각에 잠기네. 이 실의 끝은 대체 어디로 향해 있을까.

그렇듯 모든 관계는 13월에서 실종되고 만다. 그들은 각자 손가락을 바라보며 혼잣말을 한다. 이 실의 끝은 대체 어디로 향해 있을까.

청명한 가을날만큼이나 고요하고 한가로운, 첫눈이 그곳에 내리면 죽고 싶어진다. 아마 우리는 그때 세상에서 가장 맑은 그리움을 알게 될지 모른다. 기억이 모두 증발된 그리움이다. 무엇도 그리워하지 않아 뼈까지 투명한 그리움이 거기 있다. 당신, 당신은 거기 있나요? 입술을 움직여 당신이라고 부르면 세상의 모든 당신이 돌아볼 것 같은 시간들을 모두 지워버리며 눈이 내린다. 풍경을 뭉개며 눈이 내린다. 풍경을 없애며 눈이 내린다. 불통의 시간이다. 어떠한 부름에도 나는 결코 돌아보지 않으리라. 당신은 나의 부름을 결코 알아채지 못하리라.

물에서 일어난 처녀가 이윽고 퉁퉁 불어 엉망이 된 손가락을 하나하나 펴며 자신을 그토록 오래 물속에 머물게 했던 시간을 기억할 때 쏟아질 눈. 긴 잠을 자다가 눈을 뜬 사내가 이불 밖으로 기어나가 찬 방바닥에 쭈그려 앉아 자신을 그토록 오래 꿈꾸게 했던 사람을 기억할 때 쏟아질 눈. 내 손가락에서 온기가 하나하나 스러지며 흘러나가 버리는 이 순간, 무너지는 평화 위로 자욱하게 내리는 눈. 눈은 무덤이다. 폭설의 순간, 우리는 산 채로 무덤에 갇힌다.

나는 더 이상 견디고 싶지 않았다. 그들은 더 이상 견디지 않았다. 처음에 그들은 견디는 자들이었다. 견딤의 절정에 비웃듯 눈이 쏟아진다. 견딤을 내려놓고 그들은 멈춘다. 그러나 그것은 결코 순간의 박제가 아니다. 멈추는 동시에 흘러나가 버리는 것이며 흘러드는 것이다. 이 어렴풋함 외에 우리가 이 삶의 순간들에서 대체 무엇을 얻겠는가.

마른 장작

최명숙 극작가 겸 연출가

하루는 최창근 작가가 우리 집에 놀러왔었다. 저기 남쪽에서 겨울철 별미라 일컬어지는 과메기가 올라왔기에 같이 먹자고 부른 것이었다. 최 작가 외에도 과메기를 특별히 좋아하는 나의 지인들도 몇몇 있었다. 멋들어진 도자기 병에 담긴 복분자술을 들고 온 최 작가는 그날 괜히 나의 그 지인들에게 한 소리를 듣고 말았다.

말수 적고 예의 바른 최 작가가 무엇을 잘못했을 리 없다. 이유인즉슨 최 작가가 너무 깡말랐다는 것이었다. 서울에선 맛보기 힘든 통통하고 부드러운 과메기를 한참이나 열심히 먹어대던 중 나는 최 작가를 챙기는 차원에서 "많이 먹으라"며 연신 권했는데, 그게 발단이 된 것이었다.

모두들 최 작가가 많이 먹어야 한다는 것에 공감하며 최 작가의 유난히 깡마른 체격을 걱정했다. 남자가 이게 뭐냐는 말까지 나왔다. 많이 먹으려면 빵이든 뭐든 준비해놨다가 아침에 눈뜨자마자 억지로라도 하나씩 먹어서 일단 뱃골을 키워놔야 된다는 식의 세부 지침까지 등장했다.

최 작가는 갑자기 화제의 중심이 되어 잘못한 것도 없는데 마른 체격을 가졌다는 이유만으로 잘 먹는 남자들에게 둘러싸여 꾸지람 아닌 꾸지람을 듣고 있었다.

지금 생각해보니 미안하다. 물론 마음씨 고운 최 작가가 그만 일을 고깝게 생각했을 리 없지만 그렇다고 썩 기분 좋은 일도 아니었으리라. 아무튼 나도 그 자리에선 제발 좀 최 작가가 조금이라도 많이 먹어서 뼈에 살 좀 붙였으면 하는 생각이었다. 하긴, 지금도 그 생각엔 변함이 없다. 늘 최 작가를 만날 때마다 나보다도 더 마른, 군더더기라곤 전혀 없는 그 몸매가 안쓰러우니까.

그렇지. 안쓰러움. 그게 바로 항상 최 작가를 만날 때마다 느껴지는 감정이었다. 험하디 험한 세상을 가늘디가는 몸으로 휘적거리며 헤쳐나가는 모습이 그의 이미지였으니까.

이미지 얘기가 나왔으니 좀더 해보자. 연극하는 이들과 술자리에서 최창근 작가 이야기라도 나오면 늘 두 가지를 안주로 삼는다. 하나는 아주 느린 렌토(Lento)의 말투, 또 하나는 꿋꿋이 고집하는 썰렁한 우스갯소리이다.

어어…… 명숙아아…… 나아…… 창근이야아…… 내가아…… 음…… 너한테에…… 부탁을 하나아…….

"아이구, 속 터져. 빨리 좀 말해봐. 뭔데?"라고 다그치고 싶을 만큼 느린 말투는 가히 최창근 작가의 트레이드마크라 할 만하다.

싱겁고 어이없는 우스갯소리 역시 최 작가의 빼놓을 수 없는 장기다.

명숙	창근아. 나 네팔 간다.
창근	어어, 그래애? 내가아 네팔 갔을 때에 저엉말 맛있는 만두를 먹었었는데에…….
명숙	모모라는 만두? 맛있다더라. 먹어볼게.
창근	으음…… 그거 말고오, 아주 크은 만두야. 내가아 그 만두를 꼬옥 가지고 오고 싶었어.
명숙	……?
창근	(빙그레 웃기만)
명숙	뭔데?
창근	카 트 만 두.

명숙   이런! 너 설마 네팔 갔을 때, 거기 사람들 팔이 네 개인가 보러 간 거였어?

창근   어어.

명숙   그리고 인도에 갔을 땐, 거긴 차도는 없고 인도만 있는 줄 알고 간 거였고?

창근   어어. 어떻게 알았어어?

이런 식이다.

요약해서 깡마른 몸, 느린 말투, 싱겁고 썰렁한 우스개 소리, 이런 것들이 최창근 작가를 그려내는 특징들이고 보면 내가 늘 그에게 느꼈던 안쓰러움은 어쩌면 가장 자연스러운 감정이었는지도 모른다.

결론부터 얘기해보자. 하지만 지금 와 보니, 아니다. 괜히 나 혼자 안쓰러워했다. 그 안쓰러움은 최 작가를 바라보는 나의 시선에서 만들어낸 그야말로 이미지, 허상에서 비롯된 것일 뿐이었다.

그의 깡마른 체격 뒤에 감추어진 사실은, 어떤 육중한 여인, 예를 들어 과거에 투포환과 역도에서 몇 번씩이나 금메달을 딴 거대한 체격의 여인이 달려들어 그의 품으로 파고들어도 거뜬히 받아낼 만큼 강단이 있다는 것이다. 그 강단은 다른 게 아니다. 따뜻함이다. 울퉁불퉁한 가슴 근육과 두꺼운 팔뚝의 이두박근이 없어도 그 어떤 슬픔도 녹일 만큼의 따뜻함이 있어 그는 강하다.

따뜻함이야말로 최 작가의 본질이다. 하지만 따뜻함이라는 게 어디 그리 쉽게 얻어지는 것이던가? 웬만한 내공으로는 힘든 게 바로 따뜻함이다.

나도 따뜻한 사람이고자 부단히 노력하고 있지만 워낙 세상이 뭐 같고 그래서인지 워낙 뭐 같은 사람들도 많아서 날카로운 사람이 되기는 쉬워도 따뜻한 사람이 되기는 어렵다.

느려 보이는 그가 동에 번쩍 서에 번쩍 하는 것도 주위 사람들에 대한 애정과 배려 때문이 아니겠는가? 전혀 엉뚱한 곳에서 혹시 최창근 작가를 아느냐고 물어와 그의 마당발을 실감하게 하는 것도 우리가 속한 공동체에 대한 그의 관심과 고난의 현장 속으로 뛰어드는 뜨거운 가슴 때문이 아니겠는가? 썰렁하다 구박받으면서도 꿋꿋이 계속되는 그의 우스갯소리는 아프고 슬픈 일 많은 세상에 싱거운 웃음이라도 한번 웃어보자는 광대짓이 아니겠는가?

궁금하다. 따뜻함이 우리를 구원한다는 것을 알게 해 준 이, 그의 아픔과 슬픔을 지켜봐 준 이가 누구였을까?

또 궁금하다. 그 따뜻한 가슴에 안길 최창근 작가의 그녀는 지금 도대체 어디에 있는 걸까?

마른 장작이 화력이 좋다던데…….

꿈꾸는 몽상가

최진아 극작가 겸 연출가

대학로 거리에는 연극쟁이들이 돌아다닌다. 배우도 있고 스텝도 있다. 기획자도 있고 연극 마니아인 관객들도 돌아다닌다. 그 거리에서 가끔 창근이를 본다. 그런데 그는 나를 보지 못한다. 고개를 29도 비뚤게 하고 턱을 약간 쳐든 채로 — 창근이는 밑을 바라볼 때도 턱을 쳐든다 — 앞을 보고 걷는지 딴 세상을 보고 걷는지 걸어만 간다.

나는 굳이 불러 아는 척하지 않는다. 그러면서 생각한다. 눈이 다른 데를 보고 있나 봐. 걸을 때 주변도 같이 보이는 건데 창근이는 안 그러나 봐. 이건 좀 이기적이라고 생각한다. 자기 갈 길만 보는 거니까! 나는 저 비쩍 마른 몸은 다른 사람을 배려하기 어려울 거라고, 그러니 저렇게 말랐을 것이라고 속으로 욕을 해주고 그가 옆으로 다 지나가는 모습을 쳐다보곤 했다.

그런 창근이가 희곡집을 낸다. 희곡집을 내는 것은 용감한 일이다. 희곡은 맨 처음 연출가와 배우를 만나고, 관객을 만나고 공연과 함께 소멸한다. 그런데 공연이 희곡으로 활자화되어 남는 것은 변명의 여지를 없애는 것이다. 고칠 수도 없고 돌릴 수도 없는 작업인 것이다. 창근이는 어디서 그런 용기가 나는 거지?

나한테 글을 써달라는 것도 용감하다. 나는 창근이의 희곡을 읽어본 적이 없다. 공연은 봤다. 왜 나한테 부탁하나 그랬더니 그냥 써달란다. 출판을 앞두고 글 써줄 사람을 두리번거리다가 나를 만났나? 창근이는 은근히 우연에 기대는 것 같다.

그날 원고청탁 때도 그랬다. 우연히 만난 술자리에서 "잘 됐다, 누나가 써줘라!" 하면서 웃었다. 나는 그런 장면에서 그의 문학적 감수성과 시성(詩性)을 가늠해보곤 한다. 창근이는 무언가를 꿈꾸고 있고, 그 꿈속에서 우연으로 꿈 이야기를 지속하려는 것 같다.

어느 연극 공연 관람 후 창근이가 한 말이 생각난다. "이 연극에는 있어야 할 것이 없어. 안 보였어." 살짝 턱을 비껴 쳐든 채 예의 그 느린 말투로 말했다. 나는 창근이가 찾는 것이 무엇일지를 곰곰이 생각하며 헤어졌었다.

음악을 좋아하는 선배의 개인 사무실에 갔을 때의 일이다. 어떤 책이 음악 씨디들 틈에서 빛나고 있었는데 보니 작가가 최창근이었다. 선배는 그 책의 어느 귀퉁이를 접어가며 읽고 있었다.

이 희곡집이 느닷없이 내가 간 어느 곳에서 주인에게 귀한 대접을 받으며 자리하고 있기를 바란다.

최창근(崔昌根) 극작가 겸 연출가

1969년 강원 삼척 출생

1996년 경희대학교 문리과대학 국어국문학과 졸업

1999년 공연예술아카데미 졸업

2003년 경희대학교 문리과대학 국어국문학과 석사, 〈최인훈 희곡 연구 ― 작가의 세계관에 투
영된 유토피아 상을 중심으로〉

수상 내역

2002 제38회 동아연극상 작품상, 〈봄날은 간다〉

2004 제1회 서울국제공연예술제 젊은 비평가상, 〈길과 집의 현상학 ― '서울노트'에 나
타난 현대 동양연극의 새로운 가능성에 대한 소고〉

2008 제 16회 대산창작기금 희곡 부문 수혜, 〈봄날은 간다〉 외 2편

희곡, 공연대본 발표

2001 〈봄날은 간다〉(극단 연희단거리패 제작)

2003 〈서산에 해 지면은 달 떠온단다〉(극단 실험극장 제작)

2005 〈실종〉(방희선 무용단 제작)

2007 〈입맞춤〉(문장 웹진 12월호) ― 미공연

2009 〈13월의 길목〉(극단 수 제작)

2009 〈엄마, 여행갈래요(공동 집필)〉(엠뮤지컬컴퍼니 제작)

연극 연출

2005 〈12월 이야기 — 최창근 작〉(극단 76-프로젝트그룹 스웨터 제작)

2006 〈봄날은 간다 — 최창근 작〉 (축제를 만드는 사람들-극단 축제 제작)

2007 〈봄날은 간다 — 최창근 작〉(이음아트-극단 제비꽃 희곡낭독공연)

2008 〈고르비 전당포 — 장정일 작〉(이음아트-극단 제비꽃 희곡낭독공연)

2008 〈토우 — 정영욱 작〉(이음아트-극단 제비꽃 희곡낭독공연)

2008 〈입맞춤 — 최창근 작〉(물레아트페스티벌-극단 제비꽃 희곡낭독공연)

2009 〈입맞춤 — 최창근 작〉(책읽는사회문화재단-극단 제비꽃 희곡낭독공연)

2009 〈입맞춤 — 최창근 작〉(창작팩토리 09 스튜디오-극단 제비꽃 희곡낭독공연)

2009 〈바다로 가는 기사들 — 존 밀링턴 씽 작〉(한국작가회의 전국고교생백일장 — 극단 제비꽃 희곡낭독공연)

2009 〈난장이가 쏘아올린 작은 공 — 조세희 작〉(작가선언 6 · 9-극단 제비꽃 소설낭독공연)

2010 〈사랑해선 안 될 — 최명숙 작〉(한국 콘서바토리-극단 제비꽃 희곡낭독공연)

2010 〈연인 — 유진월 작〉(극작가 3인 희곡 낭독회-극단 제비꽃 희곡낭독공연)

기타 공연예술 및 문학행사 연출

2004 시와시학 주최 김소월 시집《진달래꽃》발간 80주년 기념 시극 〈그를 꿈꾼 밤〉

2005 만해마을 주최 한용운 시집《님의 침묵》발간 80주년 기념 시극 〈알 수 없어요〉

2006 해인사 주최 제1회 가야산 해인사 비로자나 축제 총연출

2006 한국문화예술위원회 기획 문학 나눔 콘서트(총 7회)

2006 강원도 평창군/이효석 문학상 운영위원회 기획 이효석 문학제 퍼포먼스 〈환〉

2006 한국문화예술위원회 주최 작가와의 만남 〈오정희〉 편

2005~2006 한국문화예술위원회 기획, 제작

　　　　　문학라디오 〈문장의소리 — 행복한 문학여행〉 작가 겸 프로듀서

2007 한인교류회 주최 제1회 인도문화예술의 밤 — 계, 땡기는 존재들 총연출

2007 한국문화예술위원회 기획 〈문학 집배원 — 성석제의 문장배달〉 프로듀서

2007 창비 기획 한강 유람선 북콘서트 〈바리데기〉(황석영 작)

2007 이음아트와 함께 하는 작가와의 만남 〈젊은 소설가들, 세상 밖으로 나오다〉

2007 순천시 기획 순천만 갈대축제-문학 퍼포먼스 〈아! 무진기행〉(김승옥 작)

2007 한국문화예술위원회 기획 문학나눔콘서트 〈문학, 자동차와 통하다〉 총연출

2007 한국문학번역원 주최 문화동반자사업 초청작가 문학행사 참여 패널

2007 책읽는사회문화재단 주최 〈11월의 마지막 밤 — 우리들의 시낭송〉

2007 책읽는사회문화재단 주최 〈12월 송년시낭송 — 잘 가라, 2007〉

2008 한국문화예술위원회 기획 〈문학 집배원 — 김연수의 문장배달〉 프로듀서

2008 열린책들 주최 베르나르 베르베르 내한 기념 콘서트 총연출

2008 이음아트와 북 데일리가 함께 하는 젊은 낭독회 사회 및 연출

2008 한인교류회 주최 제1회 한국, 인도 젊은 문학인 세미나 한국 측 참여 패널

2008 문지문화원 사이 기획 토요문화기획 문학 동인 페스티벌 〈천몽 동인〉 편

2008 대산문화재단, 교보문고 기획 《난쏘공》 출간 30주년 기념 낭독회

2009 한인교류회 주관 두 나라 한 기쁨 — 한국, 인도 광복절 기념 합동 축하공연 총연출

2009 한인교류회 주관 제2회 한국, 인도 젊은 문학인 세미나 사회

2009 (주) 민음사 주관 세계천문의 해 기념 별시 축제 〈별은 시를 찾아온다〉

2010 서울문화재단, 연희문학창작촌 주최 연희 목요낭독극장(제1회)

  〈첫, 느끼다! 토끼다? — 소설가 김남일, 시인 김민정〉

2010 한국작가회의, 대산문화재단 주최 탄생 100주년 문학인 기념문학제 문학의 밤

2010 문화웹진 나비 주최 시 낭송의 밤 〈불어라, 봄바람〉

2010 한국작가회의, 부여문화원 주최 시인 신동엽 문학제 문학의 밤

2010 동대문구 정신보건센터 기획, 주최 뷰티풀 마인드 콘서트 〈인생이여, 고마워요〉

2010 피스 프렌드 주최 제1회 아프리카 시 읽는 저녁

2010 인도를 생각하는 예술인 모임 주최 제3회 한국, 인도 젊은 문학인 세미나 사회

2010 작가선언 6·9 주최 4대강 사업 저지를 위한 소리영상제

  〈강은 강처럼 흐르게 하라〉 총연출

2011 문학동네 시선 론칭 기념 낭독회 〈빌어먹을, 차가운 심장(허수경 시인 편)〉

2011 한국작가회의 젊은 작가 포럼, 프레시안, 휴머니스트-아카이브 출판사 주최

  〈강은 그날의 강물이 아니었습니다〉 예술감독

방송 활동

2004 라디오 21 〈최창근의 세계음악산책〉 진행

저서(공저 포함)

2008 《인생이여, 고마워요 — 최창근의 세계음악산책》(삶이 보이는 창)

2008 《인도, 그 아름다운 거짓말》(인도를 생각하는 예술인 모임, 애플 북스)

2008 《침묵과 사랑 — 난쏘공 30주년 기념문집》(권성우 엮음, 이성과 힘)

2009 《이것은 사람의 말》(작가선언 6·9, 이매진)

2009 《지금 내리실 역은 용산참사역입니다 — 용산참사 헌정문집》(작가선언 6·9, 실천 문학사)